文庫

傑作時代小説

木《こ》練《ねり》柿《がき》

あさのあつこ

光 文 社

目次

木練柿

こねりがき

楓葉《ふうよう》の客

森下町の小間物問屋《こまものどいや》遠野屋《とおのや》の女中頭おみつは、今年で三十七になる。三十の声を聞いたあたりからにわかに肥えてきて、今では身体のそこここ、胸にも腿にも尻にも指にもむっちりと肉がついている。そのせいか、やたら汗をかいた。

「旦那さまは、ようございますよねえ」

おみつが手拭《てぬぐ》いで首周りを拭きながら大きく息をつく。

「汗なんかちっともおかきにならないで。いつも、涼しげでございますものねえ。うらやましいですよ」

「わたしでも汗くらいはかくさ。だけど、もう、そんな時季じゃないだろう」

遠野屋の主《あるじ》、清之介《せいのすけ》は大福帳《だいふくちょう》をめくっていた手を止め、吹き込んでくる風に顔を向けた。涼やかを越して、肌寒いと感じる風だ。朝から昼にかけて、穏やかに晴れた。空の色と高さ、庭に咲く紅紫色の萩の花群れに誘われて襖《ふすま》を開け放ってはいるが、それももうお終《しま》いかもしれない。

いつの間に、時が行ったのか……。

昨日から今日へ、今日から明日へ、ほとんど差異のない日々が続いているはずなのに、その日々の傍《かたわ》らをするすると時は過ぎていたのだ。

ふと気がつけば空も光も風も地も、色や匂いや肌触りを変えて、季節が移ろっているではないか。

耳を聾《ろう》するほどに響いていた蟬の声はもうどこにもなく、今は秋の虫の澄んだ音《ね》が草むらからわいている。その音にも耳はとうに慣れてしまった。宵が近づけば、風は冷え冷えと吹き、光は褪《あ》せ、薄闇がいとも容易《たやす》く溜まり始める。

秋の盛りから冬のとば口へ、ちょうどその行合《ゆきあい》の頃だった。

おみつの額や首筋に浮かび、流れる汗だけが、季節の移ろいを裏切っている。

「あたしは、ほんと根っからの汗っかきで、一年中、単《ひとえ》でもいいぐらいなんですよ。そこにきて太っちゃったものだから余計にねえ……少し、痩せなきゃとは思うんですけど」

清之介はおみつに向けて、軽く手を振ってみせた。

「おみつは、そのままでいいよ。わたしは昔のおみつを知らないからね、痩せてしまったらおみつらしくなくて、わたしとしてはどことなく心許《こころもと》ない気がする」

「まっ、旦那さまったら」

おみつは汗のせいばかりでなく頬を赤らめ、声をあげて笑った。

本心だった。

おみつは、十五の歳に諏訪《すわ》町の紺屋《こんや》に嫁いだが、子ができないのを理由に二年足らずで離縁された。それから、遠野屋に奉公にきてあしかけ二十年の年月がたつ。当時、遠野屋は小売の小間物屋にすぎず、奉公人といっても、おみつと今は大番頭を務める喜之助の二人しかいなかった。

おみつは陰で遠野屋という店を支え続けてきたのだ。その間に両親も兄も亡くなり、子のないおみつは天涯孤独の身となった。

清之介は遠野屋の主として、おみつの生涯を引き受ける気でいる。遠野屋の柱となってくれた者を疎《おろそ》かに扱うわけにはいかない。おみつの行く末を安穏《あんのん》とすることは先代の遺言でもあったのだ。背《そむ》く気はさらさらない。なにより、清之介自身、この太り肉《じし》の陽気で、陽気なわりに細やかな心遣いのできる女が好きだった。

「大丈夫ですよ、旦那さま。何とかなりますから」

何事があっても、そう言ってからからと笑うおみつが好ましかったし、どこかささやかに励まされてもきた。

狭量なところも一国者《いっこくもの》の面もあるにはあったが、情の深い、他者を一途に想える女であることに間違いはない。心根に揺るぎなく善良さを抱えていることも間違いない。

女房のおりんが生きていたころはおりんを、そして今は、赤子のおこまを慈《いつく》しんでくれている。数奇と呼んでさしつかえないだろう運命を辿《たど》って、遠野屋の養女となったおこまは、おりんの母おしのやおみつに見守られて、健やかに育っているのだ。

ありがたいと思う。

「おみつは遠野屋の奥の柱だからね。あまり細くなってもらっちゃ困る」

真顔になり、おみつは頭を下げた。

「旦那さまにそこまで言っていただいて、あたしは果報者でございます。では、心置きなく太らせてもらいましょうか」

「え？　あ……いやいや。おみつ、それ以上太くならなくてもけっこう。今で十分だ」

傍にいた手代《てだい》の信三《しんぞう》が噴き出す。

「そうそう。おみつさん、大黒柱の貫禄十分ですからね。それ以上になると柱が太過ぎて、座敷がなくなっちまいますよ」

「まっ、憎たらしい」

おみつが袖を振ったとき、奥座敷からおしのが現れた。おこまを抱いている。

歯茎《はぐき》に米粒のような歯をのぞかせて、おこまが笑った。機嫌がいいようだ。小さな手を清之介に向けて身体をゆする。ほとんど無意識に腰を浮かし、手を差し出していた。ずしりと手応えがある。

この重さ、この温かさ、命そのものだ。おこまという赤子は、いつもいつも全身全霊で生きていることを伝えてくる。目の輝きも、むずかる声も、はたはたと泳ぐように動かす手足も、生きている証《あかし》を精一杯に刻んでいるように思えてならない。

真っ直ぐな生への希求、生きることを躊躇《ためら》わない心、おこまから発しているものが眩しくて、飽きず眺めていることも、思わず目を逸《そ》らしてしまうこともあった。

こんなにも幼く、脆《もろ》く、小さいのに、己一人では三日と生き延びることはできないだろうに、自分の周りにいる誰よりも強靭《きょうじん》な力を秘めている。

赤子とは不思議な存在だ。

「おこまは、おとっつぁんがお気に入りだからね。抱っこしてもらって、ますますご機嫌じやないか」

おしのが指先でおこまの頬をつつく。おみつも、太い指をくるくると回した。

「ようございましたねえ。お熱がさがって。それに、ぶつぶつの痕《あと》も残らないで、やれやれですよ」

十日ほど前、おこまはふいに高い熱を出して、乳も重湯《おもゆ》もうけつけなくなった。医者の「子どもにはよくある通り病《やまい》」との見立てのとおりに、二日ほどで熱がひき、そのあと身体全部に浮かび出た赤い発疹《ほっしん》も一昨日あたりには、きれいに消えていた。

「旦那さま、そろそろお店のほうへ」

信三が促す。

宵が近づき、軒行灯《のきあんどん》を点《とも》すころ、遠野屋の店先は昼間とはまたちがった華やぎに包まれる。贅沢に蠟燭《ろうそく》を使って店内を照らすと、櫛、笄《こうがい》、簪《かんざし》、根付《ねつけ》、紅板《べにいた》、匂い袋、煙草入れ……さまざまな小物たちが内から発光するように輝くのだ。それは、どこか妖しげにも美しくも人の目に映るらしい。誘われるように客が集まってくる。

清之介は賑わう店の様子が好きだった。商売の勢いを肌で感じる心地よさもさることながら、集う客たちの有様を見るともなく見ているのが、おもしろいのだ。

簪を手に取り、考え込む女がいる。その簪がまだ若い、しかし腕は確かな職人の作であったりすると、さて、このお客はあの簪に込められた粋や色香をわかってくださるか、わかって欲しいと祈るような思いに囚《とら》われ、身なりのいい商人風の男がやけにまじまじと櫛を見つめていれば、誰の髪を思い描いての思案かと興をそそられる。

自分がこれほどに、人というものに惹かれるとは考えてもいなかった。己《おの》が心が、名も知らぬ、客と店主としてしか接することのない人々に直《じか》に向いていると感じたとき、清之介は戸惑い、己が解《げ》せず首を傾《かし》げ、やがて愉快で堪《たま》らなくなるのだ。

遠野屋さん、人というのはおもしれえもんでやすよ。

そうでございますか。

そうは思いやせんか。

さて、わたしにはまだ……。

いやいや、遠野屋さんにはわかってますよ。とっくにね。

尾上町《おのえちょう》の岡っ引、伊佐治《いさじ》は「とっくにね」といい終えたあと、特別の遊びを思いついた子どものように軽やかに笑ったものだ。あれは、いつ交わした言葉であったろう。

老練な岡っ引の笑いが今ならわかる気がする。今なら声を重ねて笑えるかもしれない。

「さっ、おとっつぁんは仕事だよ。おこまは、こっちにおいで」

おしのに抱き取られると、おこまは眉を寄せてぐずり始めた。

「まっ、利《き》かん気だね、この娘《こ》は」

「ほんとに。大女将《おかみ》さんにそっくり」

「おみつ、馬鹿をお言いでないよ。あたしのどこが利かん気だって」

互いに骨の髄まで知り合っている女たちの掛け合いと、おこまのぐずり声を背に部屋を出る。

店へと歩きながらふと見上げると、空は淡い紅に染まり始めている。鳥の一群れが黒い影となって、西から東へと過ぎていった。

その客が入ってきたのは、清之介が店に出て間もなくのことだった。身なりの良い女だ。髪形や袖の長さから大店《おおだな》の娘のようだった。ふっくらした口元の、愛らしい顔立ちをしている。しかし、明らかに様子がおかしい。

遠野屋は問屋として品を卸しもするが、清之介の代になって店先売りに力を入れるようになった。店内は品の種類ごとに棚を決め、一品一品が客の目に触れるような造りになっている。通行人でさえふらりと立ち寄り、気軽に品を手にとれるように工夫しているのだ。それがなかなかの評判で、客の出入りは絶えることがなかった。

さまざまな客に交じって娘は簪や櫛を並べている棚あたりをうろうろと歩き、ときおり、品を手にとっては眺め、戻し、他の品を手に取りを繰り返していた。

品を選《よ》っているとは思えない。落ち着きがなく、心ここに在らずという風で、品選びを楽しんでいないことは一目瞭然《いちもくりょうぜん》だった。どこか、おかしい。

「旦那さま……」

信三が耳打ちする。

「うむ」

「声をかけてみましょうか」

「そうだな。ご無礼のないように」

「はい」

信三がいつもとかわらぬ足取りで客の近くによったとき、娘の手が蒔絵《まきえ》の櫛に伸びた。

信三の背中がひくりと動く。息を呑み込んだのだろう。

娘が、櫛を自分の胸元に押し込んだのだ。そのまま、出て行こうとする。

一呼吸、気息を整えて、信三は娘の腕をつかんだ。

「もし、お客さま」

娘が振り向く。

行灯の灯に照らされた顔は、痛々しいほどに青ざめていた。

「お客さま、ちょっとお話しが」

「連れて行って」

娘の唇が震える。信三の言葉を遮《さえぎ》った声も震えていた。

「は？　連れて？」

「あたしを自身番に連れて行って」

震えながらそこまで言うと、娘は袂《たもと》で顔を覆って嗚咽《おえつ》をもらした。胸元から櫛が滑り落ちていく。

清之介はおもむろに腰をあげた。


男は腹と胸を刺されて、息絶えていた。

「この傷、匕首《あいくち》だろうな。ほとんど急所を外してねえ。なかなかの腕じゃねえか」

北定町廻《じょうまちまわ》り同心木暮信次郎《こぐれしんじろう》は、独り言のように呟いた。独り言のようではあったが、聞かせたい相手はいる。

「素人じゃねえってことですね」

その相手、岡っ引の伊佐治が答える。自分の役目をちゃんと心得ているという口ぶりだった。信次郎の思考を促すように短く適切な受け答えをする。耳聡《みみざと》く、口堅く、頭の回りは早い。申し分なしの岡っ引だ。

もう少し、可愛げがありゃあ言うことなしだがよ。ったく、とんでもねえ狒々爺《ひひじじい》だからな、可愛げなんぞ夢のまた夢か。

と、胸の内で毒づくことは度々あるが、その狒々爺の老獪《ろうかい》さに助けられているのも度々のことだった。

御籾蔵《もみぐら》近くの猿子橋のたもとに転がっていた男の傷は二箇所。腹を刺されよろめいたところで心《しん》の臓《ぞう》を深々と抉《えぐ》られた。声をあげるひまもなかったのではないか。

「素人じゃねえ。匕首こ手馴れたやつの仕業だ」

「この男も堅気《かたぎ》じゃござんせんね」

「ああ、縞物小袖に羽織。面《つら》はのぺりと優男で、ちょっと見、羽振りがいい店の番頭ってとこだが……堅気なのは形《なり》だけさ。背中にも腕にも顎の下にも古い刃物傷がある。そうとう修羅場をくぐってきた男だ」

「そういう男が堅気の格好をして、殺された……」

さて、どういうことか。

伊佐治が問うように信次郎を見上げる。

「そうさな、考えられるとしたら……昔はならず者であった男が心根を入れ替えて堅気になった。が、しかし……」

「昔の仲間にずぶりとやられた」

「まあ、そんなとこだろうな。一度人道に外れちまえばそうそう、簡単に戻れるもんじゃねえ。そこら辺りは、親分の方がよおくご存知だろう」

「旦那、何がおっしゃりてえんで」

「だからよ、親分みてえにすんなり人の埒《らち》内に帰れる者は稀だってことよ。この男は帰ろうとして帰れなかったか……端《はな》から帰る気などなかったか」

「と、言いやすと」

「この形は紛《まが》い物ってことよ。狐が兎の皮を被っていた。筋金入りの悪党が堅気のふりをしていた……うん、こっちの方がだいぶ通りはいいかもしれんな」

「何のためにです」

「狐が兎の皮を被る。何のためだ？」

「兎をおびき寄せて食うため……ですかい」

「ご名答かもな、親分」

「だとしたら、どんな兎を食らおうとしていたのか……そこらあたりが気になりやすね」

「うむ。それがわかれば、下手人の尻尾を摑めるかもしれねえが。まっ、どっちにしてもならず者の内輪喧嘩で納まるんじゃねえのか」

信次郎は、ふわりと口を開けた。欠伸《あくび》が漏れる。伊佐治の眉が微《かす》かだが顰《ひそ》められる。

「まずは、仏の素性を探らねえと……旦那」

伊佐治に袖を引かれ、信次郎はこみ上げていた二度目の欠伸を呑み込んだ。

「いいかげんにしてくだせえ。何なんです。そのやる気のねえ様子は。人一人が殺されたんですぜ。もう少し身をいれたって罰はあたりやせんよ」

「どうせ、ごろつき仲間のごたごただろうが。生きていたって百害しかねえ男が消えた。世のためにはよかったんじゃねえのか」

「旦那！」

「ああ、わかってるって。だから、こうして検分してんじゃねえか。あまり怒鳴るとお頭《つむ》の血の道が切れちまうぜ」

信次郎のいなしに、伊佐治は口元をへの字に歪《ゆが》めた。声音にも面構えにも怒気が濃く現れる。

舌打ちとため息を同時にやりたくなった。

伊佐治は死者を潔癖なほど尊ぼうとする。それが、ごろつきだろうと女郎であろうと、どんな前科や過去があろうとだ。そこらあたりが、信次郎には理解できないし、わずらわしい。死者は死者。骸《むくろ》になってしまえば身分の貴賤《きせん》も、蓄財の多寡《たか》も、現世の行いも何ら関わりなくなる。そこまでは、伊佐治の考えと大差ない。そこからがまるで違ってくる。

どんな人間でも死ねば尊い？　ばかばかしい。死者は死者。骸は骸。

丸太や土塊《つちくれ》と同じではないか。

違うのは死者の背中にくっついている事件の相だ。どんな事情で骸になったのか。ただの行き倒れなのか、不運なだけだったのか、複雑に入り組んだ理由があるのか、言い換えれば謎を背負っているのかいないのか、そこの違いだけなのだ。

大平の死者はたいしたものを背負っていない。ただの骸、ただの丸太、ただの土塊だ。しかし、百の死人が出れば、その内の一つか二つ、妙にそそられるものがある。信次郎の勘に理屈でなくからんでくるものがある。

これは尋常じゃねえな。

どこかが歪《いびつ》だ。

理屈でなくからんできたものを理によって解きほぐしていく。事の実相を理詰めに明らかにしていく。闇に隠れ、霧に紛れていたものを光の下に引きずり出す。それは快感に近い情動を信次郎に与えてくれた。

束《つか》の間の刺激ではあったが。

束の間の高揚感のあと、また、味気ない波風のたたない日々が訪れる。欠伸をかみ殺し、倦《う》みながら生きねばならない。

人は死ぬ。いとも容易く人は死ぬ。口論の末に刺し殺され、馬に蹴殺され、俵の下敷きになり、川に身を投げ、鴨居《かもい》で首を吊る。つまらぬことだ。

もう少し謎を、闇に目を凝らさねば見通せないものを背負い込んで、おれの前に転がって欲しいもんだぜ。

と、信次郎は胸の内に呟く。現に聞こえるはずのない呟きをどの耳で捕らえるのか、呟くたびに伊佐治は眉を顰め、諫《いさ》め顔を作って信次郎を見やるのだ。

まったく、わずらわしい。

足元に転がり、もうじき戸板で運び去られるこの男にそそられるものは何もない。ただの骸、ただの丸太、ただの土塊……。

手が止まった。

おざなりに男のあちこちをまさぐっていた指先に触れるものがある。袖に何かが……。

「紙くず……で？」

伊佐治が身を乗り出し、信次郎の指先を覗き込んできた。

「反故《ほご》みてえだな。何か書いてある」

くしゃくしゃに丸められた紙を広げてみると、流麗な筆致の文字が並んでいた。ただし、途中で書き損じたらしく黒く潰されほとんど読み取れない。

「『おみつさま、過日の』……なんだ？」

「『行き合いは』じゃねえですか。はっきりしやせんが」

「おみつってのは、女の名前か」

「で、やしょうね」

「さまって付いてるってことは、身内の女じゃねえな」

「へえ。どこかでばったり行き合った女じゃねえですか」

「おみつか……」

反故紙を日に透かしてみる。質はかなり上等のようだ。

「旦那、おみつって名前の女なんて、江戸にはごまんといやすぜ。手掛かりにはならねえでしょう」

「だな。それより、こいつの人相書きを賭場あたりに流した方が、手立てとしちゃあよほど上等だ。けどな、親分」

「へえ」

「ごまんといるおみつの内の、少なくとも一人は知ってるぜ。おれも親分さんもな」

「は？……ああ」

伊佐治が浅く息を吸う。それから、顎を引いた。

「遠野屋の……」

「そうさ。ころころ太った気の強《つえ》え女よ」

「旦那」

伊佐治の眉が今度はそれとわかるほどはっきりと八の字に寄った。

「遠野屋のおみつさんとこの男とに、関わりがあるわけねえでしょ」

「なぜ、ねえと言い切れる？」

「ごろつきですぜ。おみつさんは、堅気じゃねえですか」

「親分、さっきその口で言ったじゃねえかよ。兎を食うためには兎の皮を被るのが一番。こいつは兎の形をした狐だってな。いなせな職人や遊び人じゃなく、お堅い店者《たなもの》のふりをして近づくとしたら、相手も店者と考えるのが筋じゃねえか。人ってのは、特に女なんてのは自分と同じ境遇だと思い込めば、簡単に信用しちまう」

「そりゃまあ、そういうこともあるでしょうが。おみつって女が奉公する店は、遠野屋だけじゃねえでしょう。旦那、前々から言ってますがね、何でもかんでも遠野屋がらみにしちまうのは旦那の悪い癖ですぜ」

「そうかい？」

「そうですよ。遠野屋さんはまっとうな商いをしてるんです。そうそう殺しと縁があるわけ」

そこで伊佐治は口をつぐんだ。薬湯を一気に飲み下したように口元が歪む。黒目がうろつく。

信次郎は薄く笑ってみた。

気がついたかい、親分さん。そういうこった。縁があるんだ。遠野屋って男は、呼ぶんだよ、人の死をな。だからおもしれえんじゃねえか。あいつの周りにはいつもいつも血の臭いが漂っている。どんなにまっとうに生きようが、大店の主に納まろうが、狐、いや狼か……狼は狼。血の臭いは消えやしねえさ。

小さく声を出して笑っていた。遠野屋清之介という男の姿が浮かぶ度に、腹の底から笑いがこみあげてくる。天を仰いでの哄笑ではなく、無声のまま内にこもり漣《さざなみ》のように身体を巡る笑いだ。

伊佐治が目を逸らせる。

「急ぎ、人相書きを作らせな」

「へい」

頷《うなず》いた後、伊佐治はため息をついた。そして、

「旦那……こういうの言わずもがなのことを言うってやつでしょうけどね」

と、手の甲で口を拭う仕草をする。

「舌なめずりしてやすぜ。それこそ、獲物を前にした狐狼《ころう》みてえで」

それから、もう一度、深く息を吐き出した。

娘は絹《きぬ》と名乗った。

激しく泣きじゃくる娘を座敷に座らせ、甘湯を飲ませる。黒砂糖を溶かした温《ぬる》めの湯は鎮静の効果があるらしく、娘はしゃくりあげながらも自分の名を告げたのだ。

「お絹さんと、お呼びしてもよろしいでしょうか」

清之介の問いかけに、泣きはらした顔で娘は首を縦にふった。頑是《がんぜ》無《な》い子どものように、こくっと前に倒したのだ。

「お絹さん、甘湯をもう一杯、いかがです？」

「あ……いえ、もうけっこうです」

「では、顔をお拭きなさい」

手拭いを差し出すと、お絹は目を瞬《またた》かせ、頬を紅く染めた。

「あたし……きっと、ひどい顔をしてるのでしょうね」

「いえいえ、そんなことはありません。おきれいですよ。ただ、涙を拭いて、一息ついて、ちゃんと説明していただきたいのです。なぜ、あんなことをなさったのか……」

すぐさま返答があった。

「欲しかったからです」

「この櫛をですか？」

「そうです。欲しかったから盗ったんです。あたし……あたし、泥棒したんです」

「これはまた、随分と可愛らしい盗人《ぬすっと》だ」

木賊《とくさ》柄《がら》の着物に薄鼠《うすねず》の帯、黒っぽい地味な色合いが肌の艶をいっそう引き立てている。何より唇の紅が鮮やかだった。光沢がある。お絹が最高級の紅をさしていることは、一目で見て取れた。清之介は僅《わず》かに声を低めた。

「よろしければ事情をお話し願えませんか。この櫛、そう値の張る品でもなし、娘さんにはいささか地味でもある。あなたが欲しくて盗ったとは、どうしても思えませんが」

お絹の紅い唇がもぞりと動いた。しかし、言葉は出てこない。

「お絹さん、なんでわざと櫛を盗んだりしたのです」

「わざと……いえ、それは、あの……」

「わざとなのでしょう。櫛を盗ることより、盗みを咎《とが》められることをあなたは望んでいた。ちがいますか？」

「まあ」と呟いたきり、お絹は暫く黙りこんだ。上目使いに清之介を見やり、ため息をつく。

「よく、おわかりですこと。まるで千里眼だわ」

「あなたの様子を見ていれば、千里眼でなくともわかります」

お絹の視線を促える。

「言ってごらんなさい。櫛一つだって盗みは盗み。このままでは科人《とがにん》となりますよ」

「科人」

お絹は大きく目を見開いた。

「あたしが……科人」

「そうです、科人です。お役人さまからあれこれと詮議《せんぎ》されることになりますよ」

「そんな。いや……あたしは、あたしはただ……お嫁にいきたくなくて……。だって、だって、おとっつぁんが無理やり……」

「嫁にいけと？」

お絹の頬を涙の粒が滑っていく。さっき、あれほど泣いたのに、娘というものの涙も笑いも尽きるということがないらしい。

清之介の背後で信三が身じろぎした。

「あたし……富沢町《とみざわちょう》の『春日屋《かすがや》』という糸屋の娘です」

今度は、お絹は泣き崩れなかった。科人という言葉がこたえたというより、根は気丈な性質なのだろう、涙を拭くと、きびきびした口調でしゃべり始めた。

「こんなこと、他人《ひと》さまに言うようなことじゃないけど……あの、内緒にしててくれますよね」

「心得ました」

お絹の口吻《こうふん》がやや権高《けんだか》くなる。裕福な商家の娘として何不自由なく生きてきた歳月を物語る口ぶりだった。

「うちは三代続いた糸屋で、けっこう大きなお店なんです。けど、このところ商いが、あまり芳《かんば》しくないとかで……だけど、そんなこと、あたしに何の関係もないでしょ」

「はあ?」

信三が不間《ぶま》な一声を漏らした。

家の商いの盛衰《せいすい》を何の関係もないと言い切る。不遜で世間知らずな一言ではないか。手代の存在など気にもかけないのか、端から見えていないのか、紅い唇を尖らせてお絹は話を続けた。

「なのに、おとっつぁん嫁にいけというの。お相手は寄り合い仲間の『常盤屋《ときわや》』さん。ひどいでしょ」

「なにが、ひどいんで?」

信三が首を傾げる。お絹の唇がさらに尖った。

「だって、だって……後妻よ。相手はわたしより二十も年上で……ぶくぶく太ってて……あんな男、あたし、嫌。絶対に嫌よ」

「なるほど。意に添わぬ相手に無理やり嫁がされてしまう、ということですね」

清之介を見つめ、お絹は頷き、小さな白い手を握り締めた。

「あたし……嫌。でも、おとっつぁん、『常盤屋』さんに借金があって……あたしをどうしても嫁にいかせたいって……話がとんとん進んでいるのに、こちらから断れるかって怒鳴るばかりで、あたしの気持ちなんてこれっぽっちも思ってくれないの」

「それで、櫛を盗んで捕まればお相手から断りがくると、考えたわけですか」

「そう。自身番に連れて行かれた女なんて、誰だって嫁にしたくはないでしょ」

「はぁ……」

信三がまた、間の抜けた声を出す。清之介は娘の視線を捉《とら》えたまま尋ねた。

「なぜ、うちの店だったんです？」

「え？」

「娘さんの足ではかなりの道のりだったでしょう。なぜ、わざわざ森下町の小間物屋をお選びになりました？」

「それは……あたし、手習いのお友だちから、このお店のこと聞いたことがあって……とってもきれいなお店で、いろんな品が棚にずらりと並んでるって……」

「盗り易いと思ったんですか」

「思ってない。最初から捕まる気だったんですからね。だけど、どうせ捕まるなら評判のお店にしようって思っただけ」

「それは、それは、なんともありがたいような、迷惑なようなお話ですねえ」

苦笑してしまう。

「旦那さま」

廊下から、おみつが呼んだ。

「お客さまでございます。富沢町の『春日屋』さんとおっしゃってますけど」

「おとっつぁん」

お絹の顔色が変わった。

「こちらへ、お通ししてくれ」

「はい」

おみつとの短いやりとりが終ると部屋の中はひどく静かになった。口を閉じ、お絹が俯《うつむ》いている。どこから入り込んだのか、小さな蟋蟀《こおろぎ》が一匹、お絹と清之介の間を飛び跳ねていった。

その蟋蟀が部屋の隅に隠れたころ、障子が開き一人の男が現れた。偉丈夫《いじょうふ》だ。背丈も肩幅も堂々としていて威厳がある。地味な鼠色の小袖に黒い羽織をつけていた。男はつかつかとお絹に近づくと、音高く頰を打った。お絹の髷《まげ》から簪が滑り落ちる。

「この、ばかものめが」

娘を一喝したあと、男は膝を折り、清之介に向かって手をついた。深々と頭を下げる。

「春日屋吉之助《よしのすけ》と申します。この度は、娘がとんだご迷惑をおかけいたしました」

「いえいえ、手前どもには何の害もございませんでしたよ。どうぞ、お顔をお上げください」

春日屋吉之助は身体を起こし、体軀には不釣合いな細い目をさらに細めた。

「娘の不始末、不問にしていただけるのでしょうか」

「もちろんです。いろいろとご事情もおありのようですし、手前どもとしては騒ぐつもりはさらさらございません」

「ありがたい」

吉之助は大きく息をつき、肩を落とした。そうすると一回り身体が縮まったように見える。

「春日屋の娘が盗みで捕まったとなると、大恥をかかねばならぬところでした。遠野屋さん、御礼申し上げますよ。これは」

吉之助は懐《ふところ》から袱紗《ふくさ》包みを取り出し、清之介の膝近くにおいた。

「僅かですが、御礼の気持ちです。お納めください」

「いえ……さきほども申し上げたとおり、手前どもには何一つ害はございませんでした。このようなお気遣いは、一切無用です」

吉之助の目が瞬く。何かいいかけた口を結び、無言で袱紗包みを懐にもどした。

「それより、春日屋さん、一つお聞きしたいことがあるのですが」

「なんでしょう」

「お嬢さまのこと、どのようにしてお知りになりました？　いや、手前どもから人をやって、お迎えをお願いしようと考えていた矢先だったもので……」

「はい、実は朝から娘の様子がおかしいというか……落ち着きがなくて……話せばこれも恥となるかもしれませんが、娘は小さいころより癇が強くて、心に思うことがあると落ち着きがなくなり……突拍子もないことを考えたり……考えるだけならまだしも、実際しでかしてしまうこともままあったもので……親の勘とでも申しましょうか、店の小僧によく見張るよう言いつけていたものでして」

「なるほど、その小僧さんがご注進に及んだというわけですか」

「はい。娘が遠野屋さんで櫛を盗んで捕まったと聞き、大慌てで飛んでまいりました。まったくもって、困った娘で……遠野屋さんが広いお心の方でよかった。ほんとうに、安堵いたしました」

「おとっつぁん」

お絹が清之介の腕をつかんだ。

「あたし、お嫁にいくならこの人がいい」

「は？」

吉之助の口がぽかんと開く。

「お絹、何を言っている」

「常盤屋のご主人なんて嫌だからね。絶対、嫌だから」

「お絹！　いいかげんにしなさい。他人さまの前で恥ずかしいとは思わないのか。さっ帰るぞ」

「嫌、帰らない。帰ったら、無理やりお嫁にいかせられるもの。あたし、帰らない」

「お絹」

「いやーっ。帰らない」

お絹は畳に突っ伏し、声をあげて泣く。まさに身も世もないという泣き方だ。

信三が呆れ果てたというように首を振った。

「いくら泣いても無駄だぞ、お絹。表に駕籠《かご》を待たせてある。帰るんだ」

「嫌、嫌。無理に連れて帰るなら、あたし舌を嚙み切るから。嫌だから、絶対にいやーっ」

瘧《おこり》のように震えていたお絹の身体がぐったりと力を失う。

「お絹、お絹……なんということだ、癇が昂《たかぶ》って気を失ったのか……遠野屋さん、まことに申し訳ないですが水を一杯いただけませんか」

「医者を呼びましょうか」

「いや、それには及びません。まったく、どこまで世話を焼かせるつもりなのか……」

吉之助が眉間に深いしわを寄せた。

「信三、おくみに言いつけて裏の座敷に蒲団を敷かせてくれ。それから、お絹さんの面倒を見るようにと」

「かしこまりました」

「いやいや、遠野屋さん、それはいけません。いくらなんでもそこまで、お手数をかけるわけにはいきませんから。駕籠に押し込んで連れて帰ります」

「お絹さん、本当に舌を嚙み切るかもしれませんよ。かなり、本気のようですから」

「いや、まさかそんな。単なる我儘ですよ」

「そうも言い切れないでしょう。気が昂じているときは思いもかけぬことをしがちです。それに、万が一、取り返しのつかないことになったら、婚礼どころの騒ぎではなくなります。それに、たいへん失礼ながら、気が昂っているのは春日屋さんも同じと見受けました」

吉之助の喉元《のど》が微《かす》かに動く。頰が心なし赤くなった。

「お絹さんは遠野屋がお預かりいたします。お二人、しばし離れて、心が落ち着いたころ、またお迎えにおいでください」

「遠野屋さん……」

春日屋吉之助は再び、両手をつき、深々と低頭した。


「旦那さま」

信三が囁《ささや》くように呼んだ。

「また、お客さまです」

「ああ……わかっている」

言われるまでもなく気がついていた。

軒行灯に照らされた戸口に、木暮信次郎の長身がゆらりと立っている。ふっと冷たい雪風が吹き込んできたような気がした。

寒気がする。

いつでもそうだ。

季節にも時刻にも関わりなく、信次郎と会うたびに凍《こご》える風を感じてしまう。最初出会った季《とき》のせいなのかと考えたこともあったけれど、そうではないことは、清之介が誰よりわかっていた。

そうではあるまい。

どこか、凍《い》てつく風を纏《まと》っているような男なのだ。冷酷とか非情とか、一言で言いきれるものではない。では他にどんな言葉でこの風を言い表せるのか清之介には摑めない。

強いてあげれば空洞だろうか。

信次郎の内に丸く欠落した部分がある。そこを通って風が吹いてくるのだ。雪交じりの風が。最初に出会ったころ、季節はまさに冬の最中《さなか》だった。それから、幾度も顔を合わせ、言葉を交わしてはきたけれど、いや、きたからこそ、風の冷たさが身に沁《し》みる。信次郎の姿を目にするたびに、慣れることのない寒気を覚えたりしてしまう。怖《おじ》ることさえあった。

「一難去って、また一難でしょうかね」

信三が、やけに年寄りじみた口調でそう言った。

遠野屋にことの次第をざっと説明し、伊佐治は茶をすすった。ここの茶はいつも美味《うま》い。今日も美味い。

ほんのりと香る温めの茶が渇きを満たしてくれる。

「おみつとその男が関わりあると、本気でお考えなんですか」

遠野屋は口調に何の感情もこめていなかった。非難も警戒も揶揄《やゆ》もない。そういう物言いが信次郎には気に障《さわ》るらしい。舌打ちをしてから、邪険に、

「関わりあるかねえか、これから調べるのよ。そのために、わざわざ足を運んでやったんじゃねえか」

そういって、顎をしゃくった。

「ともかく、あのころころした大年増《おおどしま》を呼んできな」

信次郎の言葉が終らない間にどすどすと力強い足音が聞こえてきた。おみつのものだ。

いい足音だと、伊佐治は思う。

重くなく、軽くなく、うすっぺらでなく響いてくる。地にしっかりと両脚を踏みしめて生きてきた者の足音だ。

うん、いい足音だ。

「失礼しますよ」

鼻の頭に汗を浮かべて、おみつが座敷に入ってきた。

「あたしに、何か御用ですか？」

そっけない言い方だ。顔つきも無愛想《ぶあいそ》だった。

信次郎は一度、清之介の頬を音高く打ったことがある。おみつは、そのことをまだ赦《ゆる》していないのだ。信次郎のことが嫌いなのである、定町廻り同心でさえなければ、

「あたしに、何か御用ですか？　御用がすんだらとっとと帰ってくださいな」

と、追い出してしまいたいと心密かに思っているはずだ。信次郎の方は、追い出される気はまるでないらしい。どかりと座り、小さく肩を竦《すく》めてみせた。

「おみつさん、あいすいやせんがね。この人相書きに見覚えありやせんかねえ」

男の人相書きを広げる。

「いえね、本当にたいしたこっちゃないんです。この男の袖に書き損じの文《ふみ》らしきものが入っておりやして、その中になんとか『おみつさま』と読める箇所があったものですから……いや、もちろん、おみつさんのことだなんて思ってやしやせんよ。この本所深川だけでも、おみつって名の女はたくさん、いやすから」

「知ってます」

「え？」

おみつが人相書きを手に唇を噛み締めた。身を乗り出し、伊佐治はおみつを見つめた。

何だ？　今、何て言った？

「おみつさん、今、何て？」

おみつがゆっくりと顔を上げる。目が合った。

「親分さん、あたし、この人を知ってます」

「おみつ」

遠野屋が腰を浮かせる。伊佐治も立ち上がろうとしていた。信次郎だけが壁にもたれ、ほとんど無表情のままだった。

行灯の明かりに照らされて、おみつの唇がゆっくりと動く。

あたし、知ってます。

「おみつさん」

遠野屋の女中頭の名を呼んで、伊佐治は小さく息を吸い込んだ。

「この男を知っている。そう言いやしたね」

「はい」

あっさりと、僅かの躊躇いもなく、おみつが頷く。その屈託のなさに、一瞬、逸《はや》った心が鎮まっていく。目の前にいる人間の表す言葉や顔つきや感情が本物なのか偽《いつわ》りなのか嗅ぎ取る臭覚、見抜く眼力は常人より鋭いはずだ。自負も自信もある。

おみつの様子からは、周りを謀《たばか》ろうとする臭気はいささかも臭ってこなかった。

「名を知ってるんで?」

「はい。甚八《じんぱち》さんです」

「甚八……」

聞いたことのない名だ。

「親分さん、甚八さんに……何かあったんですか」

「殺されたんだよ」

「はぁ?」

壁にもたれたままの信次郎に顔を向け、おみつは瞬きを繰り返した。信次郎が噴き出す。

「よく見るとおもしれえ顔してるな、おまえ。狆《ちん》がくしゃみしたみてえな面《つら》じゃねえか。いや、笑える」

「ほっといてくださいよ。旦那にご面相のことで、あれこれ言われたくありませんね」

「どういう意味だよ」

「なんなら、手鏡、お貸ししましょうか。じっくり、覗いてごらんになったらいかがです」

「つたく。狆くしゃのくせして、口の減らねえ女だぜ」

「あたしが狆くしゃなら、旦那は」

「おみつ。いいかげんにしなさい」

遠野屋が諫《いさ》める。決して大きな声ではなかったけれど、おみつは叱られた童丱《どうかん》のように肩を竦め、言葉を飲み込んだ。

この男はいつもそうだな。

と、伊佐治はふっと思う。

胴間声《どうまごえ》など決して出さないし、他者を威嚇《いかく》することもない。それなのに、こちらが身を縮めるような、あるいは我知らず背筋を伸ばしてしまうような力がある。声音だけで緊張を強いるのだ。

ちらりと伊佐治を見やり、遠野屋は口調を変えた。商家の主そのものの柔らかい声になる。

「口が過ぎる。木暮さまにご無礼ではないか」

「でも、狆くしゃって先に言ったのは、こっちの旦那ですよ」

「狆くしゃを狆くしゃと言って何が悪い？　狆が嫌なら、かめか。おかめ面のおみつさんって呼んでやってもいいぜ」

「まっ、ひどい。そこまで言うかしら」

ため息を呑み込んだのだろう、遠野屋の喉口が上下する。

「おみつ、その甚八という人は、猿子橋のたもとで刺し殺されていたそうだ」

「まあ……」

主の一言に、おみつの顔は俄《にわ》かに強張《こわば》った。〝殺された〟という意味がやっと理解できたという顔だ。

「おまえは、この男とどこか他所《よそ》で出会ったのか？　うちのお客さままでも取引先の相手でもないはずだが」

遠野屋の視線が再び伊佐治をなでる。その視線が伊佐治を促す。

親分さん、ここからは親分さんの仕事ですよ。

わかってやす、遠野屋さん。

伊佐治は口元を引き締め、膝をするようにして前に出た。おみつが顎を引く。

「おみつさん、詳しくきかせてもらいやしょう」

「はい……甚八さんと最初に出会ったのは……もう二十日も前になりますか。通りを歩いていたらふいに声をかけられて。『おかみさんじゃないですか』って。最初はびっくりしましたよ。まるで知らない人だって思ったので……」

「え？　てことは、おみつさん、甚八って男を前から知ってたんで？」

「はぁ。あたしは覚えていなかったんですけど、その……昔、『萩野屋《はぎのや》』に奉公していたそうで……」

「『萩野屋』というのは？」

「あたしが若いころ、嫁に行った先です。大昔のことですよ。ほんと大昔。それに、嫁いだといっても二年間しかいなかったし……猫の子みたいにぽいって放り出されちゃったんですから」

「猫？　狆だろ」

おみつは信次郎を軽く睨《にら》んだだけで相手にはならず、自分の主と伊佐治に顔を向けてしゃべり続けた。

「『おかみさんじゃないですか』って、そりゃあもう嬉しそうに駆け寄ってきて、会いたかった、会いたかったって繰り返して……」


「ずっとお会いしたかったんです。夢みたいだ。おかみさんに、また、会えるなんて……仏さまのお導きかもしれない」

男は頬を上気《じょうき》させ、目を潤ませておみつの前に立っていた。目鼻立ちの整った役者のように美しい男だった。身につけている縮緬《ちりめん》の小袖も黒羽織も地味ではあるが上等の物のようで、男が羽振りのいい商人であると容易に察しがついた。

おみつは半歩、後ずさる。

「申し訳ないですけど、お人違いですよ」

「え？　でも……」

「あたしは、この先の小間物問屋に奉公している者です。おかみさんなんかじゃ、ありませんよ」

「え……あっ、でも、そんな……あの、おみつさんじゃ……」

「ええ、そうですけど。どうして、あたしの名前を？」

「ほら、やっぱり、おかみさんだ。おかみさん、甚八ですよ。『萩野屋』で小僧をしていた甚八です」

「甚八？」

おみつは眉を顰めた。男の言う『萩野屋』が若いころ嫁いだ先の屋号であると、とっさに思い至らなかったのだ。

「お忘れですか……」

男の肩がさがる。落胆のため息が零《こぼ》れた。

「そうですよねえ。わたしは、まだ十になったかならずかの小僧でしたから。覚えておいでのわけがない」

『萩野屋』は大店ではないが、それ相当の構えの紺屋だった。数人の雇い職人や弟子がいたのもうっすらと覚えている。その中には、奉公を始めたばかりの子どももいたかもしれない。

「ごめんなさい。このところ、歳のせいで忘れっぽくなっちまってね。昔のことが思い出せないんですよ」

　嘘だった。

　思い出せないのは歳のせいではない。ずっと以前から『萩野屋』での二年間、紺屋の女房としてすごした歳月を思い出せないでいる。

　洗いを繰り返した布地の文様がいつか褪《あ》せて、消えていくように、おみつの中から当時の諸々《もろもろ》は目を凝らさねば判別できないほど薄れてしまっていた。

　亭主が初めての男だった。気は弱かったが、その分優しかったのでは……。亭主の優しさも、顔形も、子ができぬと舅、姑に詰《なじ》られ続けたことも、閨《ねや》での睦みごとも、染料の匂いや色も、そこで立ち働いていた人々の姿も、みな朧《おぼろ》だ。現《うつつ》のものだったとは信じられないほど朧になっている。

　あれは夢だ。おまえは夢を見たんだよ。

　誰かにそう諭されれば、おみつは得心して、ああそうですね、夢だったんですねと頷いたかもしれない。

　あれは夢だ。おみつにとっての現は、遠野屋で生きてきた日々と遠野屋とともに生きている今だけ、だった。

　女中頭として、若い主人に仕え、おしのやおこまの世話をする。

遠野屋の台所で湯気をあげている釜、匂い袋の芳香、おしのの愛用の黄楊《つげ》の櫛、主人の穏やかな物言い、店から伝わってくる活気、出入りの職人たちの軽口、仏間に漂う線香の薄青い煙、「おみつさん、これ、どうしたらいいんですか」まだ少女の域をでないおくみのきびきびした声や目の光、赤子の柔らかな肌、庭の片隅を鮮やかに彩る萩、松の枝にかかる月、算盤《そろばん》の音、「清《せい》さん」「はい」「おこまがね、もうじき、一人でお座りできそうだよ」「えっ、まさか。この前、寝返りができたばかりじゃないですか」「ほほほ、赤ん坊なんて一月《ひとつき》、二月《ふた》《つき》でびっくりするぐらい育つもんなんだよ。ねえ、おこま。おまえのおとっつぁんは赤子のこと、なーんにも知らないんだって」「どれどれ、おこま。そこに座ってごらん」「まぁ、清さん。座布団重ねてどうするの。あははは。おかしいねえ。はははは」「おっかさん。そんなに笑わなくても」隣の部屋から聞こえてくる何気ない、しかし、確かな幸せに満ちた語り合い……。

遠野屋の日々に当たり前のようにあり、あふれ、この身を包み込む一つ一つが、紛れもない現だ。

嫁いだとき十五だった。遠野屋に奉公してから二十年が過ぎようとしている。四十近いおみつの人生は半分以上が、遠野屋と重なって流れてきたのだ。

「わたしは、忘れていませんよ。おかみさんに親切にしてもらったこと……忘れてないです。

わたしは安房《あわ》の漁師の倅で、家は貧しかったのですが、末子《すえご》ということでそれなりに甘やかされていたんです。だから、生まれて初めて親元を遠く離れての奉公が辛くて、辛くて、親方や兄弟子に叱られるたびにべそべそ、泣いていましたよ」

「そうですか……。まぁ、奉公は辛いもんですからねえ。逃げ出す者だって、たんとおりますから」

当たり障りのない受け答えをするしかなかった。甚八という名の小僧の顔はゆらりとも浮かんでこないのだ。何だか申し訳ないような心持ちになる。

「あの、でも、甚八さんは辛抱されて、今じゃ一人前におなりになってるんでしょ。その形《なり》を見たらわかりますよ」

「はい。染物の職人ではなく、品を扱う商人になりました。昨年、小石川《こいしかわ》鶯谷《うぐいすだに》に小さな店を出しまして」

「まあ、それはそれは、おめでとうございます。よく、がんばったんですねえ」

本心から祝った。若い者が辛抱を重ね、這い上がり、自分の店をもった。赤の他人ではあるけれど言祝《ことほ》ぎたい。

「まだまだこれからです」

甚八は、はにかんだ笑みを浮かべた。細めた目に甘い色気が滲《にじ》む。

「半分は、おかみさん……いえ、おみつさんのおかげだと思ってます」

「あたし？　あたしは何も」

「いえ、わたしが辛くてべそべそ泣いているときに、おみつさん、励ましてくれて。がんばりなさいって、ぽんぽんとわたしの背中を叩いてくれて、涙を拭いてくれて……嬉しかったですよ。世の中には、こんな優しい菩薩さまみたいな人がいるんだって」

「まあ、菩薩だなんて……そんな、大げさな」

「大げさじゃないです。あのときは本当に菩薩さまに見えました。夕暮れ時で、蝙蝠《こうもり》が飛び交っていたけれど、その蝙蝠さえ輝いて見えました」

まるで覚えていない。けれど、甚八の声は耳に心地よく沁みて、おみつは蝙蝠の飛び交う夕空や薄闇の中にしゃがんで泣いている小僧を見たような気がした。

菩薩のごとく慈愛の笑みを浮かべ立つ、若い自分の姿を見たような気がした。

「おみつさん」

甚八がすっと近寄る。いつの間にか手を握られていた。甘い匂いが鼻腔をかすめた。

「わたしはいつも、拝んでたんです。あの優しいおみつさんにもう一度、会いたい。どうか会わせて下さいって。毎朝、手を合わせていました。ここで出会えたのも、仏さまの引き合わせとしか思えません」

「あっ、あの、甚八さん」

「今度、ゆっくり会ってもらえませんか。お願いします」

「でも、あたしは奉公している身で……」

「じゃあ、ちょっとだけでいいです。お礼がしたいんです。おみつさんはお忘れかもしれないけど、わたしは忘れたことなどなかった。『萩野屋』の辛い生活を辛抱できたのも、今のわたしがあるのも、おみつさんのおかげです。そのお礼がどうしても、したい」

甚八の指に力が加わる。

「お願いしますよ、おみつさん」

熱を帯びた双眸《そうぼう》がおみつを見下ろしていた。

「それで、どうした？　近くの出会い茶屋にでもしけこんだのか」

「まさか。それほど男に餓《かっ》えちゃいませんよ」

「よく言うぜ。その日、しけこまなくても、会う約束はしたんだろうが、え？」

「しましたよ」

唇を尖らせ、おみつは挑むように顎を上げた。

「甚八さんがあんまり言うものだから、まっとうな、ちゃんとした料理屋さんでご馳走になる約束をしました。まっとうな、ちゃんとした料理屋さんでね」

「ふふんっ。どこがどうまっとうなのかわかるもんかい。隣の座敷にちゃんと寝床が敷かれているような、まっとうな料理屋じゃなかったのか」

「あぁそうですか。旦那はそういうところに、ちょくちょくお出かけになるんですねえ。よろしいこと」

「おれの話じゃねえよ。おめえのことさ。どうなんだ？」

「知りませんよ、行かなかったんですから」

「行かなかった？」

信次郎が目を細める。伊佐治は身を乗り出した。

「行かなかったってのは、おみつさん、甚八との約束を反故にしたってこってすね」

おみつは懐から手拭いをとりだすと、額から顎へと伝う汗を拭き取った。鼻の頭にも小さな汗粒が浮かんでいる。

「忘れてたんですよ。約束の日、半日だけお休みをいただいてたんですけど、おこまちゃんがその朝、急に熱を出して、けっこう高い熱で、お乳を吐いたりしましたから、もう心配で、心配で……こういう言い方、なんですけどね、甚八さんのことなんて頭から吹っ飛んでましたよ。思い出しもしなかった、ですね」

「すっぽかしたってわけでやすね」

「まあ……そうなります。だって、本当にそれどころじゃなかったんですもの」

「文が来たろう」

信次郎がぼそりと呟いた。おみつの黒目がくるりと動いた。

「まあ、なんでそのことを」

「そのぐれえのこと、わかるさ。恋文みてえなもんだろう。おまえさまをずっと待っていた。なんで、来てくれない。過日の行き合いからずっと、おまえさまのことばかり思うている。となし」

おみつの黒目は一点に止まり、信次郎の顔をまじまじと見つめた。

「旦那は……あの文を読んだんですか。でも、まさかそんなこと」

「読まなくても、だいたいわかるさ。色男が年増女をたぶらかそうとする文句なんぞ、似たようなもんだ。ついでに言うなら、その文の最後に改めて逢引の段取りが書いてあっただろう。いつ、どこで、おまえさまを待つ。今度こそ来てくれとな」

「それはわかりません」

おみつはきっぱりと言い切った。

「わからねえ？　おめえ、字は読めるんだろう」

「読めますよ。でも、あの文は読めなかったんです」

伊佐治と遠野屋は顔を見合わせた。

「おみつさん、あっしには判じ物みてえに聞こえやすが、それはどういうこってす？」

くすっ。信次郎が笑う。

「なるほどな、汗か」

「汗？」

「汗で滲んで読めなくなった。そういうことだな、おみつ」

「まぁ、ほんとに驚いた」

おみつが息を吐き出し、鼻頭を拭う。

「旦那って、何もかもお見通しなんですねえ。どうして、そうなんでもかんでもわかっちゃうんです。すごいですねえ。どんなお頭《つむ》をしてるんですか」

おみつの声には素直な称賛と感嘆があふれていた。信次郎が軽く肩を竦める。

「そうなんですよ。旦那のおっしゃるとおり、甚八さんから文がきたんです。だけど、あたし、そんなものに目を通す余裕なんかなくて、懐にいれたままにしてたんですよ。だって、おこまちゃんの熱、なかなか引かないし、苦しそうだし……今だから言えますけど、あのまま息が止まっちゃうんじゃないかってもう気が気じゃなくて。だって、伊豆屋のおぼっちゃん、生まれて三月《みつき》で亡くなったでしょ。あれは熱がもとだって話ですからね」

「そうかい、そりゃあ気の毒だな。だけどな、おみつ。今は伊豆屋も豆腐屋も関係ねえよ。話をあっちこっちさせせんじゃねえ」

「伊豆屋は損料屋ですよ。豆腐屋じゃありません。定町廻りのお役人がそんなことも知らないで、どうするんです」

信次郎の口元が歪む。薬湯を無理やり、口に流し込まれたような顔つきになる。伊佐治は思わず笑ってしまった。横を向くと遠野屋も唇を噛んで、笑いを堪《こら》えていた。

「二人とも何がおかしい」

信次郎の口調が明らかに不機嫌になる。

「いえ、べつに……。申し訳ありやせん。それより旦那、やっとあっしにも見えてきやした。おみつさんは甚八からの文を懐にしたまま忘れていた。普通なら、後で一息ついたころ思い出して読んだかもしれねえ。ところがおみつさんはえらい汗っかきだ。一息ついたころには、懐につっこんでいた文は汗で濡れ、字が滲んで読めなくなっちまった」

「ええ、そのとおりです。あの日は妙に蒸《む》す日でした。どたばたしていたから、よけい汗をかいてしまって……ほんと、汗にぐっしょり濡れてしまうほどでしたよ。はっと気がついて文をひっぱり出したんですけどね、後ろの方はもう墨が滲んじゃって、何を書いてあるのやらさっぱりでしたね……それだけじゃなくて、あたしのお乳、墨で真っ黒になっちゃって」

「おめえの乳なんか赤くても黒くても、誰も見やしねえよ。要するにおめえは、二度目の逢引にも行かなかった。甚八を袖にしたってわけだ」

「袖もなにも。文の後ろの方は何が書いてあったのか。まるで読めなかったんですよ。さっきからそう言ってるじゃないですか」

「ああそうかい、そうかい。まったく、汗で付文《つけぶみ》を汚しちまう女なんてのに、初めてお目にかかったぜ。で、その文はどうした？」

「捨てちまいました。読めない文なんか、持っててもしかたないと思ったんで」

「なるほどね。理には適《かな》ってるな」

信次郎は袂から文の反故紙を取り出すと、おみつの前に広げた。

「この手跡、甚八からの文と似ているか」

おみつは目を見開き、食い入るように見つめる。

「似てますね。よく似ています。同じもののような気がします。書いてあることも、似てます。あの……旦那、実は……」

「三度目か」

信次郎の一言に、おみつの眉がひくりと動いた。

「二度あることは三度ある。三度目の付文が届いたんだろう」

「そうです。ほんと、よくおわかりで」

「いつだ」

「昨日の朝でした」

「なんて書いてあった？」

「わかりません。読みませんでしたから」

「読まなかった？　まさか、また汗に濡らしちまったのか」

「ちがいますよ。端《はな》から読まなかったんです。読まずに捨てました」

「なぜだ？」

「さあ、どうしてなんでしょうね。あたしにもよくわかりません。なんか、鬱陶《うっとう》しいような気になったのかも……」

「男からの付文が鬱陶しいか。吉原の太夫《たゆう》のような口ぶりだな」

「しょうがないですよ、本当にそう思っちまったんだもの」

おみつは手の甲を忙《せわ》しげにさすると、腰を浮かせた。

「もう失礼していいですか。夕餉《ゆうげ》の支度が途中なんですよ」

信次郎は返事をしなかった。おみつのことなど、もう眼中にないようで、どこかぼんやりとした視線を反故の上に落としている。

「大方の用はすみやした。手間をとらせやしたね」

代わって伊佐治が答える。おみつは会釈をして、立ち上がった。

「おみつ」

立ち上がったおみつを遠野屋が呼び止める。おみつは「はい」と答え、再び膝をついた。

「何でございましょう」

「何で、そんなに甚八という男が鬱陶しかったんだ」

身体をおみつに向け、遠野屋はゆっくりと息を吐き出した。

「いや、少し得心《とくしん》がいかなくてね。おまえは貰った文を読みもせずに捨てるような女じゃない。鬱陶しいにしろ、行く気がないにしろ、その故をしたためた文を相手に返すはずだ。そうしないと、相手は何時までも待つことになる。わたしの知っているおみつは、それに気がつかないほど鈍感でも薄情でもないが」

「旦那さま……」

おみつの丸い頬が赤らむ。

なるほど、うめえもんだ。

伊佐治は遠野屋の横顔に視線を走らせ、軽く舌をまいた。

遠野屋は、おみつをおだてているのでも、おみつに媚《こ》びているのでもない。本心を語っている。冷静に自分の感じた違和を述べているだけだ。

それが心を揺する。

遠野屋の言葉はそれを投げかけられた相手の心に触れて、心地よく揺するのだ。おみつだけではない。この店の誰もが、いや、遠野屋に接した誰もが濃淡はあっても感じる情動ではあるまいか。

このお方は誰よりもわたしをわかってくれている。ならば、このお方のために精進しよう。精一杯、尽くそう。命を懸けよう。

そう思ってしまう。計算ずくであるわけがない。この男の本質なのだ。この男はこうやって他者の心を掴み、揺すり、操る。

操る？

伊佐治は息を詰め、頭を振った。

おれは何を考えている。操るなどと不心得なことを考えちゃ、遠野屋さんに申し訳ねえ。しかし……。

あながち的外れではないかもしれない。と、伊佐治は思うのだ。人の心を掴み、揺すり、操れたからこそ、遠野屋はここまで伸びてこられたのではないか。商いは人が動かねば成り立たない。人を動かし、品を商う稀有な才覚をこの男は確かに掌中にしているのだ。それはむろん慶することではある。あるが……人の心を容易く操れる力が商人の枠に納まっている内はいい。枠を越えて流れ出せば、どうなるか。

悪寒がする。

信次郎の視線とぶつかった。口元に薄笑みを浮かべている。伊佐治の心の内を透かし見た笑みだ。

さらに悪寒がする。

信次郎のように容赦なく相手を切り裂き、臓腑《ぞうふ》ごと真実を引きずり出そうとする男と、遠野屋清之介のように柔らかく包み込み意のままに操ってしまう男と、さて、どちらが危殆《きたい》なのか。

どっちもどっちか。

乾いた唇を舐めてみる。皮がめくれているのかひりひりと細かな痛みがした。

おみつが膝の上に手を重ね、背筋を伸ばした。

「旦那さま。あの人、甚八って人、甘い匂いがしたんですよ」

「甘い匂い？」

「はい。白粉の匂いだと思います。女のつける白粉の匂い。ほんの少しですけど確かに匂いました」

「おまえに会う前に、女といたってことか」

「ええ。それも化粧をした女とべったりとひっついていたんじゃないかと思います。いいんですよ。赤の他人ですしね。どうでもいいんです。でも、その匂いと甚八さんの格好や言うこととがどうにも、ちぐはぐで。嫌だったんですよ」

「なるほど。おまえは男の正体をとっさに見極めたわけだ」

「いいえ、そんな大層なものじゃありません。ただ……危ないなって思ったんです。この人に関わったら壊れちゃうんじゃないかって。そんなのごめんだって思ったんです」

「壊れるというのは？」

「今の暮らしですよ」

おみつは大きく息を吸い込んだ。帯の上で豊かに盛り上がった胸が上下する。

「旦那さま。みつにとって、ここでの暮らしは掛け替えのないものなんです。壊したくないんです。甚八さんがどんな人か知りません。もしかしたら、本当にいい人だったのかもしれません。でも、あたしは満足しているんです。旦那さまや大おかみさんに仕えて、おこまおじょうちゃんの世話をして、遠野屋の奥で働く。今が一番、幸せなんです。もったいないぐらい幸せなんです。今の暮らしをちょっとでも傷つけたくないんです。どんな人でも割り込んできて欲しくないんです。だから、いい人だろうが悪人だろうが……どっちにしても鬱陶しいって思って、文も返さなかったし、会いにもいきませんでした。それだけです」

一息に言い切ると、おみつは両手をついて深々と頭を下げた。それから、無言のまま出ていく。足音が遠ざかったとき、信次郎が口を開いた。

「上手《うま》いこと手懐《てなず》けてるもんだな、遠野屋」

そう呟いた後、欠伸をかみころす。

「あの女中頭にしろ、間抜け面の手代にしろ、まさに忠犬じゃねえか。主人のためなら何でもやりますって、尾っぽを振ってやがる」

「そうかい。おみつも信三も人でございます。己の心というものを持っておりますよ、木暮さま」

「おまえさんはその心とやらを、誰より上手に扱える。そういうことらしいな。ふふん。さぞかし、おもしれえだろうな」

「何がで、ございます」

「とぼけんな。人を思うように動かすことだよ。誰もかれも上手いこと飼い慣らしやがって。この店にいる連中は人じゃねえ。おまえの犬さ……なんだ、なにがおかしい？」

「いえ、ふと思いまして。木暮さまだけは無理だなと」

「なに？」

「わたしが何をどれほど上手く扱えようと、木暮さまだけは扱いかねます。とうてい、わたしの手に負えるものではありません」

「皮肉か」

「本心でございます」

信次郎が唇を歪め、微かに笑う。遠野屋もまた笑みを浮かべていた。伊佐治は笑えなかった。今、目の前にいる男たちと笑みを重ねる気など毛頭、起こらない。二人ともそれこそ、人でないようだ。人でないのかもしれない。

放っておけ、放っておけ。

伊佐治は自分に言い聞かす。

それより事件だ。おみつさんと甚八の関わりはわかった。しかし、ここから先は……。

どうなさるんで、旦那？

信次郎が笑みを消した。

「遠野屋」

「はい」

「座敷を用意しな。今夜は親分と二人、ここに泊めてもらう」

「はい」

「狆くしゃ女中の夕餉とやらを馳走になろうじゃねえか」

「旦那」

伊佐治は膝を進めた。

「今夜、何かが起こるんで？」

「おそらくな」

「遠野屋さんで、ですかい？」

伊佐治には答えず、信次郎は横を向き手酌の仕草をした。

「酒も忘れるな」

「心得ました」

風が出てきたのか、庭の木々が鳴っている。冷え込んできた。その夜気を伊佐治は静かに深く、吸い込んでみた。


これは梅だろうか。

お絹は闇に浮かぶ樹の枝を見上げて思う。

梅だろう。

遠い昔、母親と梅の樹の下に立っていたことがある。

母親は泣いていた。梅は芳しく香っていた。

おっかさん、なぜ、泣いているの。

そう尋ねたかったのに、母親を慰めたかったのに、声が出てこない。母親は腰の紐を解《ほど》き、それを梅の枝に掛け、輪を作る。

おっかさん、何するの。だめ、そんなことしちゃ、だめ。

止めたかったのに、叫びたかったのに声は……出なかった。とうとう出なかった。

おっかさんを止められなかった。

梅は嫌いだ。

「お絹さん」

「あ……」

後ろに手燭を持って、遠野屋の主が立っていた。気がつかなかった。人の気配には山猫のように敏感なはずなのに、まるで気がつかなかった。気配も足音もまるで感じなかった。

「もう夜も更けようかという刻《とき》に、こんなところで何をしておいでです？」

「あっ、梅が匂ったようで……」

「梅が？」

梅の枝には一輪の花も、一枚の葉もついていない。裸のまま風に揺れている。

「あっいえ、ごめんなさい。気が昂《たかぶ》っていて寝つけなくて、ついふらふらとお庭に出てしまって」

遠野屋は手燭を持ち上げ、お絹の顔を照らした。

「今夜は冷える。風邪をひいてしまいますよ」

何気ない一言のはずなのにぞくりと背筋が震えた。

怖気《おじけ》づいてる？　あたしが？　ばかな。

「さっ、戻りましょう。足元、気をつけて」

「遠野屋さん」

遠野屋の胸にしなだれかかる。

「あたしを……抱いてくださいな」

「お絹さん」

「お願い。あたし、わかってるんです。どうせ、おとっつぁんの言うとおりになってしまうって」

「それは、無理に嫁がされるということですか」

「そうよ。わかってるの。あたしはどうせ借金のかたに『常盤屋』に売られるの。嫁にいくなんて建前だけ。ほんとは売られるのと同じ。遊女みたいなものよ」

「お絹さん、おちついて」

「嫌」

遠野屋の身体に縋《すが》りつく。

「だから、お願いです。あたしを抱いて。あんな爺《じじい》に汚される前に……あたし、あたし、
遠野屋さんなら……」

風が身体を包んだ。力いっぱい摑んでいたはずなのに、遠野屋はするりと退き、お絹との
間に一歩分の開きを作る。

「なぜ……なぜ……これほどお願いしてるのに」

「お絹さん」

手燭の炎が揺らめく。

「人の定めは人の力で変えられます。必ず、ね」

遠野屋が背を向ける。

お絹は立ち尽したまま、その背を見つめていた。

かたり。

潜《くぐ》り戸のさるをはずす。

外の風が流れ込んできた。その風とともに黒い塊が四つ、遠野屋の土間に滑り込んでくる。ほとんど物音はしなかった。

「お絹、金のありかは探ったか」

「ええ。どうやら、奥庭の蔵にたっぷりと貯め込んでるようだよ」

「鍵は」

「ここに」

土蔵の鍵を渡す。帳場の引き出しから先ほど盗み取ってきた。

「よし、よくやった」

黒装束の男たちは足音もたてず、庭へと出る。

「ね、親分」

「なんだ？」

「ここも、この前のように……皆殺しにするんですか」

「うまくことが運べば、殺生《せっしょう》はしねえ。ただし、気が付かれたらそれまでだ。店の者は一人残らず殺《や》る。皆殺ししよ」

お絹は目を閉じる。

気がつかないでほしい。

拝むようにそう望んだ。

男は百足《むかで》の辰三《たつぞう》と呼ばれていた。残虐で非情だ。辰三が皆殺しにするといえば、本当に家人ことごとくを斬り捨てる。三年前、薬種問屋に押し入ったときがそうだった。十歳に満たない子どもを含め、全員が殺された。全員を殺した。

気がつかないで。

このまま静かにしていて。

「おい。何をぐずぐずしてる。早く、開けろ」

「この錠前……はずせませんぜ、親分」

土蔵の錠前をいじっていた男が低く答える。

「なんだと。どういうことだ？」

「その鍵では開かぬということです」

お絹は短い悲鳴をあげた。

「蔵の鍵はわたしが持っています。その鍵は贋物ですよ、春日屋さん」

「遠野屋、てめえ」

辰三の動きは速かった。匕首を構えると身を低くして、遠野屋にぶつかっていく。お絹の口からさっきより高い悲鳴がもれた。辰三の匕首は鋭い。一分の狂いもなく、相手の急所を抉るのだ。

馬鹿な人。のこのこ出てきたりして……、殺されてしまう。殺されて……。

辰三がもんどりうって、地面に倒れた。匕首が転がる。その腹に遠野屋のこぶしがめりこんだ。辰三はくぐもった呻《うめ》きをあげ、身体を丸める。背中が細かく痙攣《けいれん》していた。

「やろう」

三人の男たちは一斉に匕首を抜くと、三方から遠野屋に飛び掛かっていった。獲物に襲い掛かる狼のようだ。お絹の前には闇があった。蔵の前に置かれた小さな手燭以外、灯りはない。月もない。闇だけが広がっている。

手燭をもちあげ、闇を照らす。

あまりに儚《はかな》い光の中に黒装束の男が倒れこんだ。腕を押さえて唸《うな》る。その腕が奇妙に捩《ねじ》れていた。

手燭をさらに高くかかげる。

闇の中に立つ男にゆっくりと近づいていく。

遠野屋の気息はいささかも乱れてはいなかった。足元に一人、やや離れてもう一人、黒装束の男が倒れひくりとも動かない。

「そうですか」

我知らず、呟いていた。

そうか、そうなのか。

この男は、こういう者だったのか。声をあげて笑いたいようにも、地に伏して泣き叫びたいようにも心地が揺れる。お絹は揺れる心地のままふらつく足取りで、男の傍らを行き過ぎる。

　ふっと梅の香りをかいだ。


「女には甘いんだな」

灯籠《とうろう》の陰から信次郎が現れ僅かに顎をしゃくった。

「あのまま行かせちまうのか」

「それは、こちらの台詞《せりふ》でございます。捕らえるのは木暮さまのお役目でしょう」

「あぁ、まあそういっちゃそうだが。おれは別にどっちでもいいさ。手引きをした女一人ぐれえ逃がしたって、どうってことあるめえ」

「旦那、そんなわきゃあねえでしょ。あの女、手下《てか》がお縄にしてもようがすね」

「好きにしな」

伊佐治が身体を回し頷く。背後に控えていた男が二人、駆け出した。

「焦ることあねえ。どうせ逃げ切れやしねえよ。それより、親分、こいつの腕の刺青《いれずみ》、百足だぜ。百足の辰三だよ。三年前、派手な押し込みをした後、行方をくらましていた大物だ。まさか、こんなとこでお目にかかれるとはな」

「まったくで。そういえば、三年前の手口……確か、薬種問屋の女中が中から賊を招き入れたってやつでしたね」

「そうさ。役者崩れの色男を使って店の女を籠絡して手先にしちまうって、手口だったな」

「だから甚八がおみつさんを……」

「ああ。おみつの過去をちょこっと調べて、嫁ぎ先の奉公人に成りすまして近づいたんだろうよ。しかし、上手くいかなかった」

「それで、お絹を送り込んだ」

「そうさ。下手な芝居をさせて、ともかく遠野屋の内側に潜り込ませたってわけよな。まさか、主が自分よりもはるかに手練《てだ》れだったとは、さすがの百足も気がつかなかったってこった。気の毒に」

「木暮さま」

「なんだ?」

「そのことで、いささかお約束が違いませぬか」

「約束？」

「わたしが男を一人相手にしている隙に、木暮さまが他の男を捕らえる。そういう約束でしたが」

「ああ、そうだったな。いや、なんだか急に面倒くさくなってな。酒が入っているせいか。いささか眠くもある。むさい男相手に立ち回る気分になれなかったわけよ。まっ、しかし、心配には及ばん。こいつら、全部、おれが片付けたことにしてやる。小間物問屋の主が盗人四人、あっというまに片付けたなどと噂になれば、おぬしも何かと厄介だろうからな」

「……それはどうも」

「礼にはおよばねえよ」

信次郎が乾いた笑い声をあげた。伊佐治が匕首を拾い上げる。

「遠野屋さん、腹にすえかねるようでしたら、これでうちの旦那をぶすりとやってくれていいですぜ。あっしは何も見なかったことにしやすから」

「おいおい、親分。つまんねえ冗談言うな」

信次郎が真顔になる。

清之介は空を見上げてみた。雲が広がっているのか月も星も見えない。

梅の枝を一心に見つめていたお絹の姿が浮かぶ。

あの娘はあの若さで何を背負ってしまったのだろうか。

草原から蟋蟀の音が響いてくる。

「辰三が白状しやしてね」

日当たりのいい縁側で伊佐治は遠野屋に事件の顚末《てんまつ》を伝えている。

膝にはおこまがいた。

「おみつさんを落とせなかったことで、甚八と口論になり、殺っちまったそうです。甚八は以前から仲間の女房を平気で寝取ったりして、辰三は苦々しく思っていたようですね」

「盗人に入って、家人を平気で殺す者が、女にだらしない男を許せなかったというわけですか」

「そういうこってす。人間ってのはおかしなもんですよ」

「ほんとに」

おこまが機嫌のよい声をあげる。おとっ、おとっと聞こえた。

「おや、おこまちゃん。おとっつぁんって言おうとしてますぜ」

「まさか」

「そうですよ。女の子は口の回りが早い。すぐに、おとっつぁんって呼んでくれますぜ、遠野屋さん」

伊佐治はふと、息子相手に孫の話をしているような錯覚におちいった。

頭上の空は穏やかに晴れ上がっている。生きていることを祝いたくなるような空だ。

「のんびりした、いい日でやすね」

「木暮さまがおられませんから」

「確かに。旦那がいないとしみじみ平穏でやす」

おみつが茶を運んでくる。汗の粒が額に浮かんでいた。

晩秋、いや、初冬の光をあびて、女の額の汗が一瞬煌《きら》めいたように伊佐治には思えた。

おこまを軽く揺する。梅の枝で、百舌《もず》が高く鳴いた。

海石榴《つばき》の道

目の前を白い影が過《よ》ぎった。夜風にのってふわりと舞ったのだ。

思わず足を止め、息を詰めていた。

「花か……」

花びらのようだ。

夜気に若い葉の匂いが混じり、闇の色さえ明るんで見える時季だから、散った花びらは桜ではあるまい。

だとしたら、なんだろう？

夜目にも鮮やかな白の花……はて？

そこまで考えて、息を吐き出す。かぶりを振ってみる。花のことなんか、どうでもいい。

どうでもいいことを考えている自分が、たかが花びらに、一瞬とはいえ身が竦《すく》んだ自分が情けない。

おれは、いつもこうだ。

懐手《ふところで》をして、歩き出す。

おれは、いつも何かに怯《おび》えているんだ。周りを気にしながらびくびく生きている。まるで、鼠か野兎だな。

自嘲の笑いをかみ殺す。青味のする風が、歪《ゆが》んだ口元を撫でて吹きすぎていった。

武家屋敷の塀が連なる一画で、塀の内側からは、木々の匂いが濃く漂ってはくるけれど、物音は聞こえない。静まりかえり、人の気配もない道だ。誰かに襲われたらひとたまりもない。そんなことをふっと考えてしまったものだから、花びら一枚に怯えたのだ。

おれは臆病で小心だ。ずっとそうだった。

だけど、これからは違う、違うはずだ。

風に向かって顔をあげる。

吉治《きちじ》は、丹田《たんでん》に力をこめると足を速めた。

ここを抜ければ、小川があり、細い流れにふさわしい小橋を渡ればすぐ竹林だ。その奥に一軒だけしもた屋があった。元は新川《しんかわ》町だか小網《こあみ》町だかの呉服問屋の主人が隠居用に建てたものだったが、どんなわけがあったのか主人は一月《ひとつき》も住むことなく、売りに出してしまった。

「男にとっちゃあ、家も女も同じってこと。気ままに拾って、飽きれば捨てる。それだけのことなんでしょうよ」

おせんはそう言って、僅《わず》かに笑《え》んでみせた。その隠居と同業の大店《おおだな》の主人に囲われて、竹林奥のしもた屋に住んでいる身を恥じているのでも、あたしの何が悪いのだと居直っているのでもなく、ただ、淡々と身の上を語って、微笑んだだけのように思えた。

おせんさん。

胸が高鳴った。下膨れの白い頬や、黒目がちの形の良い目のせいで二十五という歳より三つも四つも、いや五つも六つも若く見える顔立ちが浮かぶ。太り肉《じし》の腰や、胸でさらに白く艶を増す肌や、のけぞった顎の先で震えていた並びぼくろが浮かぶ。

溺れる予感がしていた。

既に、溺れているのかもしれない。そうでなければ、夜四つ半にもなろうかという時刻、竹林をうろついたりはしないはずだ。

「あんた、どちらへ」

出かけようと羽織の袖に手を通したとき、女房のお品《しな》が尋ねてきた。何気ない口調だったけれど、吉治の顔色を窺うような響きがあった。お品は、気のいいどちらかと言うと鈍感な女だったけれど、こと亭主に関しては、妙に勘の冴えるところがある。

「遠野屋さんのところだ」

とっさに嘘をついた。背中がひやりと冷たくなった。気取《けど》られないように、お品よりさらに何気ない口調で続ける。

「少し遅くなるかもしれないよ。おれのことは気にしなくていいから、先に休んでおいてくれ」

はいと答えたけれど、お品の視線は、吉治から離れなかった。

「なんだい？　何か言いたいことでも、あるのか？」

わざとつっこんでみる。

「いえ。ただ……」

「ただ、何だ？　はっきり言わないと、何もわからないじゃないか」

語調が荒れた。このごろお品と話していると、苛立つことが多くなった。胸の内の半分も明かさず、口を閉じてしまう性質《たち》が若いころは奥ゆかしくもあったけれど、十年近く連れ添った今は、おもしろみのないくせに正体をさらさない厭らしさと感じてしまう。

「遠野屋さんのところって、また、あの集まりを……」

「そうだな。まだ、はっきりと決まったわけじゃないが、腹づもりだけはお互いしておこうという話にはなっている」

こちらは嘘ではなかった。十日ほど前に、森下町の小間物問屋遠野屋清之介と、幼馴染《なじみ》でもあり履物問屋の主《あるじ》でもある吹野屋謙蔵《ふきのやけんぞう》と、主に帯を扱う三郷屋《みさとや》の吉治、三人で、話し合ったところだった。

「あの集まり、また、始めましょうや」

遠野屋の座敷で口火をきったのは謙蔵だった。皮肉屋で口が悪く、他人をいつも斜交《はすか》いに見ている男が、やけに生真面目な表情と口調でそう言った。

「わたしは無念でしょうがないんですよ。黒田屋さんがあんなことになって、せっかくの集まりが半端になってしまって……本当に口惜しい。でもねえ、わたしたちの企てを、わたしたちがやってきたことを、こんなことで頓挫《とんざ》させていいんだろうかって、ずっと考えてきました。夜も眠れないほど考えてたんですよ」

へえ、おまえさんでも夜、眠れないなんてことがあるんだ。と、いつもなら、幼馴染の気安さでからかいの一言でも口にするところだが、そのときは、謙蔵の真剣さに気圧《けお》されて、吉治は黙って頷《うなず》くしかできなかった。

「遠野屋さん、吉治、もう一度、一からやり直しましょう。黒田屋さんのことは黒田屋さんのこと。黒田屋さん個人のことじゃないですか。それなのに、わたしたちの企てをこのまま……みすみす潰してしまって平気なんですか」

謙蔵は遠野屋をそれから吉治を睨《にら》み、続けた。

「わたしは嫌です」

わたしたちの企てと謙蔵が呼んだものは、遠野屋の表座敷を舞台として、若い商人《あきんど》たちが挑んだ試みだった。

太物屋、履物問屋、帯問屋、そして小間物問屋。異種の商人たちが組んで、女たちの装いの全てを揃える。素材、色目、嗜好、そして品値、客それぞれの条件に応じて、反物や、帯、小物を組み合わせてみる。役者や化粧師《けわいし》、絵師を呼んで色合わせや着こなしの助言をもらう。職人たちにも加わってもらい、客の求める品についてじっくり話し合う。

ささやかだけれど、今まで誰も為《な》さなかった、誰も気づかなかった新しい商いの道をおれたちは歩んでいる。

謙蔵の胸の内に沸き立っていただろう高揚感は、そのまま吉治の昂《たかぶ》りでもあった。旧《ふる》い常識とか仕来たり、慣わしに沿っただけの商いとは一味も二味も違うやり方で品を売る。それがどれほどの利を産むか、まだ手探りの状態だったが、未知の世界に踏み出そうとしている手応えは確かなものだった。

それが嬉しい。

吉治は三郷屋の二代目になる。父の吉蔵《きちぞう》は端切《はぎ》れの行商から始めて、一代で三郷屋を築いた辣腕の男で、その分、押しの強い独り善がりのところがあり、表向き吉治に店を譲り隠居した後も、ことあるごとに口を出し、手を出し、指示し、命令する。

うんざりしていた。かといって、面と向かって反発すれば、一悶着おきるのは火を見るより明らかで、吉治の気性として父親と揉める煩《わずら》わしさより、黙って耐える方がまだ楽だと思ってしまうのだ。そういう自分が歯痒くも、情けなくもあった。

いっそ、店を投げ捨てて、上方《かみがた》にでも行ってしまおうかと、半ば本気で考えたこともあったが、女房と二人の子どもまで放り出すわけにもいかず、店を出て親子四人の食い扶持《ぶち》を稼ぐ自信もなく、何より三郷屋の商い自体に未練があって、吉治の思いは堂々巡りをしては結局、親父が本隠居してくれるまで辛抱するしかないのだ、という結論に落ち着いてしまう。

それは、どこかに父親の死を願う思いも含まれているようで、己の心根にぞっとすることも度々あった。

ああ、歯痒い。

ああ、情けない。

ああ、怖《おそ》ろしい。

遠野屋清之介と出会ったのはそんな鬱々とした日々の中で、だった。

年が明けて間もなく、日本橋通町の『蓮屋《はすや》』という料亭で問屋仲間の寄り合いがあった。隠居した手前、さすがの吉蔵も寄り合いにまで顔を出すわけにはいかず、三郷屋の主人として吉治は座に連なっていた。大店から中堅の店まで、並ぶ顔も白髪の老人から黒々とした髪の若手までさまざまな寄り合いだが、店の構えから言っても、年齢を考えても、吉治は中堅どころの下の手に座ることになる。

吉治はこういう場が苦手だった。

とりたてて談じるべき大きな問題がないかぎり、形式的なやりとりのあと、酒席に移るのが常だが、さして酒を美味《うま》いとも感じず、一口、二口で酔いの回る身には、腹の探りあいやら皮肉やら妬《ねた》み嫉《そね》みやらまで酒肴ともなる席は、どうにも居心地が悪く、できれば早々に立ち去りたかった。適当な言い訳を作り辞することもできなくはない。しかし、後で吉蔵の耳にでも入り「寄り合いを蔑《ないがし》ろにして、商いができるか」と叱責されるのも業腹《ごうはら》だから、吉治は笑顔で大店の主たちに酌をして回りながら、座の流れるのを待っていた。

疲れる。

三郷屋の内情を知ってか知らずか、

「あんたの親父さんは、本当に遣り手の商人だったたねえ。やり手過ぎるぐらいにやり手だった。ははは……、おまえさんも、しっかり倣《なら》って……いや、そこそこに倣って、励みなさいよ」

と、嫌味まじりの一言をかけてくる大店の旦那にも、

「吉治さん、あんたも気の毒にねえ。あの親父さんじゃ苦労だろうよ。けどね、いつまでも

尻に敷かれてちゃ、だめだよ。主としての風格が出てこないからね。あんたもいい歳なんだから、親父さんなんか押しのけてでも店の舵取りはしなくちゃ——と、気遣うふりをして煽《あお》ってくる連中にも、疲れる。

幾度もため息を呑み込み、呑み込めば喉《のど》の奥がひりつくようで、吉治の酒量は、その夜、いつもよりかなり多めになっていた。不味《まず》い酒は悪酔いを引きずり出すものらしい。悪心《おしん》の上に、軽い目眩《めまい》まで覚えて、吉治は廊下に出た。厠《かわや》に行くつもりだった。吐けば少しは楽になると思ったのだ。冷えた風にもあたりたかった。

階段を降りようとして、ふらりと目が回った。足が空に浮く。悲鳴をあげようとしたが口が丸く開いただけだった。

「あぶない」

腕を強くつかまれた。

足袋の裏が滑り、後ろに倒れこむ。身体をがしりと受け止められた。

「その足つきでは、階段は無理ですよ」

頭の上で穏やかな声がした。

振り向く。

長身の男が立っていた。桑茶の小袖に濃茶の羽織をつけている。裕福な商人のように見えた。

「あなたが、助けてくださったんで……」

「とっさに腕を引っ張っただけです」

男が僅かに笑んだ。掛け行灯《あんどん》に照らされた顔が若い。吉治より若いだろう。それなのに、口調には不思議な重みがあった。聞いていると心身の重心がすっと定まってくるような声だ。

吉治は大きく息をついた。

「お気をつけて」

頭を軽く下げて、男が立ち去ろうとする。吉治は慌てて、その袖をつかもうとした。

「まっ、待ってください。御礼を申し上げなければ」

ふっと視線が流れ、階段が目に入ってくる。『蓮屋』は、かなりの構えの料理屋で、階段もそこそこに幅をとってはいるのだが、行灯の明かりにぼんやりと浮かび上がったそれは、ひどく急で暗く、奈落へと繋がっているようにも錯覚する。

ここを落ちていたら……。

唐突に一匹の猫を思い出した。

数日前、店の天水桶の傍らで死んでいたやつだ。大八車にでも轢かれたのか、首を奇妙な形に曲げ、口端に血の泡をつけて転がっていた。

ここを落ちていたら、おれもあれと同じようになっていた。

背筋に震えがきた。同時に吐き気がこみあげてくる。両手で口を押さえ、しゃがみこむ。額と腋に汗が噴き出した。一流の料理屋の廊下で嘔吐するわけにはいかない。自分の飲み量も知らない愚か者よと嗤《わら》われる。

吉治は歯を食いしばって、悪心に耐えた。

濃茶の布が鼻先に差し出される。畳まれた羽織だった。

「ここに」

「……あ」

「吐いてしまえば楽になる」

香を焚《た》き染《し》めているのか、微《かす》かな芳香がした。

男の手が背中を軽くさすってくれる。

「我慢することはない。吐いてしまいなさい」

ガマンスルコトハナイ。ガマンスルコトハナイ。ガマンスルコトハナイ。ガマンスルコトハ……。もうこれ以上我慢しなくていい、自分をおし殺さなくていいんだ。

男の声が言祝《ことほ》ぎのように聞こえた。張りつめていた心身の力が緩む。吉治は羽織の上に嘔吐し、そのまま固く目を閉じた。意識が遠ざかっていく。

気がついたとき、狭い座敷に寝かされていた。

「ご気分はどうです？」

傍《かたわ》らに座っていた男が、低い声で問うてきた。

「あ……わたしは……」

「ご心配なく。横になっていたのはほんの僅かですよ。悪心は少しは、治まりましたか？」

胸のむかつきは、ほとんど払拭されていた。目眩もしない。胃の腑のあたりが少し重く感じる程度だ。

「おかげさまで……、もう座敷に戻れるようです」

「それはよかった。枕元に水があります。口を漱《すす》ぐのにお使いください。それでは、わたしも戻らねばなりませんので」

男が立ち上がる。何も羽織っていなかった。

「あっ、お待ちください。お名前を」

吉治が起き上がったときには、男はすでに廊下に出ていた。足音が遠ざかっていく。男の身ごなしには、まるで無駄がなかった。手や足を大仰に動かしているわけではないのに、驚くほど素早い。

御礼どころか、重ねて迷惑をかけてしまった。

寝具の上で居住まいを正し、深々と頭を下げる。羽織に焚き染められた香がまだほんのりと鼻腔に残っているようだった。

吉治が森下町の小間物問屋遠野屋を訪れたのは、それから十日後のこと、冬晴れの空が怖《こわ》いほど青く澄み渡った昼過ぎだった。

事のあらましを告げ、特徴と羽織の有無をもとに『蓮屋』の女将《おかみ》に男の素性を尋ねてみると、女将は少しの躊躇《ためら》いもなく、それは遠野屋のご主人でしょうと答えた。

「あの方なら、そういう粋なことが、とっさにできるでしょうよ」

どしりと肥えて、貫禄さえ漂わす女将は着物の衿を軽くしごくと、白髪の交ざる鬢の毛をそっと掻き揚げた。そういう仕草にまだ、色香が残っている。

「昔はたくさんいらっしゃいましたよ。本当に粋なお人がね。このごろじゃ、さっぱりですけれど」

酔ってしゃがみこんでいる者に羽織を差し出すという行為が粋なのかどうか、吉治には判ぜられないけれど、男が自分を救ってくれたことだけは間違いない。しかも、二度もだ。遠野屋の主人のおかげで、首の骨を折らずにすんだ。寄り合いの席で赤恥をかかなくてすんだ。

なんとか、礼を言わなければ。

その一心で、森下町まできた。

遠野屋の店先で、名前と用件を告げるとすぐに座敷に通され、ほどなく、あの男、遠野屋清之介が現れた。

「これは、これは驚きました」

清之介は吉治の下手に腰をおろすと、十日前より気軽な、その分若やいだ口調で続けた。

「まさか、わざわざお訪ねくださるとは、思ってもおりませんでした」

吉治は畳に両手をつき、低頭する。

「遠野屋さん、お許しください」

「許す？　なんのことです」

「あのようなご恩を受けながら一言の御礼も申し上げぬまま、十日が経ってしまいました」

「『蓮屋』のことですか？　あんなささいなことを気遣って、わざわざ、おいでくださったわけですか」

「わたしにとって、ささいなことではありません。命を助けていただいたと思っております」

「三郷屋さん……」

束《つか》の間、沈黙があり、遠野屋が身じろぎする気配がした。

「三郷屋さん、どうぞお顔をお上げください。そのようにかしこまられますと、どうにも話が続きません」

「あ、はい」

身体を起こし、吉治は抱えてきた風呂敷包みを遠野屋の前に押し出した。

「遠野屋さん、どうか、これをお納めください」

「これは？」

「わたしの精一杯のお詫びと御礼の気持ちです。粗末なものではありますが、どうかお納めください。お願い致します」

遠野屋は軽く辞儀をすると、包みに手を伸ばした。

「……失礼いたします」

指が結び目を解《ほど》いていく。ほぉと感嘆の声があがった。

「これは、見事な羽織だ」

「あの夜、遠野屋さんがお召しになっていたのとは色合いが違うのですが、同じ布地がなかなか見つからずこれでお許し願えればと」

羽織を広げながら、遠野屋は吉治を見つめ、瞬《まばた》きを一つした。十日前とは違う、ゆるりとした所作《しょさ》だ。優雅にさえ見える。

何かを極《きわ》めておいでなのか。

思ったけれど、その何かが浮かんでこない。茶の湯とか謡いとか舞踊とか、そんなものではないだろう。

そんなものではなくて……。

遠野屋と目が合う。屈託のない明るい色をしている。

「三郷屋さん、この羽織、わたしのためにわざわざあつらえてくださったのですか」

「はい、そのために十日かかりました。あっ、いや、御礼の遅れた言い訳をするわけじゃありませんが。あの、本当に、遠野屋さんの羽織を汚してしまったこと申し訳なくて」

「いや、ここまでしていただかずとも……却《かえ》って、恐縮いたします。それに正直、わたしの着ていたものより、ずっと上等だ」

嘘だな。

あの夜、自分の前に差し出された羽織がどの程度のものか、商売柄だいたいの判断はつく。さきほどの言葉に一分の偽《いつわ》りもなく、ここに用意した物は吉治にできる精一杯の品だった。それほど劣るとは思わないが、優《まさ》っているはずもない。

ずいぶんと優しい嘘がつける男だ。

吉治はもう一度、深く頭を下げた。

「そうおっしゃらずに、どうかお受け取りください。お願いいたします。わたしは本当に、遠野屋さんのことを命の恩人と思うておりますから」

遠野屋の口元がほころんだ。着ていた冬羽織を脱ぐと、新しい羽織に腕を通す。

「これは、計ったようにぴったりだ。よく、わたしの丈や裄《ゆき》の寸法がわかりましたね」

「はあ、わたしの特技でして」

「特技？」

「ちらり見ただけで、人の体つきや着る物の寸法がわかるんです。だいたい、外れませんね」

「見ただけで、本当ですか？」

「ええ。小さいころから、ぴたりと言い当ててましたよ」

遠野屋が顎を引く。

「それは、すごい」

「いや、特技とは申しましたが、なんの得にもなりませんよ。呉服や太物ならまだしも、うちは帯を商っておりますから。寸法はあまり関係ないのでね」

「損得ではなく、一つの才質ではありませんか。習い覚えようとして、できるものじゃない」

「どうでしょうねえ」

吉治は自分がひどく照れているのに気がついた。今度は嘘でも儀礼でもなく、遠野屋が本気で称賛していることが伝わってきたからだ。

「では、三郷屋さんのお心遣い、遠慮なく頂戴いたします。面映《おもはゆ》くもあるし、嬉しくもある」

遠野屋が膝に手を置き、すっと上体を倒した。何気ないけれど、滞ることを知らぬ滑らかな動きだ。美しくもある。何かを極めておいでなのかと、先刻と同じ思いが湧いてくる。問うのは簡単だが、吉治は口をつぐんでいた。

なぜだか問うてはいけない気がしたのだ。

赤い襷を締めた小娘が茶と菓子を運んできた。

火鉢の炭火が熾《おこ》り、パチパチと軽やかな音をたてていた。障子で隔てられた庭から淡い冬の日差しが差し込み、雀の遊ぶ声が響いてくる。

座敷に通されたとき目にした庭は、こぢんまりとしているけれど趣のある場所だった。数日前に降った雪がまだ融けやらず築山《つきやま》の麓に残っていて、そこに影を落としていた南天の紅色が鮮やかだった。

雀はあの実を啄《ついば》んでいるのだろうか。

「良い日和になりましたね」

遠野屋が日差しに白く映える障子を見ながら、ぽつりと呟いた。

「本当に」

短く答え、吉治は目を閉じてみた。

遠野屋に一歩、踏み込んだときから、漣《さざなみ》のように伝わってくる気配がある。ずっと気になっていた。

この気配……。

生き生きと弾む空気が店から流れてくるのだ。それは、座敷から奥の静まり返った空気とぶつかり、吉治の周りで渦を巻くようだった。大店も老舗《しにせ》も流行《はや》りの店も含め、数多《あまた》の商家を知っているけれど、これほどの活気を……いや、これは生気と呼ぶべきだろう、命あるものの生気を感じさせる店はなかった。

三郷屋とさして変わらぬ構えなのに、まるで違う。心に掛かっていた用件を済ませた今、その違いがどうにも気になってしかたないのだ。

何が違う。どこが違う。

商う品の違いではない。店の在りようそのものが違うのだ。

気になる。

茶を飲み干していた。用件は済んだ。礼儀上からも、常識としても、辞すべき潮時だ。これ以上長居をすれば、礼儀知らずの邪魔者となる。

頭ではわかっているのに、身体が動かない。

何が違うのだ。どこが違うのだ。知りたい。どうしても知りたい。

遠野屋が湯飲みを引いて、新しいものに替えてくれた。吉治を迷惑がっている様子は微塵《みじん》もなかった。早く帰れと暗に急《せ》かす風もない。

「遠野屋さん」

「はい」

「また、お邪魔してもかまわないでしょうか」

自分の言葉に自分で驚く。

何を言ってるんだ、おれは。

まだ二度しか会っていない、知り合いとも呼べない相手に不躾《ぶしつけ》なことを……。

「もちろんです」

「は?」

「三郷屋さんさえよろしければ、いつでもおいでください」

「よろしいのですか?」

よろしいですとも。そう答えるかわりに、遠野屋は手の中の湯飲みを軽く握りしめた。

「何がお気に入られました」

「え？」

「わたしども何が、三郷屋さんをもう一度、ここに来たいと思わせたのかと、お聞きしたのです」

つっと踏み込まれた気がした。

ほとんど無意識に身を引いていた。瞬きし、目の前の男を見つめる。何も変わっていない。物腰も眼差しも、佇《たたず》まいも穏やかなままだ。しかし、踏み込まれた。

吉治は背筋を伸ばし、口の中の唾を呑み下した。

「探りたいと思いました」

「探る？」

「はい。ここにお邪魔してから、ずっと生気のようなものを……生き生きとした力のようなものを肌に感じておりました。それは、うちの店にはないものでして……それが何か知りたいと思い……探ることができるならと……あの、それで、つい……」

しだいに、しどろもどろになっていく。

この馬鹿が。何をつまらないこと、しゃべってんだ。これじゃ、不躾《ぶしつけ》どころか、子どもの駄々こねと同じじゃないかよ。

自分で自分を引《ひ》っ叩《ぱた》いてやりたい。

だけど適当にお茶を濁すことはできなかった。誤魔化しが通じる相手ではない。探りたいなら探りたい。知りたいなら知りたい。本音を晒《さら》さなければ通用しない。

理屈ではなく直感が吉治に教えていた。

「ありがとうございます」

遠野屋の頭が下がる。

「今の三郷屋さんのおっしゃったこと、商人にとっては、この上ない褒め言葉。いや、本当に嬉しいです」

遠野屋が満足げに笑った。その笑みが、あまりに無防備で無邪気だったので、吉治はつい見とれてしまった。

この男、臈《ろう》たけているのか意外に子どもっぽいのか、まるでつかめない。

「あの……それでは、時々、お邪魔してもかまわないのでしょうか」

「いつでもおいでください。前もって、ご連絡をいただければ助かりますが」

「もちろんです。お邪魔と申しましたが、決してお手間はとらせません。どこかに座らせていただいて、店のご様子を」

「探れればいいのですね」

「あ……はい」

遠野屋と目が合う。なぜかおかしくて、笑ってしまった。

「どうぞ、お好きなときにお好きなようにいらしてください。三郷屋さんなら、ちっとも邪魔にはなりませんよ。うちには邪魔を通り越して、正真正銘厄介な客が足繁く通ってこられますから」

「厄介な客と申しますと？」

遠野屋の眼が束の間、空に浮く。

「一筋縄ではいかぬ厄介な御仁《ごじん》ですよ。その厄介を、わたし自身がときにおもしろくも感じてしまうのが、さらに厄介でしてね」

「はぁ……そういう方が遠野屋さんに度々、おいでになるので」

「ええ……しかし、これは三郷屋さんには何の関わりもないこと。余計なことを申しました。ともかく、お待ちしております。遠慮はご無用ですので」

「ありがとうございます」

「ただね、三郷屋さん」

遠野屋の口調が僅かに変化した。引き締まり、重くなる。

「お互いさまということにしませんか」

「は？」

「あなたが遠野屋の何がしかを探るのなら、わたしにも三郷屋の商いについて教えてほしいのです」

意味が解《げ》せなくて、吉治は首を傾《かし》げた。遠野屋が膝を進める。

「帯についてのあれこれを教えていただきたい」

「帯、ですか」

「そうです。結び方や色合いや模様の流行り廃《すた》り、織り方……帯にまつわるあれこれを教えてもらえるとありがたい」

「遠野屋さん……帯に関心がおありなんで」

「学びたいのですよ」

「学ぶ……」

「うちは小間物屋です。帯締めも紐も商っております。品を揃えるためには帯そのものを学ばねばと、このところ、ずっと考えておりました。そこに、三郷屋さんが現れた。こういうのをたぶん……棚から牡丹餅《ぼたもち》と言うのでしょうね」

「わたしは牡丹餅ですか」

「はい。それも、かなり食べでのある」

もう一度、顔を見合わせ、笑う。

愉快だった。ひさびさに心底から笑うことができた。

予感がしたのだ。何かが開けるという予感、何かを拓いて行くという予感。それが、三郷屋吉治の胸をくすぐった。

深く息を吸う。

遠野屋の空気を胸の奥まで吸い込んでみる。


吉治の予感は当たっていた。

遠野屋と知り合い、言葉を交わし、ときに愚痴や嘆きを混ぜながらも互いの商いや己の夢を語っていくうちに、吉治は自分の眼前が少しずつ開けていく感覚を味わい、予感は確かな手応えへと変わっていったのだ。

幼馴染の吹野屋と、父の代から知り合いだった黒田屋の二代目を引き込み、「わたしたちの企て」が動き出したのは、ちょうど一年前、桜が散り、若葉が青く匂う時季だった。

滑り出しは上々だった。遠野屋の改築した表座敷を使い、品を並べ、客を招待する。反物、帯、足袋、簪《かんざし》、櫛、諸々《もろもろ》の小物……客はその座敷にいるだけで、身につける品のほとんどを手に入れることができた。古い帯や着物にちょっとした小物を添えて生き返らせる。母の形見の簪とよく似た色合いの帯をあつらえる。下駄の鼻緒に小さな鈴をつけてみる。この袷《あわせ》にこの帯を結び、こちらの帯をビードロの玉で飾りつける。

さまざまな試みがなされ、新鮮で刺激的で和やかな集まりが月に二度、三度、催された。

客層は主に裕福な商家や武家の女たちだったが、これをもう少し、ごく普通の町家にまで広げようと話し合っていた矢先、黒田屋の事件がおこった。

まさか黒田屋さんが、人を殺《あや》めるなんて。

事を知ったときの呆然とした思いを吉治は今でも、鮮明に覚えている。信じられないという驚愕、これで全てお終《しま》いになるのかという絶望、戸惑い、落胆、全てが綯《な》い交《ま》ぜとなり、風となり、吉治の身の内をわやわやと揺さぶったのだ。

それみたことかと、吉蔵に嗤《わら》われるのも堪《こた》えた。

「何が新しい商いだ。浮ついた夢ばかり追いかけているから、足元を掬《すく》われるんだぞ。おまえは、おれの教えたとおりのやり方で店を守っていけばいいんだ。これに懲りて二度と道を踏み外すんじゃないぞ。わかったな、吉治」

浮ついた夢を追いかけた覚えも、道を踏み外した覚えもない。しかし、企てが頓挫したのは確かなことで、父の暴言に言い返す気力さえ失せて、吉治はただ黙ってうなだれていたのだ。

そして、十月《とつき》近くが経った。

「遠野屋さん、吉治、もう一度、一からやり直しましょう。黒田屋さんのことは黒田屋さんのこと。黒田屋さん個人のことじゃないですか。それなのに、わたしたちの企てをこのまま……みすみす潰してしまって平気なんですか」

十日前、謙蔵が遠野屋と吉治に詰め寄った。

「わたしは、嫌です」

「謙蔵……」

「おまえは嫌じゃないのか、吉治。え？　口惜しくないのかよ」

口惜しい。ああ、口惜しいとも。

謙蔵の言葉はそのまま、吉治の胸の内の声と重なる。

「遠野屋さん」

腕組みしたまま黙している遠野屋に顔を向ける。

「わたしからもお願いいたします。もう一度、もう一度、やってみませんか」

挑《いど》んでみたい。もう一度、挑んでみたい。

「十月が経ちました。黒田屋さんのこともすでに人の口の端にものぼらなくなった。潮時だと思います」

ちりちりと行灯の火が揺れた。羽虫が行灯の囲いにあたり、畳に転がる。

遠野屋が腕を解いた。

「わたしたちのやろうとしたことは、人を飾るということです。生き死にとはまるで無縁のささやかな喜びを売る。そういうことです。それは……人を殺めることと対蹠《たいしょ》にある。わたしは、そう信じています」

遠野屋は顔をあげ、吉治をそして謙蔵を確かめるようにゆっくりと見回した。

「人を殺めることと対蹠にある。それを忘れたくないのです」

謙蔵がにじり寄る。

「遠野屋さん、それは黒田屋さんがあんなことをしでかしたから、ケチがついたって意味ですか。だけど、それはさっき吉治が言ったとおり、すでに忘れられかけていて、気に病むようなことじゃないと思いますがね。むろん、あれは血なまぐさい事件でした。わたしたちの客が最も忌む臭いですよね。だからこそ、わたしは十月も待ったんだ。ほとぼりはもう冷め切ってますよ。失礼ですが、遠野屋さん……いささか慎重すぎませんか」

「……いや、そういう意味ではないのですが」

「ではどういう意味で？」

遠野屋が僅かに目を伏せた。伏せられた睫毛の下で、何かが蠢《うごめ》いたようにも見えたけれど、それは幻の影に似て一瞬で掻き消えた。

「いや、たいした意味などないのです。ただ少し……そう、怯えているのかもしれません」

「怯えている？」

「はい、以前、ある方に、おまえは死を引き寄せると言われたことがあります。犬が蚤《のみ》を引き寄せるように死を引き寄せるのだと」

「遠野屋さんがですか？　これは、また、呆れたことを言うお人がいたもんだ。酔ってでもいたのでしょうよ。でなけりゃ、極め付きの阿呆だ」

謙蔵が鼻に皺を寄せた独特の笑い顔を作る。

「あっ、もしかして、遠野屋さん、そんな阿呆の言うことを真に受けて、黒田屋さんのことを気にしているのですか？　自分のせいじゃないかとか何とか？　はは、そりゃあお門違《かどちが》いというもんだ。遠野屋さんが蚤を引き寄せるなら、吉治なんかダニだの蠅だのがぶんぶん寄ってきますよ。なっ」

「そんなわけないだろうが。人を腐った魚みたいに言わないで欲しいね。おまえこそ頭に虱《しらみ》でも湧いてるのと違うか。外じゃなくて内側にね」

遠野屋が横を向いて、小さく噴き出した。

「いや、ひさしぶりにお二人の掛け合いを聞きました。相変わらず、見事な呼吸ですね」

口元を引き締め、遠野屋は深く息を吸いこんだ。

「わかりました。もう一度、やってみましょう」

おおと謙蔵が叫んだ。吉治も大きく頷く。

「ただし、今度は中途で終わるわけにはいかない。何があっても、この試みを成し遂げなければ……わたしたちに三度目はありませんよ」

謙蔵が居住まいを正す。

「もちろんです」

「まずは黒田屋さんに代わる店を探さなければなりません。それから、一から手順を吟味しなおしましょう」

吉治は片手を膝の前につき、前のめりになった。

「顧客帳を元に文《ふみ》を出しましょうか。また、お越しくださいという意の文をちょっと上等な紙にしたためるんです」

「それはいい考えだ。吉治にしては上出来だな」

「おまえのように首の上にのっかっているだけの頭とは違うからな」

憎まれ口を利きながら、吉治の胸は躍っていた。

もう一度、挑むことができる。

腹の底から静かな興奮が滲《にじ》み出してくる。謙蔵もそうなのだろう、しきりに唇を舐めている。気が昂ったときの癖だった。

遠野屋だけが一人、何を思うのか無表情のまま、明かりの届かぬ一隅を凝視していた。


竹林に入った。

風の音が強くなる。

竹林の中はいつもそうだ。風が独特の舞い方をするのだろうか。

ぽとっ。

肩に小さな衝撃があった。

椿の花だ。

竹に交じり、一本、藪椿の大樹がある。遅咲きなのか、この時季にまだ無数の花をつけては、その花をぽたりぽたりと地に落とすのだ。

椿を海石榴と書くのだと教えてくれたのは父だっただろうか、二年前に他界した母だっただろうか。

ぽたり。

花がまた落ちた。

散るのではなく落ちていく花は、夜に出会うと不気味でおぞましく、心を萎縮させる。家を出てくるときの、お品の目を思い出す。

「そうですか。お気をつけて」

そう言って、亭主の顔をじっと見上げてきたのだ。

気づいているのかもしれない。

吉治は懐に手を入れて、そこにある小さな包みを握りしめた。

遠野屋で買い求めた蜻蛉玉《とんぼだま》と、かなりの金子《きんす》が入っている。おせんに渡すつもりだった。この前、おせんが締めていた淡墨色の帯によく映えるだろう。これを渡し、手を切ろうと思う。

おせんに溺れる予感がしていた。いや、すでに溺れている。

だからこそ、別れねばならないと心を決めた。

おせんは囲われ者とはいえ、他の男のものだった。そんな女に溺れ、溺れ、ずるずると水底に沈んではならない。

おせんと出会い、わりない仲になったのは、半年ほど前のこと。黒田屋のことで企てが頓挫し、前にも増して鬱々と重い心をもてあましていたころだった。

ずるずると水底に沈むのもいいかと自棄《やけ》のような、どこか甘美なような情動に煽られていた。淋しいのよ。あたしのこと、本当に好いてくれる男なんていないの。そうすすり泣く女を哀れとも愛《いと》しいとも感じていた。

おせんの元に通う男が、自分と旦那だけではないと、薄々気がついてはいる。それでも、愛しかった。逢いたいと、女文字の文がくれば、女房を欺いてまでこうして出かけてしまう。

しかし、今夜で終わりだ。

わたしたちに三度目はありませんよ。

遠野屋のあの一言が耳奥にこびりついている。

挑むのなら、身の周りをきれいにしておきたい。どんな小さな揉め事の種も除いておかねばならない。男の身勝手と詰《なじ》られればまさにその通り、返す言葉もないけれど、吉治にとって今は女より商いにとっぷりと溺れるときなのだ。溺れたいとも思う。

がさっ。

藪を走る音がした。心《しん》の臓《ぞう》が縮み上がる。掲げた提灯《ちょうちん》の明かりに、竹の間を過ぎる影が見えた……気がした。

獣か、物の怪《け》か。

耳を澄ます。風に遊ぶ竹の葉音しか聞こえない。

気のせいだ。気のせいだぞ、吉治。

気息を整え、竹林の中を足早に抜ける。

おせんの家が見えた。

「おせんさん、ごめんなさいよ」

返事はない。いつもなら、お常《つね》という女中が顔を出して、おせんの部屋に案内してくれるのだが、その姿もなかった。行灯が点いているから、どこかに人はいるはずだ。

「おせんさん、留守ですか」

逢いにきてほしいと文を出しておきながら、留守はないだろうに。

首を傾げた吉治の鼻腔に、線香の匂いが触れた。

線香?

仏壇もない家に線香……。

提灯を消し、上がり框《がまち》に足をかける。なぜか脚は細かく震えていた。

「おせんさん……」

襖《ふすま》をあける。

夜具が敷いてあった。

ここにも行灯が点いている。

蝙蝠《こうもり》が一匹、天井あたりを飛びまわっている。

夜具の上に女は横たわっていた。

悲鳴をあげたつもりだった。しかし、声は喉の奥にひっかかり、ひくひくと痙攣している
だけだ。

女の首に白い紐がまきついている。

白い蛇のようだ。

声がでない。息もできない。何が起こったかわからない。

白い蛇が、白い蛇がいる。

おせんは蛇が嫌いだった。

昔、まだ小娘のころ、巣から落ちた雛を丸呑みにしている蛇を目にしたことがあって、そ
れ以来、ちらりと姿を見ただけでとり肌がたつ。そんな話を閨《ねや》の中で聞いたことがある。

取ってやらなくちゃ……取ってやらなきゃ、おせんさんが可哀想だ。

後になって、なぜそんなことをしたのかと質《ただ》され、吉治は返答ができなかった。逃げ出す
より、叫ぶより先に、おせんの首にまきついている蛇を追い払わねばと感じたのだ。

ふらふらと横たわる女に近づき、手を伸ばす。

「人殺し」

背後で叫びが起こった。

え？　人殺し？

お常が立っていた。でっぷり肥えた身体をわななかせながら、吉治を指さしている。

「人殺し、人殺し、ひとごろしーっ」

「えっ、あ、ちょっ、ちょっと待って、おれは、違う、違うって」

「たすけてーっ。誰か、だれかぁーっ」

甲高い悲鳴をあげて、お常が外へと転《まろ》び出る。

吉治は呆然と立っていた。

「だれかきてーっ、だれかきてーっ」

ぽとっ。

椿の落ちる音が聞こえた。


「まっ、お義父《とう》さん」

お品は大きく息をのみ、その場に棒立ちになった。まさか、ここで舅に会うとは夢にも思っていなかったのだ。

それは、舅、吉蔵も同じだったらしく、僅かに腰を浮かした格好で目を見開いている。皺を深く刻んだ顔が、悪戯《いたずら》を見つけられた童《わらべ》の表情と重なる。このところ、頓《とみ》に頑固に気難しくなっていた吉蔵のこんな面持ちを見るのは、久しぶりだ。

ほんとうに、久しぶり。

たまゆら思い、そんな暢気《のんき》なことを思っている場合じゃないんだと、お品は自分を叱った。

「お前、どうして……」

「お義父さんこそ」

お品は立ったまま、吉蔵は腰を浮かせたまま目を見合わせ、なぜか同時にその目を伏せた。

湿り気を帯びた重い風が吹いてくる。微かに、青い匂いが鼻孔をくすぐるのは築山近くに枝を張る松のせいだろうか。その枝から枝に、数羽の小鳥が飛び交い、何かを言祝ぐように愛らしくさえずっている。

さほど広くはないが気持ちのいい庭だった。いや、庭だけではない。磨きこまれた廊下も、やや桟の太い障子も、今目にしている簡素な座敷も、快いと感じてしまう。

こんな乱れた心持ちのときでさえふっと快《かい》を覚えるのだから、波立たぬ心で訪れれば、もっと、この風や目にしたものや、空気を楽しめるのだろう。

夫の吉治が、足繁くここに足を運んでいたわけをやっと解したと、お品は思った。

うちの人、嘘じゃなくここが……遠野屋さんが好きだったんだわ。

吉治の面影がちらりと過ぎる。

泣きそうになった。

「お二人とも、同じことを考えていらしたようですね」

低いけれど若やいだ声がした。その若やぎが、お品の涙を止める。背縫いのあたりをきゅっと引っ張られた気がしたのだ。

「お内儀《かみ》さん、どうぞお入りください」

声の主、遠野屋の若い主人がお品を促す。

「あ……はい」

お品は我に返り、自分の立場とここにきた理由を思い出し、障子を閉めると、その場に両手をついた。

「深川元町『三郷屋』吉治の女房、品と申します。このたびは、お約束もないままこのような不躾な」

「挨拶は、さっき、大旦那さまから頂きました」

遠野屋がやんわりとお品を遮《さえぎ》る。

「ここは城内でも大名屋敷でもない。堅苦しい挨拶は省きましょう。なにより、そんな悠長な場合ではないようですし」

遠野屋の口調はきつくはなかったけれど、張っていた。

そんな悠長な場合ではない。

確かにそうだ。吉治は今、人を殺した科《とが》で仮牢《かりろう》に入っている。吟味方《ぎんみかた》の取り調べを待っているのだ。このままだと、科人として伝馬町《てんまちょう》の牢屋敷に送られてしまう。人を一人、殺したとあれば死罪は免れない。

斬首《ざんしゅ》だ。

あの人が首を斬られる。

「お願いでございます」

お品は畳に額をすりつけた。

「お願いでございます。吉治をお助けくださいませ。お願いでございます。遠野屋さん、どうか……」

涙の粒が手の甲に落ちた。肩が震える。止めようがなかった。

「お品……」

吉蔵がぼそりと名を呼んでくる。

「それも、先にわたしが……お願いしたよ」

お品は顔をあげ、義父の横顔を見詰めた。涙のせいか、ぼやけている。それでも、この数日でめっきり老けて痩せたことだけは、はっきり見て取れた。もっとも、それは自分も同じだとわかっている。鏡を覗く余裕などないけれど、この夏、三つになる末子のお松が、回らぬ舌で「おっかさん、おばあさんみたいになってる」と言った。昨日のことだ。幼子でさえそれとわかるほど、自分もまた、急速に老いているのだ。

吉蔵が深いため息をついた。

「よう……存じております」

掠《かす》れた声が、ため息とほとんど変わらぬ弱々しさでもれる。

「このようなこと、遠野屋さんにお願いしても、詮無《せんな》いことと、よう存じております。わたしも嫁も……しかし、他に縋《すが》るよすがございません。遠野屋さんにお縋りしなければ、わたしたちは……吉治が、打ち首にされるのを……手をこまねいて見て……いなければなりません。それは……それは、あまりにも……」

「お願いでございます」

俯《うつむ》いた義父をおしのける格好で、お品は前に出た。

「吉治は遠野屋さんを頼りにしておりました。口には……口にこそ出しませんでしたが、わたしにはわかります。遠野屋さんと出会ってから、吉治は変わりました。なんだか……」

吉蔵の横顔を見やり、続ける。

「なんだか生き生きと、毎日が楽しげで……嘆息することも、暗い顔をして考え込むこともなくなって、傍《はた》で見ていても商いへの心向きが熱く、深くなっていくのがわかりました。『おれは、おれの商いをやる』というのが、このごろの吉治の口癖のようになっていて、わたしは……わたしは吉治の変わりようが嬉しゅうございました。あの……だから、わたしは……遠野屋さんが変えてくださったと思うております」

自分の口にしていることは、聞きようによっては義父への不満、不平ともなると気がついている。しかし、あれこれ気にかける余裕はない。ともかく本音を、この心にあることをさらけ出して請《こ》う。もう、それしか術《すべ》はないのだ。もともと、話下手な性質《たち》で、義父から、それでよく商売人の女房が務まるなと、あからさまな皮肉や苛立ちや嘲《あざけ》りを幾度となくぶつけられてきた。

焦《あせ》ればさらに口ごもり、舌が縺《もつ》れてしまう。今も、我ながらたどたどしい、筋の通らない話しぶりだとは感じる。

それでも、言わなければ、わたしがわたしの言葉でこのお方に縋らなければならない。それしかないのだ。

「それに……それに、遠野屋さんは、お顔がたいそう広いとも聞き及びました。お役人さまにもお知り合いがいらっしゃるとか。お願いいたします。どうか、どうか吉治をお救いくださいい」

再び深く頭を下げる。

「信じていらっしゃるのですか」

伏せた頭の上からふわりと声がかぶさってきた。

「え？」

「お内儀《かみ》さんは、吉治さんが人を殺していないと信じていらっしゃるのですか」

遠野屋の眼差しが、まっすぐに注がれている。何を問われたのか、とっさに理解できなくてお品は口の中の唾を呑み込んだ。

「吉治さんは前々から女の元に通い続けていて、痴話喧嘩の末に、その女を縊《くび》り殺した。わたしはそう聞きました」

「違います。それは、違います」

叫んでいた。声が裏返る。

「絶対に違います」

「なぜ、そう言い切れるのです？　吉治さんは、あの夜、わたしどもの店に行くとあなた方を偽って、女の家を訪ねていた。そして、女の亡骸《なきがら》の傍に立っているのを女中に見られた……。その女中は、女が亡くなる四半刻《しはんとき》ほど前に女と男の言い争う声を聞いていたとか。どのように考えても、吉治さんが殺したとしか言いようのない話ではありませんか」

遠野屋の声音は冷え冷えとして硬く、突き放すような調子があった。

迷惑がっているのだ。

お品は悟った。

人を殺した科で縄を打たれた男、その父や女房と関わり合うことを迷惑にも厄介にも思っている。

吉治が捕まってから、それまで親しく付き合ってきた親戚や友人たちが手のひらを返したように冷たく、そっけなく、邪険にさえなり、露骨に自分たちを避けていった。血を分けた実の兄からでさえ、当分、実家には近づくなと言い渡されている。人の心の酷薄さと絆の脆《もろ》さを眼前につきつけられ、慄《おのの》き続けた日々だったのだ。

この人も同じだ。

この人も我が身だけがかわいいのだ。

身内や近しい人々でさえ豹変する。赤の他人が手を差し伸べてくれるわけがない。当たり前のことだ。その当たり前に気づかず、赤の他人に縋ろうとした。愚かの極みと嗤われてもしかたない。

だけど……。お品は唇を噛んだ。

だけど、吉治はこの人を信じていた。この人となら新しい道を見つけ、歩んでいけると信じていた。信じていたのだ。

髪の根本に北焙《ほくばい》を押し付けられた気がした。炎がめらめらと燃え上がる。涙は瞬《また》く間に乾いていった。

「吉治は誰も殺しておりません」

怒りが声を震わせる。

「人を殺すぐらいなら、自分の喉を掻き切って果てる。他人を殺めるより、自分が死ぬ方を選ぶ。そういう男でございます」

お品は背筋をまっすぐに伸ばし、遠野屋を睨みつけた。

負けるものか、負けるものか。

胸の内で唱える。

ちくしょう。負けて、たまるもんか。

「あたしの亭主はね、女房を騙して女のところに通うような陸《ろく》でなし、ですよ。かっとすりゃあ女房に手もあげるし、泣き言も言う。けどね、人の心だけはちゃんと持ってるんだ。何があったって、人を殺めたりしない。まっとうな人の心を持ってるんですよ。信じているかって訊きましたね。ええ、信じていますとも。あの人は誰も殺してなんかいませんよ、遠野屋さん」

立ち上がる。義父の袖をつかむ。

「帰りましょう、お義父さん」

しかし、吉蔵は動かなかった。ぼんやりと畳を見詰めたままだ。

「お義父さん！」

「わかりました」

遠野屋がお品を見上げ、言った。

「わたしもそう思います」

「え？」

「吉治さんには人を殺すことはできない。まして、息の根が絶えるまで首を絞めているなんて、とうてい無理です。できるわけがない」

義父の指がもぞもぞと動き、お品の手首を握った。お品はまだ袖を握ったままだったから、二つの腕が絡まりあう。

「遠野屋さん、では……では、亭主の……吉治のことを信じてくださると……」

「端《はな》から疑ったことはありません。吉治さんなら、首を絞めている最中《さなか》に気を失ってしまうでしょうよ。お品さん、あなたのご亭主は厄介なことに巻き込まれたか……」

「巻き込まれたか……」

「陥《おとしい》れられた」

「女を殺した者ですよ。吉治さんが捕らわれて一番、得をする人物」

膝が震える。お品はしゃがみこみ、震える膝を押さえた。

「遠野屋さん、お助けくださいますか」

「やってみましょう。吉治さんは、わたしにとっても大切な人です。それに、大旦那さまのおっしゃるとおり、何の科もない者が斬首されるというのに、手をこまねいているわけにはいかない」

事件以来、初めて耳にする人の言葉だった。人の体温と情のある言葉だ。痛いほど沁みてくる。

「……遠野屋さん」

吉蔵が懐から小さな袱紗《ふくさ》包みを取り出した。

「ここに、五十両ございます。恥ずかしながら、これが今の、わたしどもに用意できる精一杯の金子でございます。これを……お役立ていただくことはできますでしょうか」

そうだ、金がいる。

お品はやっと、そのことに思い至った。吉治はすでに伝馬町の仮牢の中にいる。会うにしても、言付けを託すにしても、新たに調べ直しを頼むにしても、相当の金子が必要なはずだ。五十両などでは、とても足らない。

「お義父さん、店中の金子をかき集めれば、もうちょっと用意できます。あと百両は」

「ばかもの！」

怒鳴られた。義父の怒鳴りごえが怖くて、疎《うと》ましくて、いつもびくびくしていたのに、今は、なぜか懐かしく、心地よくさえ感じる。

「全部、吐き出してしまったら三郷屋はどうなる。奉公人だって、お松や新作だっているんだぞ。あいつらを飢えさせるわけにはいかんだろうが」

「……でも」

「これで十分です」

遠野屋が静かに言った。

お品と吉蔵は顔を見合わせ、先に吉蔵が、それからお品が両手を畳についた。

「おまえ、このごろ、ちっと図に乗りすぎてんじゃねえのか」

座敷に入ってくるなり、北定町廻り同心、木暮信次郎は大きく音をたてて舌打ちした。すでに膳は整えられている。

「申し訳ございません」

清之介はひたすら頭を下げる。

「文なんぞよこしやがって。それも、一刻も早くお会いしたいだと。え？　商人《あきんど》の分際で武士を小料理屋に呼びつけるなんざ、いい度胸をしてるじゃねえか」

上座に胡坐《あぐら》を組み、信次郎は眉間に皺を寄せた。酒を注《つ》ごうとする清之介を無視し、手酌で杯を満たす。

「わたしがお伺いするのが筋だとは、よくわかっております。しかし、木暮さまとゆっくりお話しするにはこのような座敷の方がよいかと思いまして」

「座敷を用意するなら、もうちっとマシな店にしな。なんだよ、ここは。『梅屋』に毛が生えた程度の店じゃねえか」

「なんで、あっしの店を引き合いに出すんです。この『福田屋《ふくだや》』は構えは小せえが、うめえ汁物を出すって評判ですぜ。遠野屋さん、あっしまでご相伴に与《あずか》りやして、申し訳ねえです」

律儀な性質そのままに、岡っ引の伊佐治がきっちりと礼を述べる。信次郎は不満げに鼻を鳴らした。

「それで？　この呼び出しの用向きはなんでえ？」

「このごろお見えになりませんので」

「は？」

「木暮さまも親分さんも、このところ、手前どもの店にお見えにならぬので、どうしていらっしゃるのかと」

「ご機嫌伺いに呼び出したってわけか」

「はい」

「ふざけるな」

杯《さかずき》が飛んできて、清之介の肩にあたった。跳ね返り、転がる。

「おれを虚仮《こけ》にするためにわざわざ呼び出したのかよ。え？　遠野屋、おれはな、おめえごときの戯言《ざれごと》にいちいち付き合う暇なんざ、小指の先っぽほどもねえんだ」

「戯言ではございません。わたしは木暮さまと親分さんがお出《いで》になるのを本心、待っておりました。必ず、お出になると思っておりましたので。しかし、待てど待てど、まるで音沙汰がない。正直に申し上げますと、いささか焦《じ》れて、我慢ができず、無礼を承知で文をしたためた次第です」

伊佐治が身じろぎする。清之介は自分の膳に乗った杯を信次郎の手元に置いた。

「木暮さま、おっしゃるとおり無駄に時を費やす暇などございません。単刀直入にお訊きいたします。三郷屋さんの件、いかがあいなっておりますか」

「三郷屋？　……ああ、深川元町の帯屋な。他人の囲い者に手を出したあげく縊り殺したってやつだろ。あいつがどうした？　首を落とされるのが土壇場か御仕置場か知りてえのか？」

「木暮さまは、三郷屋吉治が下手人だと思っておいでなのでしょうか」

「あたりめえだろうが。他に誰がいるんだ」

「本人が認めましたか」

「どうだかな。取っつかまえた時にはわたしじゃないの一点張りだったが、まっ、認めなきゃそれもいいんじゃねえのか。拷問蔵で一、二枚、石でも抱きゃあすぐに音《ね》をあげるさ。それでおしめえよ。つまんねえ事件さ」

信次郎は杯をあおり、手の甲で口元を拭いた。

「三郷屋さんは人を殺しておりません。木暮さまなら、とうに気がついておられましょう」

肴をつついていた信次郎の手が止まる。黒目がすっと横に動き、底光りする。

清之介は顎を引いた。

怯《ひる》んだわけではない。しかし、信次郎のこの眼差しにさらされる度に、否応《いやおう》なく心身が張り詰めてしまう。剣を握っていた若いころを含め、他の者には一度として感じたことのない緊迫だった。

殺意とも狂気とも違う。苛立ちとも憾《うら》みとも無縁だ。そこまでは確かだ。その先、ではこの眼に宿ったものは何なのだと己に問うてみて、清之介はいつも微かに戸惑う。

わからないのだ。捉えどころがない。

信次郎が自分に斬りかかって来るとは露も思わないし、白刃をかざして斬りかかって来る相手なら御するのは容易《たやす》い。そういう手合いとはまるで異なる、どこか冴え冴えと冷えた気配を放ちつつ、酒を飲む男がいる。

怖ろしいようにも、おもしろいようにも、迂闊《うかつ》に近づいてはいけないようにも、じっくりと付き合い正体を見抜きたいようにも思ってしまう。いつか吉治にほろりと零《こぼ》した本音のとおり、厄介極まりない相手なのだ。

信次郎が杯を置く。

「どういうことだ？」

「言葉のままにございます」

「三郷屋がやってねえとしたら、誰がやった？　おめえ、そいつを知ってるのか？」

「いえ。皆目、見当がつきません。わたしにわかるのは、三郷屋さんが何の科も犯していないということだけです。木暮さまとて、そうでございましょう。この度の事件、ただの痴情綻れではないと看破していらっしゃるはずです」

「おれが？　おめえ、なにを拠り所《よどころ》にそんな呆けた話をしてるんだ？」

「わたしは、三郷屋さんが何者かに陥れられたと信じております。巧妙に人殺しの役をおしつけられたと。ただ、いかに巧妙に計っても、事実と異なれば、そこに僅かな綻《ほころ》びが生じはしませんか。僅かにちぐはぐな、僅かに理に合わぬものが生まれはせぬのでしょうか。そうだとすれば、誰が気がつかなくとも、木暮さまなら気がつかれたはず」

「おれを持ち上げて、調べ直しをさせるつもりか？」

「本心を申し上げております」

清之介は懐から袱紗包みを二つ取り出し、信次郎の前に差し出した。

「金か？」

「百両ございます」

「豪儀《ごうぎ》だな。付け届けってわけか」

「一つは、三郷屋の大旦那から、もう一つは、八名川町《やながわちょう》の履物問屋『吹野屋』のご主人からです」

——金なら何とでも工面します。遠野屋さん、どうか吉治を助けてやってください。

お品たちと入れ違いにやってきた謙蔵は半泣きになりながら、この包みを差し出した。

――わたしには女房も子どもも親兄弟もおりません。欲しいと思ったこともありません。商いさえうまくいっていれば、それでいいのです。でも、吉治は……あいつだけは……わたしのたった一人の幼馴染なんです。たった一人の……、あいつが死罪だなんて……だけど、わたしにできるのは金の工面ぐらいのものです。遠野屋さん、お願いします。お願いします。どうか、お助けください。

「おめえの分はねえのかよ」

「お助けくださると言質《げんち》をいただければ、いかようにも」

「チッ。相変わらず、かわいくねえやろうだな。用心深《ぶけ》えにもほどがある」

さも不快そうに眉根を寄せ、信次郎は袱紗包みを摑んだ。

「木暮さまより他に、我々を助けてくださるお方はおりませぬ。なにとぞ、なにとぞ、お願いいたします」

お品や謙蔵がそうしたように、清之介も手をつき、深く身を屈《かが》めた。

くしゅん。

小さなくしゃみが聞こえた。

伊佐治が洟《はな》をすすりあげる。

「何で、そんなに面倒なんでやんすかねえ、二人とも。それとも、もって回った言い方ってのが、今の若え者《わけ》の流行りなんで」

椀の汁を音高くすすって、伊佐治はわざとらしいため息をついた。

「あっしなんかのお頭《つむ》だと、ややこし過ぎてついていけやせん。暇がない、忙しいと騒ぐわりに二人とも無駄が多すぎやすよ。ぱっぱと本音を晒しちまえば、ことは早《はえ》えでしょう。遠野屋さん」

「はい」

「おっしゃるとおり、旦那は納得してやせん。金なんて用意しなくたって、勝手に動きやすよ。おせん……殺された女の名でやすが、おせんには男がいました。一人や二人じゃねえ。囲っていた呉服問屋の主人の他にも通っていた男が片手の指ほどもいたようで。三郷屋の主人もその内の一人でやす。ただし、おせんと割りない仲になったのは、一番遅く、半年ほど前のようで。おせんが三郷屋の上得意だったらしく、帯を届けるうちにできちまったってわけでさあ」

半年前……、まだ先行きが見えなかったころだ。

——この十月《とつき》、本当に辛かったですねえ。

もう一度やり直してみようと決めた夜、吉治は晴ればれと笑い、そう言った。その晴れやかさが却って、それまでの吉治の鬱屈を語っているようで、清之介は目の前で晴ればれと笑う男を、痛々しくも感じたものだった。

先行きが見えぬころ、吉治は女にのめりこむことで憂さを忘れようと足掻《あが》いていた。お品というひたむきな女房をもちながら、他の女にうつつを抜かし、窮状に追い込まれてしまった。虚《うつ》け者よ、愚か者よと謗《そし》られても、詰《なじ》られても仕方のない過ちではあるが、その過ちを命で贖《あがな》わなければならないとしたら、惨過《むごす》ぎる。

「親分、しゃべりすぎだぜ」

信次郎がたしなめる。伊佐治は聞こえないふりをして、言葉を次いだ。

「あっしなんかはね、三郷屋以外にありえねえって思っちまってました。けど、旦那は納得できなかったんで」

「辻褄《つじつま》が合いすぎるな」

信次郎が呟いた。

夜は既に明けて、雀がかしましく鳴き交わしている。

「辻褄といいやすと？」

「死んだ女の傍に、殺した男が立っている。あつらえたみてえにな」

「気に入らねえんで？」

「あっしは、判りやすいのが一番でやすよ。引っかかるとすれば、三郷屋がやってねえと言い張っていることぐれえで。気の弱そうな男じゃねえですか。ああいう男は諦《あきら》めが早《はえ》え。気がすぐに萎《な》えちまう。お縄になったら、あっさり認めちまうもんでやすが」

「……だな。親分、お常とかいう女中を呼んできてくれ」

「へい」

お常が呼ばれた。よく肥えた四十がらみの女だ。

おせんの遺体は既に運び去られている。しかし、お常の目は主人を探すように座敷の内をうろつき巡った。

「おめえ、ここに奉公して何年になる」

「五年です。お嬢さまがここに越してこられたときに雇われました」

「お嬢さま?」

「はぁ、あの……そういう風に呼ぶようにって」

「おせんに言われたのか」

「はい。あの、お嬢さまは、ほんとうに日本橋の大きな薬種問屋のお嬢さまだったそうで……小さいころは、たくさんの女中にかしずかれて暮らしていたとか……」

「親分はどうだ?」

「ふーん、お嬢さまね。さぞや品良くいらしたんだろうな」

「それは、もう。ヤモリが障子の上を這っただけで大騒ぎになって。わたしが鼠の死骸を片付けていたら、ものすごい悲鳴をあげられたこともありました」

「悲鳴ねえ。男に跨《また》がってるときは、また別の声で騒ぐわけか」

お常は猪首《いくび》をさらに縮め、顔を赤らめた。

「知りません。わたしは、台所脇の納戸《なんど》で寝起きしていますので」

「よがり声までは聞こえねえってわけか？　そんなわきゃあねえだろう。これぐれえの家なら、筒抜けだろうが。昨夜も、おまえ、声を聞いたんだろう。男と女の、よ」

「それは……あの、そんな声じゃなくて……言い争う声でした。お嬢さまの泣き声も聞こえたような」

「男の方は三郷屋だったのか」

「たぶん……はっきりとは聞き取れなくて……」

「覗いてみようって気にはならなかったのか。かりにも、主人が言い争ってんだぜ」

「それは、その……あの、うっかり覗くとお嬢さまに怒られますので。あの……お嬢さまのところには……」

「いろんな男が出入りしていた」

お常は答えなかった。

「そうだろ。おめえ、男どもの素性は知っていたのか」

「三郷屋さんは知っていました。何度か帯を届けてくれましたから。あとはよく知りません。職人風の人も役者みたいな人もいました」

「昨夜、ここに来たのは？」

「三郷屋さんだけです」

「三郷屋は、ここに来るちょっと前、竹藪のところで黒い影が動いたのを見たそうだ。三郷屋の前に誰かがここに来てたんじゃないのか」

お常がゆっくりとかぶりを振る。

「誰も来ていません」

「そうか、三郷屋が見え透《す》いた嘘をついたってわけか」

「男は嘘ばかりついてる」

「え？」

「お嬢さまの口癖でした。男はいつも嘘ばかりついているって」

お常は束の間、目を閉じた。それから、わたしはこれからどうしたらいいのでしょうと、消え入るような声で呟いた。

「おせんの所に通っていた男まだいたい見当がつきやした。あの夜、何をしていたか手下《てか》が調べやしたが、みんな、申し開きが立つようです。ただ、殺される三日前におせんは呉服問屋の主人から手切れを言い渡されていやした。男を引っ張りこんでいたのがばれちまったらしくて、月末《つきずえ》までにあの家から出て行くよう言われてたそうなんで」

伊佐治はそこで上体を起こし、僅かに遠野屋ににじり寄った。

「遠野屋さん、旦那は納得してねえけど、あっしには三郷屋以外に下手人がいるなんて、とうてい思えねえんでさ」

信次郎がちらりと初老の岡っ引に目をやった。清之介には、その視線の意味が理解できた。理屈でなく、とっさに感じたのだ。

このお方は……。

「木暮さま」

「なんだよ」

「とっくに、わかっていらっしゃったのですね」

「なにを？」

「三郷屋さんが人を殺していないことはむろん……誰がおせんという女を殺したのかも」

「だったら、どうなんだ?」

「どうって……」

言葉に詰まる。伊佐治と顔を見合わせていた。

「旦那、ほんとですかい」

伊佐治が身を乗り出す。口の端から飯粒が零れた。

「まあな」

「まあなって、何を暢気《のんき》なことを。みっ、三郷屋さんは牢に入ってるんですぜ。科人でないなら、一刻も早く出してやらねえと」

「別にどうでもいいじゃねえか。帯屋一人首を落とされたって、世の中、何にも変わんねえさ」

「世の中の話なんてしちゃあいませんよ。変わろうが変わるまいが、罪のねえ人間が打ち首になるなんて、あっちゃあならねえこった。当たり前じゃねえですか。まったく、何を考えてるんです。だいたい、三郷屋がやっていないとすると、人一人を殺めたやつが、のうのうとお天道さまの下を歩いてるってことでやしょ。それを放っておいていいわけですか」

信次郎は酒を一息に飲み干すと、膳の上に空杯を放り投げた。

「人殺しなら、極上なのが一人、目の前にいるじゃねえか、親分」

それから、笑い出す。天井に顔を向け、からからと乾いた笑声をたてる。

「考えてみりゃあ、おかしいよな、遠野屋。おまえが手にかけた相手は一人や二人じゃねえだろうに。どの面《つら》さげて、たかだか女一人殺したの殺さないのと口にするよ」

「旦那！」

伊佐治の顔色が変わった。

「旦那、いいかげんに」

「いねえよ」

信次郎がふいに真顔になる。清之介を見つめたまま言った。

「おせんを殺したやつなんて、いねえんだよ」

もう一度伊佐治と顔を見合わせていた。伊佐治の顔が歪む。

「旦那、旦那の言ってること、あっしにはさっぱりわかんねえ」

信次郎が懐紙を取り出し、間から一枚の花弁《はなびら》を摘まみあげた。ぽてりと重たげな深紅《ふかべに》の色をしている。

「わかるか、遠野屋」

「椿、でございますね」

「そうさ、この花、よほど死体が好きらしい。親父が死んだ時も背中に散っていた。なあ、親分」

「へぇ……けど、椿が今度の事件に何か関わりあるんで?」

「さあ、どうかな」

薄く笑ったまま信次郎は椿の花弁を懐紙に挟んだ。視線を受け止め清之介は気息《きそく》を整えた。

「木暮さま、それは、もしかして……」

障子がかたりと鳴った。福田屋の女中が顔を覗かせる。

「お連れさまがお見えです」

連れ?

「入んな。ご苦労だったな」

信次郎が手招きする。伊佐治が小さく叫んだ。

「お常さん。どうしてここに」

「おれが呼んだんだよ。せっかく遠野屋が馳走してくれるって言うんだ。人数が多い方がいいじゃねえか、なあ、お常」

「いえ……わたしは、あの……お役人さまに呼び出されて……」

お常は大きな身体を縮め、部屋の隅に座った。

「馳走はいらないってか。じゃあ、さっさとこっちを見てもらおうか。ちっと臭うかもしれねえが」

油紙の小さな包みを信次郎がお常の前に投げた。

「開けてみな」

お常は訝《いぶか》しげな表情をしたが、素直に包みに指をかけ、開いていった。

「きゃっ」

悲鳴をあげる。包みから蝙蝠の死骸が転がり出たのだ。既に腐りかけ異臭を放っている。

「おせんの部屋で死んでいた。三郷屋の話だと、ずっと飛び回っていたそうじゃねえか。障子にもこいつがぶつかったらしい跡が幾つか残っていた。ずい分、長《なげ》えこと部屋の中にいたんだろうな。あちこちにぶつかって、とうとう死んじまったってわけだ」

「それは……蝙蝠は……時々、家に入ってきましたけど」

「その度に、おせんは騒いだんだろう。きゃあとかひぃとか、さっきのおめえみたいによ」

「はい、それは……」

「なんで、あの夜に限って騒がなかった？」

お常が大きく目を見開いた。顔から表情が消える。

「男がいたからか？　違うな、男がいようが、まぐわっている最中だろうが、騒いだはずだ。蝙蝠が入ってきたとき、おせんは騒がなかったんじゃねえ。騒げなかったんだ。死人に口なる程の静寂《しじま》だ。

「だろ、お常、おせんは死んでいた。三郷屋がくるより前にな」

信次郎が口をつぐむと座敷は静まり返った。一人一人の息遣いさえ、はっきりと聞きとれる程の静寂《しじま》だ。

「おせんは、首を吊ったんだな」

お常がゆっくりと一つ、瞬《まばた》きした。

「よく見ると首に二通りの紐の跡があったぜ。人の体ってのは正直なもんでよ、生きていたときと死んでからじゃ、同じ紐を使って絞めても跡のつき方が違うのさ。知らなかったかい?」

お常はうなずき、感情のこもらない妙に平べったい声を出した。

「ええ、知りませんでした」

「そうかい、まあいいさ。そんなこたぁ知らなくても困るこたぁねえ。おめえみたいに、首吊りした女の首をもう一度、絞めるやつなんて、そうそういねえだろうからよ」

伊佐治が口を半開きにしたまま、お常と信次郎の顔を交互に見やる。

「は?　え?　どっ、どういうことなんで?」

「まんまさ。おせんは、旦那に捨てられた。贅沢になれた女が一人で生きていくなんざ、無理だ。もういい歳でもあったし、な。生きていくのがつくづく嫌になったんだろうよ。世をはかなんで椿の樹で首を吊った。確か、藪椿のりっぱなやつが竹林に一本、生えていたよな。あれだろう」

「椿……でやすか」

「そうさ、胸元に花びらが挟まっていた。そうだろ、お常。おせんは自分で自分を始末したんだな」

「ちがいますよ」

「ちがう？」

お常が顎をあげる。挑むようなきつい光が眼の中を過ぎった。

「あの子はね、世をはかなんだんじゃない。命がけで恨みを晴らそうとしたんだ」

「恨み？」

「自分を野良猫みたいに、拾ったり捨てたりする男にですよ。都合のいいときだけ寄ってきて、遊ぶだけ遊んで、用済みになればぽいと捨てちまう。人殺しより性《たち》の悪い男たちに思い知らせてやりたかったんだ。あたしたちは、いつもそんな話をしていましたよ。あの子は『おっかさんと二人で男のいない暮らしがしたい』って……」

「ちょっと待て。おめえたち、母娘《おやこ》だったのか」

信次郎の口調が初めて揺らいだ。

「……ちがいます。赤の他人です。でも、あたしにも娘がいて……五つのときに亡くなりましたが、やはりおせんという名前でした。おせんが亡くなって十日もたたないうちに、亭主に女ができて、あたしは離縁させられたんです。おせんも同じような身の上でした。母親が薬種問屋の主人の囲い者で、おせんが七つのときに弊履《へいり》のように捨てられたそうです。そんな話をしているうちに、二人っきりのとき、おせんはあたしのことをおっかさんと呼んでくれるようになりました。あたしも……実の娘と暮らしているようで……おせんは、確かに何人もの男と遊んでいました。自分では男を弄《もてあそ》んでいるつもりだったのでしょうが……結局、男にいいように遊ばれただけで……それに気がついたとき、おせんは死ぬ気になったようです」

お常は長い息を吐き出した。盛り上がった肩が上下する。

「胸を病んでいたんです。お医者さまにかかるように何度もすすめたんですが……自分で、もう助からないって決め付けていました。生きる気力がなくなっていたんでしょう。『もう疲れたよ、おっかさん』って。それが、あの子の最期の言葉でしたよ。あの日、あたしとおせんはじっくり話し合いました。おせんは男たちに文を書きました。もう一度だけ会いたい、もう一度だけ来てくれと。そして……大好きだった椿の樹で首を吊ったんですよ。『もう疲れたよ、おっかさん』って」

「おめえは、その死体を降ろし、家に運んだ。そして、もう一度首を絞めたんだな。おせんが縊《くび》り殺されたと思わせるために」

「そうですよ。あたしは力がありますからね。おせんを降ろすのなんて、わけはありませんでした。そのとき……提灯の明かりが見えたんです。あたしは、藪の中を抜けて家に帰りました。藪の中に細道があって……そこを通ると近道になるんです」

「提灯の主が三郷屋だとわかっていたのか」

「いいえ、旦那さんだとばかり思っていました。なんだかんだと言っても長い間、おせんを囲っていたのです。他の男より、よっぽど情が残っているだろうって」

「しかし来たのは三郷屋だけだった」

「ええ……三郷屋さんだけでしたね……あの人もおせんを弄んだことには変わりはないのでしょうが、それでも、あの人が一番、情があったってことでしょうかね。優しいと言えば優しい人ですから。三郷屋さんにしたら、その情が仇になっちまったんでしょうが」

伊佐治が額の汗を拭《ぬぐ》う。

「けど……けど、男たちがかち合ったらどうしなさるつもりだったんで」

「刺すつもりでした」

お常が見えない匕首《あいくち》を握るように、指を折った。

「男たちを刺して、あたしも死ぬつもりでした。もともと、おせんの後を追う覚悟をしていましたから」

「なんで死ななかったんだ？　いざとなれば、怖くなったのかよ？」

「いえ……ただ、三郷屋さんのことが気になって……あの人、良い人でしたからね。あたしにも何度か親切な言葉をかけてくれましたし……他の男なら放っておくのですが、三郷屋さんを人殺しにしたままでいいのかと、しかし、身勝手なことに変わりはないし……あれこれ、悩んでいるうちに日が経ってしまい……」

お常は顔を上げ、視線を空に漂わせた。口元がほころぶ。

「おせんは、藪中の椿の道が好きでした。椿の花がびっしりと落ちると……そこだけ緋色の毛氈《もうせん》を敷いたように見えるんです。ほんのり花の匂いもして……ええ、大好きでしたね」


「遠野屋さん、重ね重ね、お世話になりました。なんと、御礼申し上げてよいのやら」

吉治がさっきから、幾度も頭を下げている。畳にすりつけた額がうっすらと赤い。

「もう、いいですよ。わたしは何もしていません。事の真相を暴いたのは木暮さまなのですから」

「その木暮さまにお口添えをしてくださったから、わたしの罪が晴れたわけでしょう」

「さて、どうでしょうねえ。お常さんという方、遅かれ早かれ本当のことを話したのではと、わたしは思いますが。それより、三郷屋さん、お品さんと吹野屋さんのこと」

「はい。身に沁みております。わたしのために……ありがたいことで……」

「大旦那さまもね」

「ええ……なんだか、今回のことで人の心の有りようが少しわかったような気がします。お品もそう言ってましたが……」

「あなたの身を真剣に案じてくれる人が、少なくとも三人はいる。そういうことですか」

「はい。幸せ者だと思います。まっ、お品と親父からはこっぴどく叱られるし、謙蔵からは嫌味を言われ、からかわれて、散々は散々なのですが、身から出た錆び……しかたのないことで」

苦笑を浮かべていた吉治が真顔になる。真剣な眼差しを清之介に向けてきた。

「遠野屋さん、あの商いのことですが、今度の件で差し障《さわ》りなどは……」

「だいじょうぶでしょう。これから始まるのですから」

「これから始まる」

舌の先で転がすように吉治は呟いた。少しやつれた面《おもて》が喜色に染まる。

ふっと椿が浮かんだ。

夜の椿。

その樹の下に立ち、おせんという女は何を思ったのだろうか。その女の思いに、吉治が心を馳《は》せることはあるだろうか。

ぽとり。

椿の落ちる音がする。

静寂《しじま》の中に響く音だ。

清之介は目を閉じ、静かに息を吐いた。

宵に咲く花

宵闇の中に夕顔が浮かんでいる。

白い花弁がぬるりと浮かび上がる。

おけいは悲鳴をあげていた。手から笊《ざる》が滑り落ち、買ったばかりの茄子が転がる。濃い紫の実は容易《たやす》く闇に呑まれて、この世から掻き消えたような錯覚をおこす。

茄子は闇に呑まれるのに、夕顔は浮かび上がる。両手で顔を覆ったまま、おけいはその場にしゃがみこんだ。

身体が震えている。心《しん》の臓《ぞう》が胸を突き破ってとびだしそうだ。

いやだ……あたし、まだ……。

まだ、あの花を怖《こわ》がっている。

幼いころからそうだった。白い夕顔の花が怖くて、怖くて、気が遠くなるほど怖かった。時には、本当に失神したこともある。

理由がわからないのだ。ともかく、怖い。

おけい自身にはまるで記憶がないのだけれど、六つのとき、外から帰ってくるなり倒れ高熱を出したことがあるそうだ。

「それからなんだよ、おまえが宵闇花《よいやみばな》を怖がり出したのは」

夏の夜、母のお里が話してくれたことがある。そのときは、夕顔ではなく夏風邪のせいで、身体は熱っぽくだるかった。

「ひどい熱でねえ……おまえは、うわ言ばっかりで、目も開けなくて……あたしはね、正直、もうだめかもと諦《あきら》めかけたんだよ。三日目におまえが薄目を開けて『おっかさん』て呼んでくれたときには、そりゃあもう嬉しくて……覚えているかい？」

かぶりを振る。何も覚えていなかった。六つといえば、肩上げも取れようかというころだ。幼すぎる年齢ではない。おけいは、どちらかというと覚えの良い、利発な子だった。

銀二《ぎんじ》という鋳掛《いか》け屋の息子が祭りの奉納相撲で勝ち抜いて一俵の米を手に入れたこと、母が損料屋《そんりようや》からきれいな着物を借りてくれたこと、茶飯屋『いろり』を営む父の藤六《とうろく》が酔って川に落ち、大騒ぎになったこと（自力で這い上がって事なきをえたのだが）……今でも、六つのころのあれこれをくっきりと思い出すことができる。どこかのご隠居さんに、大福を貰ったことまで思い出せるのだ。

「そうかい、そうかい。大福が好きなんだね。たんと食べな」

さすがにご隠居の顔立ちは朧にしか浮かばないが、優しげな眼差しや口調は鮮やかに残っている。貰った大福の甘さも残っている。日々のささやかな出来事をおけいの小さな頭はちゃんと留めているのだ。なのに、高熱を出した前後だけが白くぼやけて、何一つ明らかにならない。忘れてしまったというのではなく、本当に白い靄《もや》の中を彷徨《さまよ》っていた気がするのだ。

何も見えない。

何も聞こえない。

一歩、踏み出すと、奈落に落ちる。

奈落には夕顔が咲いているのではないだろうか。蔓《つる》を巻きつけて上へ上へと伸びながら、無数の花を咲かせ、萎《しぼ》ませ、また咲かせる。蔓を巻きつけて……何に……何に蔓を巻きつかせているのだろう。

夕顔、夕顔……怖《おそ》ろしい。

おけいは固く目を閉じ、母の胸に縋《すが》る。

怖いよう、おっかさん。

「無理をするこたぁないよ」

お里はそう言って、おけいの背中を撫でてくれた。

「無理して思い出すこたぁないんだ。おけいは、これからどんどん大きくなっていくんだから。思い出せないことなんざ、ほっぽらかしておけばいいんだよ」

「……ほっぽらかしても、いいの？　おっかさん」

「いいともさ。怖いこと、嫌なこと、辛いこと、みーんな、ほっぽっちまえばいいんだよ。楽しいことだけ覚えてればいいんだよ。おけいにはね、これから楽しいことしかおこらないんだから。だいじょうぶ、だいじょうぶ」

「ほんとに」

母の胸に縋ったまま顔をあげると、お里は微笑んで「ほんとだよ」と抱きしめてくれた。母に守られて、おけいは眠りに落ちる。目覚めたとき、熱は引き、身体は軽くなっていた。空腹さえ感じる。燦燦《さんさん》とあたりを照らす日の光の中で、夕顔は萎《しぼ》んだみすぼらしい花に過ぎなかった。

だいじょうぶ、だいじょうぶ。

ほんとだね、おっかさん。だいじょうぶだ。

その母が亡くなったのは、おけいが十の冬だった。凍《い》てついた師走の朝、頭が痛むと横になったきり、二度と目を覚まさなかったのだ。一年もしない間に、藤六は新しい女房を迎え入れた。おといという名の新しい母は意地が悪いわけでも、おけいを疎《うと》んじたわけでもなかった。あまり関心を向けなかっただけだ。二人の連れ子がいたし、次の秋には赤ん坊が生まれていたから、おけいにまで気が回らなかったのだろう。

十といえば、もう大人のとば口にいる。継母《けいぼ》に構ってもらえないからといって、すねる。そんな甘えが許される歳ではないのだ。

おけいは『いろり』で、すでに半人前以上の仕事をこなしていたし、たいていのことはそつなくできる娘でもあった。

ただ、夏の宵だけは辛い。

だいじょうぶだよと笑い支えてくれる母がいない。それが辛い。

夕顔の季節になるたびに唇をかんで、季節の移ろうのを待つしかなかった。誰も支えてくれないのなら、独りで耐えるしかない。人の世の道理をおけいはすでに学んでいたのだ。

太助《たすけ》に出会ったのは、そんな辛い季節が終わり江戸の町に涼やかな風が吹き始めたころだった。

おけいが十八の秋方《あきざま》、

「おまえの嫁入りにはうってつけのお相手を見つけてきたよ」

おといが、いつになく弾んだ口調でそう告げた。

「嫁入りって、おっかさん、あたし、まだ……」

「もう十八だよ。早く嫁にいかないと薹《とう》がたっちまう歳じゃないか」

「でも、急に……」

「願ってもない話が転がり込んできたんだよ。料理人さ。しかも、浅草の『生田屋《いくたや》』って知ってるだろう。あそこの板場を預けようかって話も出たほどの腕なんだってよ」

浅草の老舗《しにせ》料理茶屋で板場の修業をしたあと、今は尾上町《おのえちょう》で親の代からの小料理屋を継いでいる。料理人の腕がいいので、たいそう繁盛しているようだ。

それが、太助という男について、おけいが聞いた全てだった。

おといは一年たらずだが、『生田屋』で働いたことがあって、その伝手《つて》で太助を見つけてきたらしい。

「娘の嫁入り先を決めるのが、親の役目だからね。あんたのことは、あんたのおっかさんから預かってるつもりだったからさ、片付いてくれたら、肩の荷がおりるってもんだよ」

おといの言葉に嘘はないのだろうが、嘘がない分、本音が透けて見えた。

あんたが片付いてくれたら、肩の荷がおりるってもんだよ。

おといからすれば、血の繋がらない娘が重荷だったのかもしれない。

これで厄介払いができる。

さりげない言葉の薄膜を通して生々しい本音が透けているではないか。

腹はたたない。継母は冷たかったけれど、おけいを虐《しいた》げはしなかった。慈《いつく》しんではくれなかったけれど、邪険に扱われたわけではなかったのだ。

あんたのおっかさんから預かってるつもりだったから……。

おといの本音の隅には、娘を残して亡くなったお里のためにも、おけいをそこそこの家に嫁入りさせてやりたいのだという情もまた息づいている。おけいは、その息遣いを察知できる娘だった。

だから腹はたたない。ただ、淋しい。どこにも行き場がないようで、心細い。ふっと、眼裏に白い花が見える。

ゆらゆらと揺れている。

ふうわりふうわりと風に流れている。

ああ、あれを見たらどうしよう。あれに捕らわれたらどうしよう。誰も助けてくれないのに。

亭主となるはずの太助は寡黙で、手短な受け答え以外はほとんどしゃべらないような若者だった。風采《ふうさい》はさして悪くはないけれど、いつも伏し目がちで、すっと天に突き抜ける爽快さは微塵《みじん》もない。話していても、歯痒《はがゆ》かったり、物足らなかったり、太助の人《ひと》と為《な》りを摑みあぐねて戸惑ったりすることがしょっちゅうあった。

うきうきと踊るほどの心機はなくとも、いっしょにいて楽しいと感じるぐらいの浮かれは欲しい。薹が立つ一歩手前とはいえ、おけいは十八になったばかりで、まだ男を知らなかった。夫婦になるのなら、太助が最初で最後の男になる。

もう少し、ほんのもう少し浮き立つ想いが欲しいのだ。舅《しゅうと》となる人が岡っ引として働いていることも、ひっかかる。おけいの知っている岡っ引たちは誰もが面体《めんてい》いかつく、口汚く、狡猾で粗暴だった。他人を平気で恫喝《どうかつ》するし、臆面もなく小金をせびる。ごろつきと大差ない。そんな人が義理の親になるなんて、嫌だ。

かといって、おといどころか藤六まで乗り気になっている縁談を確かな理由もないままご破算にするわけにはいかない。それに、太助を厭《いと》うているわけではなかった。口数は少ないけれど、優しい目をしている。自分の道を地道に堅実に歩んでいる頼もしさも感じる。おといの言うとおり、願ってもない話、うってつけの相手なのだろう。でも、だけど、やっぱり……。あれやこれや思い煩《わずら》い、心が沈む。

太助の家『梅屋』をのぞいてみようと決めたのは、おけいなりに、悶々《もんもん》と悩む日々を終わらせたかったからだ。

自分が嫁ぐかもしれない場所を自分の目で確かめよう。この話を受け入れるか、断るかはそれからだ。

継母にも実父にもないしょで尾上町まで出向いた。ばれたらこっぴどく叱られるのは明らかだが、どうでもよかった。ともかく『梅屋』の様子やそこで働く太助の姿を見たい。そのうえで、決める。

自分で決めるのだ。

「外見からじゃわかんねえが、おけいの内っかわには芯が一本通ってるようだな。鉄の棒みてえな硬い芯がよ」

嫁いで間もなく、舅の伊佐治に言われた。伊佐治は少し急《せ》いた口調で、

「いいことなんだぞ。人間、芯がなきゃあ泥人形と同じ。簡単に崩れちまうからな」

と、続けた。おけいの強さを看破し、称賛する言葉だった。伊佐治が見抜いたとおり、おけいは強いのだ。定めに流されたりはしない。

自分の定めの舵は自分でとる。

「ごめんください」

梅屋の前で僅《わず》かに躊躇《ちゅうちょ》したあと、思い切ってのれんをくぐった。

「はい、いらっしゃい」

襷掛《たすきが》けの女が振り向く。若くはないが華やかな顔立ちをしていた。目のあたり、口のあたりが太助によく似ている。

太助さんのおっかさんだ。

まさかのっけから顔を合わせるとは考えていなかった。

どうしよう。ここに来た理由をちゃんと言わなきゃ。太助さんの働いてるところを見たいんですって言わなきゃ……、あっ、その前に名のらなきゃいけなくて……。

女の黒目がくるりと動いた。

「あら、もしかして、おけいさんかい？　橘町《たちばなちょう》の」

「あっ、はい」

「それはそれは。あたしは太助の母親でおふじと申します。まあ、わざわざ出向いてきてくれたなんて、嬉しいね」

「あの、すいません。急に押しかけてきて」

「いいえ。ちっとも構いませんよ。太助は今、ちょいと出掛けてるんだけど、直《じき》に帰りますから、座敷にでも上がっておくんなさいよ」

「いいえ、そんな座敷だなんて、いいです」

おふじは目を細め、艶《あで》やかに笑った。

「じゃっ、手伝ってもらいましょうかね」

「え？」

「実はね、亭主が帰ってこなくてさ、手が足らないんだよ」

「え、帰ってこないって？」

おふじは肩をすくめ、唇を窄《すぼ》めた。わざとはすっぱを気取る少女のような仕草だった。

「うちの亭主は出たっきりなのさ。出たっきり帰ってこないなんてしょっちゅうでねえ。いたと思っても、横向いた隙に消えちまったりもしょっちゅうさ。当てにならないのは、屋根の上の猫といい勝負なんだからねえ。だから、太助と二人でやってるんだけど、お客がたてこんでくると忙しくてねえ。おけいさんが手伝ってくれるなら、大助かりなんだけど」

おけいは、あたりに視線を巡らせた。『梅屋』は改築したばかりらしく、上げ床の真新しさが目に沁みる。店の構えは『いろり』とそう変わらないけれど、『いろり』のような煤《すす》けた暗さはない。

「ごめんよ。おかみさん、いっぺえ食わしてくんな」

職人風の男が三人、連れで入ってきた。

「あいよ。いつもご贔屓《ひいき》でありがたいね」

「なんかよ、ここの飯が楽しみになっちまって、足のやろうが勝手に向いちまうんだ」

「おや、嬉しいことを言ってくれるじゃないか。けどさ、いくらおだてても、うちは昼酒は出さないよ」

「おうよ。太助の飯で十分さ」

男たちが床に上がる。

どうする？　と問うように、おふじの視線がおけいに向けられる。

おけいは頷いた。おふじと客とのやりとりが小気味よく、ふっと心が惹かれた。

「じゃあ、頼むよ」

おふじが襷を放ってよこした。

帰ってきた太助が襷掛けで働いているおけいを見て、口をぽかりと開ける。

「おけいさん、なんで……」

「おやまあ、自分の息子ながら、なんて間抜け面《づら》なんだろうね。太助、干上がった鮒《ふな》みたいな面になってるよ。おけいさんの前で恥ずかしくないのかい」

「はぁ、干上がった鮒の面なんて、おれ……まともに見たことないんで、わかんねえよ」

太助が生真面目に言い返す。おふじとおけいは顔を見合わせ、同時に噴き出した。

次の日、いやその夜には、太助の元に嫁ごうと心を決めていた。

この人の女房になりたい。

心底、思えた。

板場に立っている太助は、おけいが知っている寡黙な若者とはまるで別人だったのだ。しゃべらないのは同じだが、きびきびとした動きも、生き生きした表情も見知らぬ男のようだ。驚いてしまう。さらに、無骨にも見える太い指が作り出す、質素だけれど手の込んだ品良く味良い料理に目を見張った。一口、汁をすりその美味《うま》さに声をあげたほどだ。しかも、飯と一汁一菜とはいえ、その値が蕎麦一杯分とそう変わらないと知って、また、驚きの声をあげた。

屋台でなく小料理屋で昼飯を食えるのだから、ここの客はそれなりに余裕があるのだと思い込んでいたが、この代金なら、日銭を稼げる職人や物売りであれば十分払える。

「あんまり、儲《もう》からないでしょ」

遠慮がちに囁《ささや》いたおけいに、やはり生真面目な顔のまま、太助は頷いた。

「儲からねえな。けど、おもしれえぜ」

「おもしろい？」

「うん。ここだと、板場にいても客の声が聞こえるし、顔が見えるんだ。『うめえ』とか言ってくれて、ほんとに美味いって顔してくれて……それが板場から聞こえるし、見えるし……おもしれえよ。浅草じゃ、こうはいかねえ。やっぱその……」

言葉を捜しあぐねて、太助が黙り込む。

そうか、この人は根っからの料理人なんだ。あたしは、それを見抜けなかったんだ。

おけいは胸の上で小さなこぶしを作った。

客が途切れ、一段落ついたとき、野菜の煮つけと豆腐汁の昼餉《ひるげ》になった。客に出したものと同じだ。気を回したのか、普段もそうなのか、おふじは二階に上がったままだ。

「美味しい」

口の中で煮つけが蕩《とろ》ける。歯ごたえはしっかりあるのに、とろりととけて、風味が広がる。本当に美味しい。

「そうか。うめえか。よかった」

太助が微笑む。それから、唇をなめると、ちらりとおけいに目をやった。それは自信に溢《あふ》れた料理人の目つきではなく、気弱で優しげな男のものだった。

「それで、あの、おけいさん……あの、おれたちのことだけど……」

「はい」

「あの、おれ……おけいさんと所帯をもてるなら……いいけど、あの……えっと、おれは、おけいさんの、その……のんびりしたところとか好きで、あっ、いや、好きというのは……好きなんだけど、だから、もし、おけいさんさえよければ……だけど、だめならだめとはっきり……」

ふと気配がした。顔を上げるといつの間に降りてきたのか、おふじが板場から身をのりだして、こちらを見ている。

しっかりおしよと言う風に右手を握りしめている。しっかり者の母からすれば、口下手な息子が歯痒くてしょうがないのだろう。

ああ、焦《じ》れったいねえ。代われるものなら代わりたいけど、ここでしゃしゃり出るわけにも行かないし。もう、ほんとに、太助、しっかりおし。

おふじの声が聞こえるようだ。

なんだか、おかしい。

そのとき、唐突に思った。

あのことを言わなくちゃいけない。

「だから……えっと、見てのとおりの小《ちっ》ちぇえ処だし……そんな、良い暮らしとかできねえけど、おけいさんとなら……あの……」

もごもごと太助の言葉が曖昧になる。おふじが横を向き、額を押さえて目を閉じた。

言わなくちゃいけない。

「太助さん」

「うん」

「あたしね、夕顔が怖いの」

「え？」

「どうしてだかわからないけど、小さいときから、あの花が怖くて、怖くてたまらないの。

夜だけなんだけど……、あの花が咲くころ、夜道を歩けないぐらい怖くて……熱を出したり、気をうしなったりすることもあるぐらいで……」

「なんか、理由《わけ》があるのか?」

「ううん。なんにも思い当たること、ないんだけど。だから不思議で……でも理屈じゃなくて、怖いの。身体が竦んじゃうぐらい怖くて。変でしょ。気の病かもって考えたこともあるんだけど」

「……けど、食ってるぞ」

「え?」

「夕顔、今、食ってるんだけどな」

「あ……」

小鉢の中には茄子と瓜の煮つけが入っていた。

「この瓜が……」

「うん。夕顔の実だけど。おけいさん、さっきから美味い、美味いって食ってるだろ。干《かん》瓢《ぴょう》だって夕顔の実だし」

「あ、そうか……そうだね」

堪《こら》えきれなくて笑ってしまった。声をあげて、笑う。

太助が瞬《まばた》きしながら、笑うおけいを見つめていた。

この人の女房になりたい。

心底、思った。

おけいはその年の暮れ、江戸の冬空が青く晴れ上がった日に、柳行李《やなぎごうり》一つ連れて太助の元に嫁いだ。


油断していた。迂闊《うかつ》だった。

おけいは唇を噛む。

太助の女房になり、『梅屋』で働くようになり、おけいなりに気を張りながらも忙しく楽しく日々が過ぎていた。

夕顔のことを忘れていた。

この花の時季がとっくに巡っていたことを忘れていた。

まだ……怖いんだ。

『梅屋』での暮らしが穏やかで、幸せだから、もう夕顔などに心を乱されることはない。

なんとなくそう信じてしまった。あたしは変わったのだと。しかし、だめだった。こんなにも怖い。不意打ちをくらった分、恐怖は倍加し、おけいを打ちのめす。

立ち上がらなくちゃ、茄子を拾わなくちゃ。おっかさんが待ってるのに。おふじが明日の菜にと一夜漬けを作るのだ。その茄子が足らなくなって、おけいが買いに走ったのだが、八百屋の店先で顔馴染《なじみ》の女房連中と世間話をしていて、気がつくとずい分遅くなっていた。近道のため、神社の境内を抜けようとして……あの花に出会ってしまった。しかも、宵闇の中で。

これは罰なのだろうか。

あたしは前世で罪を犯した。その報いを受けているんじゃないのだろうか。

「おい、娘さん、どうしたね」

声をかけられた。顔をあげると、着流しの男たちが数人、しゃがみこんだおけいを囲むように立っていた。闇はさらに濃くなり、男たちの姿も数も覆い隠そうとしている。ただ、男たちが薄ら笑いを浮かべているのはわかる。酒の匂いを芬々《ふんぷん》とさせているのもわかる。

背筋が寒くなった。

「具合が悪いんなら、どこぞで休むかい」

「いえ……だいじょうぶです」

慌てて立ち上がる。足元がふらついた。

「ほらほら、危ねえじゃないか。無理せず、あっちで休んでいこうぜ」

後ろから男の手が肩を抱く。酒の匂いが揺れる。

「やめて、放して」

「なんでだよ。親切に言ってやってんのによ」

男の手が脇から胸に回り、おけいの乳房を強くもんだ。

「やめてぇっ、いやぁ」

「へへ、いい乳にいい声してるじゃねえか。こりゃあ、ますます、いっしょにお休みしてぇもんだ」

「やめて、放して、放せったら」

口を塞ごうとした手に噛み付く。背後で悲鳴がおこり、おけいは力任せに突き飛ばされた。したたかに膝を打つ。

「このあまぁ。調子にのりやがって」

「おい、あっちの暗がりに連れ込もうぜ」

「へへっ、こりゃあいいや。けっこう上玉じゃねえのか」

腕と脚をつかまれる。おけいが叫ぶ前に、さっきより肉厚の手のひらが口を塞《ふさ》いだ。

いやだ、いやだ、いやだ。あんた、助けて。

「そこまでに、しといてもらおうか」

闇の中から低い声が響いた。低いけれど、耳奥にまで届いてくる。

男たちが一斉に、振り返った。

人の姿がぼんやりと闇から滲《にじ》み出していた。

「だれだ、きさま」

「その娘さんの知り合いだ。神社の境内で狼藉三昧《ろうぜきざんまい》とは、あきれた輩《やから》だな」

「うっせえ」

男の一人がこぶしを固め、殴りかかっていく。闇が微《かす》かに動いた。おけいの目にはそうとしか映らなかった。

うぐっ。

殴りかかった男がくぐもった声をあげ、倒れこむ。一瞬、男たちが怯《ひる》んだ。しかし、その一瞬の後には、

「やろう」

野太い吼《ほ》え声をあげ三人同時に飛び掛かっていく。まるで獣だ。まさに虎狼の獰猛《どうもう》さだ。

小太りの男が転がる。小さく呻《うめ》いて、背中を丸めた。もう一人、こんどはうつ伏せに地面に叩きつけられた。その上に三人目の男がくずおれた。

残ったのはおけいを捕まえている男だけだ。男はおけいを引っ張りながら銀杏《いちょう》の大樹を背にする形で、後ずさりした。小刻みな震えが伝わってきた。

「いいかげんに、おけいさんを返してもらおうか」

闇中の声は息一つ乱れぬまま響いてくる。反対に男は上ずり、妙に甲高《かんだか》い声音になっていた。

「うるさいよ。わたしを誰だと思ってんだよ。あの『井月屋《いつきや》』の息子だよ。おまえだって名前ぐらいは知ってんだろう。あの大店《おおだな》の」

「ここに匕首が二本、ある」

乱れぬ声が男を遮《さえぎ》った。

「おまえの仲間のものだ」

闇を白い光が走った。「ひっ」男が小さな叫びをあげる。こめかみのすぐ傍《かたわ》らを過ぎ、匕首が銀杏の幹に突き刺さった。

「もう一本、残っている。その手を放さないなら、今度は眉間を狙う」

ほとんど抑揚のない静かな声。言葉より声そのものが力を含んでいる。相手を萎縮させるような、自由を奪うような力。相手を否応なく跪《ひざまず》かせてしまう力。

この人は……。

「去れ」

命じられるままに男はおけいを放し、駆け出した。仲間たちもよろめきながら後を追う。

おけいは、大樹にもたれ息を整えた。

「だいじょうぶですか？　怪我などしておられませんか」

穏やかな声だった。さっきまでの強さはない。むしろ柔らかくて心地よかった。この声なら聞き覚えがある。

「……遠野屋の旦那さま」

「はい。おけいさんですね。『梅屋』の」

「……そうです。あっ、ありがとうございました」

頭を下げる。痛いほどの恐怖がつきあげてきた。

この人がいなかったら、今頃、あたしは……。

奥歯がかたかたと鳴った。

「わたしもちょうど『梅屋』さんにお邪魔するところだったのです。声が聞こえたもので……間に合って、よかった」

「ありがとうございます。本当にありがとうございます」

「夏になると、ああいう手合いが増えてくる。ご用心なさい。人気のない場所は一人で歩かないほうがいい」

「はい……」

「お送りしますよ。歩けますか」

「ええ……あっ、茄子が」

「ああ、ほんとだ。派手に転がっている」

遠野屋の主人は笊《ざる》をつかむと、手早く茄子を拾い集めた。闇の中を迷うことなく、動く。昼間と寸分違わぬ動きのように見える。不思議だ。

夜目がきくのかしら。

「さっ、まいりましょうか」

「あっ、はい。あっ笊、持ちます。すいません」

遠野屋の主人が微かに笑ったように感じられた。その背後に夕顔が咲いている。白い花が闇に浮かんでいる。

頭の中が揺れた。

頭蓋の中で鈍い音が聞こえる。

闇に浮く白い花。

町人。

匕首の閃《ひらめ》き。

死ね、死ね。

誰かが呻《うめ》いている。

おけいの手から、笊がまた滑り落ちた。

あたしは、見たんだ。

「おけいさん」

遠野屋の腕が身体を支えてくれる。おけいは、その腕に縋り、瞼を閉じた。

頬を叩かれた。

人の肉を打つ、聞きようによっては小気味の良い音が響く。

「この、ばかっ」

短い誹《そし》り言葉の後、おふじは険しい視線をおけいに向けた。おけいの頬を張った指を固く握りこむ。

「あの神社は昼間でもごろつき連中がうろついてるんだ。決して通るんじゃないと、口がすっぱくなるほど言ってたじゃないか」

普段は陽気で優しく、舅の伊佐治に言わせると「葉っぱが全部落ちちまった銀杏の樹みてえにさっぱりした気性をしている」はずのおふじが、眦《まなじり》を吊り上げた形相《ぎょうそう》で睨《にら》んでくる。

火照る頬に手をおいて、おけいは俯いた。

「……おっかさん、ごめんなさい」

「あたしに謝ってどうするんだい。謝ってすむことじゃないよ。なかなか帰ってこないからやきもきしていたら……ほんとに、おまえって子は。え？　今年で幾つになりだい。日がとっぷり暮れちまってから、一人であの境内を通るなんて、この辺りじゃ五つの子どもでもしやしないよ」

「……ごめんなさい」

涙が零《こぼ》れた。大粒の水滴となって、土間の上に落ちていく。

「もういいじゃねえか」

太助が割って入る。

「おけいだって、よーく、懲りたさ。こんなこと二度としねえよ」

「当たり前だよ。二度もされてたまるもんかい。だいたい亭主のお前が『もういい』ってこと、ないだろう。どこまで、のほほんとしてるのさ」

太助は額に捲《ま》いていた手拭いを取ると、吐息をもらした。

「おれより先に、おっかさんが怒っちまったんじゃねえか。おれの出番なんて全然なくてよ、どうしようかって思ってたんだ」

「まっ、よく言うこと」

おふじが顎《おとがい》を引く。よく肉の乗った顎は二重になり、おふじの顔つきをふるりと緩ませた。伊佐治が立ち上がり、息子と同じように額の手拭いをほどく。

「太助の言うとおりだ。おめえみてえにぽんぽん怒鳴ってたら、挟む口も閉じちまうさ。それにな、おけいを叱るより、まずは、遠野屋の旦那にお礼を言うのが先じゃねえのか」

伊佐治は遠野屋に向かって、深々と頭を下げた。

「遠野屋さん、おけいを助けていただいて、何とお礼申し上げていいか。ほんとうにありがとうごぜえやす」

おふじも、そして太助もおけいも、同時に身を屈《かが》めた。遠野屋が肩を竦める仕草で、僅かに身を引く。

「いや……揃って頭を下げられましても、却《かえ》って恐縮いたします。あの、もうけっこうです。お気持ちはよくわかりましたから。どうぞ顔をお上げください。親分さん、困ります。どうか、もうそこまでで……」

ほんとうに困惑しているらしく、遠野屋の口調はいつになく急《せ》いて、歯切れが悪かった。

この人がいなかったら……。

改めて思う。

もし、遠野屋の旦那が通りかからなかったら、あたしは……。

無残なことになっていただろう。殺されていたか、死ぬより辛い目にあっていたはずだ。

頬にそっと手をやる。まだ、微かに火照《ほて》っていた。

叩かれたの……初めてだ。

頬の火照りがおけいの思いをふらりと揺らす。

十の歳、実母と死別してから思いっきり頬を叩かれたことなど、一度もなかったのではないか。継母《けいぼ》のおといは意識してなのか、もともとそういう性質《たち》なのか、自分から進んで、おけいとの間合いを詰めようとはしなかった。

「義理は義理、どうやったって血は繫がらないもんさ。だから、おまえも無理して、あたしのことをおっかさんなんて思わなくていいよ。おまえのおっかさんは亡くなったお里さんだけなんだからね。ただし、おっかさんと呼ぶだけは呼んでおくれ。世間さまの耳ってものが、あるからさ。別に難しいことじゃないだろうし」

はっきりそう言われたこともある。互いに母や娘を演じてぎくしゃくするより、端《はな》から他人だと割り切った方が楽だ。おといの考えは間違ってはいないのだろう。理に適《かな》っているようにも思えた。だから、おけいは素直に頷いてしまったのだ。

「そうね、あたしもそう思う」

なんて、頷いてしまった。

義理は義理、どうやったって血は繋がらない。

だけど、血の繋がりってそんなに大切なんだろうか。親と子の繋がりって、血のことじゃなくて、心のことじゃないのだろうか。母になろう娘《こ》になろう。その思いこそが大事なんじゃないのだろうか。

ずっとずっと、そう思っていた。そう言いたかった。

頬が熱い。

おふじは力任せにここを打った。本気で怒り、本気で叩いた。

「この、ばかっ」だって。「ほんとに、おまえって子は」だって。迂闊な娘に心底腹をたてた母親の物言いじゃないの。

「恐縮なんてしないでくださいな。旦那はおけいの命を助けてくださったんです。百万回頭を下げても足りませんよ。旦那がいなかったら……いったい、どんなことに……」

おふじの双眸から、ふいに涙が溢れた。

「ほんとに……ばかなんだから……もう、どれだけ心配かけたら気がすむのさ……」

前掛けで顔を覆って、おふじが嗚咽《おえつ》を漏らす。そのまま崩れるように、上げ床の上がり框《がまち》に腰をおろした。

「おっかさん」

おけいはその膝に手を置いた。鼻の奥がつんと痛くなる。

「ごめんなさい。ほんとに……ごめんなさい」

心配かけてごめんなさい。心配してくれて、ありがとう。おっかさん。

「知らないよ……おまえみたいな子……知らないからね……金輪際《こんりんざい》、心配なんか……してやるもんか」

伊佐治が鼻の頭を指で搔き、苦笑する。

「怒ったと思ったら、もう泣いてやがる。まあ、なんでこうまで賑やかなんだか……。遠野屋さん、とんだ愁嘆場《しゅうたんば》をお見せしちまって、勘弁してくだせえ」

泣き崩れるおふじの背から視線を外し、遠野屋が微笑んだ。

「いえ。とんでもない。わたしは、この前、親分さんが届けてくださった魚田《ぎょでん》のお礼にまいったのです。実は、もう一刻《いっとき》ばかり早くお邪魔するつもりでしたが、先の用事が長引いてしまって」

「たまたまあの時刻に、神社をお通りになった」

「はい。わたしも近道として境内を抜けようと思ったものですから……おかみさんに怒られそうですが」

「まあ、遠野屋さんたら」

おふじが手の甲で涙を拭《ぬぐ》う。

「もし、その用事とやらが遠野屋さんの思い通りに片付いていたら、一刻《いっとき》前にあそこを通っていたってこってすね」

「はい」

ため息とはちがう、長く太い息が伊佐治の口から零れた。

「おけい、おめえ、信じられねえほど運が良かったんだぜ。仏さまのご加護かもしれねえ。よーく信心しな」

太助が身じろぎする。

「神社だから、仏さんじゃねえだろう。どっちかってえと神さんのおかげじゃねえのかな」

「ばか、親の言うことに、いちいち突っ込み入れるんじゃねえ」

遠野屋が小さな笑い声をあげた。緑陰の風に似て、涼やかな気持ちのいい声だった。穏やかな笑顔、心地よい声、物静かな佇《たたず》まい、落ち着いた挙措《きょそ》。おけいの眼前に立つ遠野屋は一流の商人そのものだ。しかし、先刻、闇に包まれた境内でごろつきを相手にしていたときは……あれは、商人なんかじゃなかった。穏やかで、物静かで、落ち着いて……そんな人じやなかった。酒に酔ったごろつきがすくみ上がる気配を放っていた。あれは、商人なんかじゃ……。

遠野屋と目が合う。

なぜか、おけいから先に逸らしてしまった。

「そうだ、これを親分さんに渡しておきましょう」

遠野屋が懐から鞘に納まった匕首を取り出した。

「これは、ごろつき連中の九寸五分でやすね」

「ええ、ありふれた物ですから後々の罪証にはならないかもしれませんが……そう言えば、中の一人が『井月屋』の息子だと名乗っていました」

「『井月屋』？　横網町《よこあみちょう》の？」

「たぶん」

「『井月屋』といえばかなりの構えの呉服屋だが……そこの息子がごろつき連中とつるんでいるってわけですかい」

「あの口調は、出まかせのようには思えませんでしたが」

「そうですかい。『井月屋』ねえ」

伊佐治がゆっくりと匕首を抜く。掛け行灯の淡い光を受けて刀身が鈍く輝いた。遠野屋が僅かに目を細める。

「よく手入れされていますね」

「まったくね。こんな物より、己の性根をちっとは手入れしやがれってんだ」

伊佐治が苦々しげに口元を歪《ゆが》めた。

匕首、ぼんやり光る刃、匕首、ぼんやり……白い花がぼんやり浮かんで……くそっ死ね、死ね……花が、夕顔の花が……。

「おけい？　どうした？」

太助が覗き込んでくる。

「顔が真っ青だぞ」

白い花が揺れて、風に揺れて……浮かび上がって……死ね、死ね……血が……怖い、怖いよう、おっかさん。ゆらゆら、白い花が揺れて……揺れて……怖い。

おけいの身体の奥から恐怖がせりあがってくる。胃の腑をきりきりと絞られるようだ。ついさっき、境内で味わった恐怖の上にそれが重なる。闇と闇が重なり、底なしに暗く黒くなる。花だけが白い。

死に装束みたいだ。

ゆらゆら……ゆらゆら、闇の底に何かが見える。鈍く光って……ああ、そうだ。宵闇だった。漆黒の闇じゃなくて……まだ、闇に閉ざされきっていない……怖い、怖い。

何が怖い？

何がこんなに怖ろしい？

おっかさん、怖い、怖いよう。

まあ、おけい。こんな遅くまで遊んでいて。心配したじゃないか。

おっかさん、怖い、助けて、怖い。

どうしたんだい、こんなに震えて。まあ……ひどい熱じゃないか。あんた、たいへん、おけいが。

怖い、怖い、おっかさん。

「おけい」

肩を摑まれた。

母親ではなく亭主の指だった。母親よりずっと太く長い指がおけいの肩に食い込んでいる。

「どうしたんだよ、だいじょうぶか？」

顔をあげ、太助の目を見つめる。

「……太助さん、あたし……行ってみる……」

「へ？　行ってみるって、どこへ？」

「神社」

太助が瞬きする。おふじがしゃっくりの音をたてる。

「神社って、おけい、おめえ、何を言ってんだよ」

自分が何を言っているのか、わからない。

あたし、何を言ってるの。何をしようとしてるの。

「行ってみる……行かなくちゃ、行ってあの花を……」

「花？ 花って、何のことだ？」

「夕顔の花、白い花……咲いてたから……」

「咲いてたらどうなんだよ。別にいいじゃねえか。この時季、夕顔なんて、畑だけじゃなくて、軒下や野っぱらにだってよく咲いてるじゃねえかよ。珍しかねえだろう」

かぶりを振る。

「ちがうの。そうじゃなくて……」

ちがうの、太助さん。そんなことじゃないの。あたし、あの花が怖いの。とっても、怖いの。怖くて怖くて、今まで、ずっと逃げてきたけれど……ああ、どうしてだろう。どうしてなんだろう。逃げちゃだめなんだって、思うの。ここまで、喉《のど》の元まで、ずっとつっかえていたものが込み上げているみたいで……もうちょっとで、あと少しで、出てきそうで……。

おけいは喉をおさえ、軽く目を閉じた。

「言われてみると、何とも妖しげな風でしたね」

遠野屋の声が耳に沁みて来る。美声とか、よく通るとか、そういう類ではなく、沁みて来るとしか他にいいようのない声質だった。

そこにいる誰よりも先に、伊佐治が反応した。

「妖しいって言いやすと？」

「ええ……太助さんのおっしゃるとおり、夕顔は珍しい花ではありません。ただ、あの境内の花は妙に妖しげでしたね。たぶん、人の手で植えられたのではなく、自然生《じねんば》えなのでしょうが、妙に花がみっしりついていて、ええ……宵闇時に目にすると、ちょっと怖ろしいかもしれません」

「遠野屋さんでもですかい？」

「誰でもですよ、親分さん。それはまあ、木暮さまあたりなら、踏みつけて終わりかもしれませんが」

「うちの旦那？　はっ、うちの旦那が花なんかに気が付くもんですかい。その下に、死体でも転がってるんだったらいざしらず、ただ咲いているだけの花なんて、踏みつけるどころか目の隅にも入っちゃあきませんよ」

「うちの旦那のことなんざ、放っておいてよござんすよ。それより、おけい、おめえ、何でそこまで宵闇花にこだわるんだ。あんな目にあった後、またのこのこ出向いて行くなんざあ、正気の沙汰じゃねえぞ」

おけいは舅を見、そのまま視線を横に流して、遠野屋の主人の顔を見た。頭の中がぞわぞわする。

「確かに」

さっき、おとっつぁんは何て言った？

その下に、死体でも転がってるんだったらいざしらず。

「花の下に……死体が転がってた……あたし、見たの」

伊佐治の目が大きく見開かれる。おふじが立ち上がる。

おけいは、太助の胸に顔を埋めた。

「ったくよ。人の死体どころか猫の死骸一つ、出てきやしねえじゃねえか」

信次郎が舌打ちする。足元には、刈り取られた夕顔の蔓や花が哀れに萎《しお》れていた。

「この暑いのに、朝っぱらから手ぇかけさせやがって」

棘のある口調におけいが身を竦めた。

「旦那は立って見てただけじゃねえですか。指一本、動かしちゃいねえでしょ。それにね、あっしはここに死体が転がってるなんざ、一言も言ってやせんよ。おけいの口にしたことが妙にひっかかるから、ちょっと探ってみようかって思っただけなんですから」

「親分、おれの仕事はなんだよ。え？　定町廻りの同心だぜ。死体が転がってるなんぞ、耳にしたら、黙ってるわけにはいかねえだろうが」

「へえ。もうずい分と長《なげ》え付き合いになりやすが、旦那がそんなにお仕事に熱心だったなんて、あっしはてんで気がつきやせんでしたねえ」

「なんだよ、その皮肉っぽい口は」

信次郎が露骨に不快な表情を浮かべた。

伊佐治は芝居じみた仕草で肩を窄《すぼ》めて見せる。

昨日はあれから、とりあえず店を開け、辞退する遠野屋を半ば無理やりに二階の座敷に座らせ、酒と肴をふるまった。太助の手になる料理は質素だけれど、「これを断るのは、余程己を律せられる者でないと無理ですねえ。評判になるのも当たり前だ」と、遠野屋が真顔で舌を捲いたほどの味なのだ。

その料理が目当てなのか、遠野屋の気配を察したのか、信次郎がふらりとやってきたのは、宵五つ近くだった。

「ほぉ、さすが遠野屋のご主人ともなると、えらいもてなしを受けられるんだ。うらやましいねえ」

遠野屋の前に並んだ皿を一瞥《いちべつ》して、その皿の数より多く、嫌味を並べそうな信次郎に、伊佐治はやや早口で、今までの経緯《いきさつ》を説明したのだった。

意外なことに、信次郎は強い興味を示した。おけいにも遠野屋にも、細かく執拗に問い質《ただ》したばかりでなく、翌朝、まだ露が葉に宿っている時刻、僅かに花弁を開いている夕顔の下を探る伊佐治に付き合いさえしたのだ。

花の下に死体はなかった。

あるはずがない。

そんなことは百も承知だ。ただ、伊佐治は伊佐治なりに、引っかかっていた。舅ではなく、岡っ引としての嗅覚におけいの怖気《おじけ》や心乱れが引っかかってしまったのだ。芝居でなく、冗談でなく、若い女が「死体を見た」と言う。それは、なんだ？　おけいは、誰かを謀《たばか》る必要はなかったし、虚言癖もない。現《うつつ》でない景を見る病に罹《かか》ってもいない。

だとしたら、なんだ？

どうにも気になったのだ。

おけいがいつもより、ずっと小さな声で謝った。

「おとっつぁん、ごめんなさい。あたし……」

早朝のひんやりと心地よい空気の中で、その涼しさにもかかわらず流れる汗を拭う。

気にすんな。これが、おれの仕事なのさ。

昨日から続くごたごたの張本人だと自覚してか、気弱に目を伏せてばかりいるおけいに、そう答えてやるつもりだった。しかし、伊佐治より僅かに早く、

「おけい」

信次郎がどこか気怠《けだる》げな、しかし、尖鋭《せんえい》な口調でおけいの名を呼んだ。おけいの背筋がまっすぐになる。

「はい」

「おめえの実家《さと》は、どこだ？」

「あたしのですか……橘町です」

「昔から、ずっとそこに住んでいたのか」

「いえ……あたしが小さいときに引っ越してきたんです。その前は、確か……あっ、林町《はやしちょう》にいました。一丁目の黒文字《くろもじ》長屋に住んでいたんです。おとっつぁん、そこから近くの料理屋に通ってました。おっかさんも時々、働きに行ってたと思います」

「なるほどね。林町の長屋から橘町に移って茶飯屋を始めたわけか。えらい出世じゃねえか。

その上、嫁いだ先が尾上町の『梅屋』ときたら人生双六の上がりみてえなもんだ。うまいことやったな」

おけいがちらりと伊佐治を見やった。皮肉や嫌味や冷笑をたっぷり入れ込んだ信次郎の物言いに戸惑っているのだ。

「旦那、おけい相手につまんねえ冗談は止めてくだせえ」

「ふふん」

信次郎が片頬だけで笑ってみせる。

「で、おめえが熱を出したってのはどっちなんだ?」

「はい?」

「親分の話だと、おめえ、子どものころひでえ熱を出した。この花が怖くなったのはそれからってことじゃねえか」

「あ……はい」

「それは、林町にいたころの話か橘町に移ってからのことか」

「林町にいたころです。あたしの熱がひいて……身体が元にもどったころ……ええ、そうです。あたしがすっかり元気になってから、橘町に移ったんです」

「ふーん、娘の身体が快復するのをまって、家移りをしたわけか。前々からそんな話があったのか？」

「さあ……どうでしょう。よく、わかりません。ただ、広いお家に移れてすごく嬉しかったのは覚えていますが……あの、それがなにか？」

信次郎は答えなかった。おけいのことなど、すでに眼中にないようだ。瞼《まぶた》を半ば閉じ、一言二言、誰にともなく呟く。

「あたし……もう帰らないと。お店のお掃除、まだなんです」

「かまわねえ。もう帰んな。店のこと頼むぜ」

「おとっつぁんは？」

「おれは帰れねえ」

もしかしたら、今日は忙しくなるかもしれない。

信次郎の横顔を見ながら、ふっと思う。

自分が嗅いだのと同じものをこの若い同心も感じたのだろう。何かある、と。その何かを理で詰め、炙《あぶ》りだす才幹に信次郎がいかに長《た》けているか、知りすぎるほど知っていた。

何かある。それは確かだ。

厚くも、薄くも幕に覆われ、隠されていたものが白日の下に晒《さら》される。いや、引っ張りだすのだ。

背筋がぞくりと震えた。

興奮の漣《さざなみ》が汗ばんだ肌を上ってくるようだ。

まったく、おれって人間は根っからの……。

岡っ引なんだなと己がおかしくもあり、苦々しくもあった。

おけいがひょこりと辞儀をすると、いかにも若者らしい軽快な動きで石段を降りていった。

「旦那」

「うん？」

「これから、どうしやす」

「そうだな、ちっと調べてぇこともあるが……その前に、横網町に行ってみるか」

「横網町……『井月屋』へですか」

「そうさ、遠野屋の話だと、ご丁寧に向こうさんから名乗ってくれたそうじゃねえか。名の通った店の息子が若え女に乱暴しようとしたんだ。ほっとくわけ《わけ》にはいくめえ」

「そりゃあそうでやすが、わざわざ旦那がお出かけになるんで」

「当たり前《めえ》だろう。他のやつならいざ知らず、危ねえ目にあったのは、伊佐治親分の身内だぜ。おれが知らぬふりできるかよ。でけえ灸をすえてやらねえと、な」

「へえ……」

『井月屋』は老舗ではないが、今の主人——確か藤衛門《とうえもん》という名だった——の代で盛んとなり、かなりの身代《しんだい》を築いた店だ。そういう店にありがちな、生臭い裏話、金目当てに大店から女房を娶《めと》っただの、そのために手をつけて孕《まつ》ました女中に暇を出しただの、その女中が仕打ちを怨んで店の前で喉を突いただのという類の噂はまったく聞こえてこない。そのあたりも、当代の人徳なのだろう。ともかく、井月屋藤衛門はひとかどの人物であり、ひとかどの人物を嬲《なぶ》るのは、信次郎の嗜癖《しへき》の一つだった。

「それに、このところ、多勢で女を襲って手込めにしちまうって、畜生の輩のうわさをやたら耳にする。実際、訴《うつたえ》も出ているしな」

「昨夜の連中の仕業なんで？」

「十中八九そうだろうよ。遠野屋から聞いた『井月屋』の息子とやらの人相と訴に記されたものとが、ぴったり一致する」

「なるほど……遠野屋さんの眼なら間違《まちげ》えねえでしょう。あのお人は闇の中でも確かな見定めができやすから」

「だろうよ。梟《ふくろう》みてえなやつだからな」

そうか、自分の嗜癖を満足させるためだけじゃねえんだ。

ほんの少しだが、目の前の男を見直す。

た。


「行くぜ」

　捲き羽織の袖をひらりと振って、信次郎が歩き出す。伊佐治は一人頷いて、その後に従った。


「まことに、まことに申しわけありません」

　井月屋藤衛門は額を畳にすりつけて低頭した。

「この度の息子の……良助《りょうすけ》のしでかしたこと、なんとお詫び申し上げてよいやら、言葉もございません」

　伊佐治と信次郎はどちらからともなく顔を見合わせ、眉を寄せた。信次郎が顎をしゃくる。伊佐治は膝を三寸ほど進めた。

「井月屋さん、お顔をあげてもらいやしょうか。あっしたちは、あんたに土下座してもらうためにここに来たんじゃやねえ」

　藤衛門の顔がゆっくりと上がる。

　歳は四十前後か。半白の髪をして、皺が深い。しかし、仕草や目の光は、いかにも辣腕《らつわん》の商人《あきんど》らしくきびきびとして力に満ちていた。その力を抑えこもうとするかのように肩を落とし、うなだれている。

「しかし、手前どもと致しましては、ただもう土下座をするしかございません。ほんとうに、もう何と言うことを……」

深いため息が漏れる。弱りはて、困り果てていると親の嘆きを語るため息だ。

「土下座をするとしたら、父親のあんたじゃなくて……そっちの息子さん……良助さんとおっしゃいましたかね、そちらの方じゃねえんですかい」

藤衛門の後ろで、大柄な男が身じろぎする。それから、ふいっと横を向いた。

若い男だ。太助よりも若いかもしれない。しかし、頰から顎にかけて、ぽってりと付いた肉や肌のくすみ、弛緩した眼差しがこの若者のどうしようもない崩れを露《あらわ》にしている。

こいつは、もう、だめだな。崩れるところまで崩れちまった。

ならず者もごろつきも博徒も無宿人も、数え切れないほど目にしてきた。その経験が、井月屋藤衛門の息子、良助の無残な頽廃《たいはい》を教える。ここから、まっとうな道に這い上がるのは並大抵のことじゃねえだろう。

一人息子と聞いた。だとしたら、『井月屋』の行く末は暗い。店の基礎を作り、信用を勝ち得、商いの歯車を滞ることなく回していく。そこまで達するのは至難だが、崩してしまうのは容易い。人が堕落の坂を転がるのと同等に容易いのだ。

そのことに、井月屋は気が付いているだろうか。

良助の隣には薄鼠《うすねず》色の小紋を着た女が座っていた。井月屋の女房、良助の母、おふでと名乗っていた。おふでは藤衛門がひたすら低頭している間、息子とよく似たふくれ面をしてじっと座っていたのだ。

「良助」

身をよじり、藤衛門が声を荒らげる。

「親分さんのおっしゃるとおりだ。おまえは、自分が何をしたかわかっているのか」

「……わたしは、別に……何もしてませんよ」

「良助！」

「ほんとだよ。娘さんがしゃがんでたから……声をかけただけで……悪さをしようとしたのはわたしじゃなくて……権六《ごんろく》や牧蔵《まきぞう》だ。わたしはただ……黙って見ていただけで……」

「よしな」

信次郎がもたれかかっていた壁から背を離す。

「ここまできて、じたばたするんじゃねえ。おめえが、仲間の中心になって、あちこちで悪さをしていることはとっくに調べがついてんだ。このところ、一人歩きの娘をつけて暗がりにひっぱりこむごろつき野郎の話がやたら耳に届いていてな、取締りを厳しくすべしってお達しがあったばかりなんだよ。あれはみんな、おまえらの仕業なんだろうが」

「みんなって、そんな……」

「おまえらに乱暴されて首を吊った娘までいるんだぜ。え？　わかってんのか」

信次郎が目配せする。伊佐治は縛縄《ばくじょう》を手に良助ににじり寄った。そのときになって初めて、良助は自分がどこに追い込まれたかを悟ったらしい。

「おとっつぁん」

悲鳴をあげた。

「おとっつぁん、嫌だよ、助けてよ」

「あんた」

おふでも叫ぶ。

「あんた、何とかしないと。良助が連れていかれるよ」

藤衛門は膝に手を置き、黙したままだった。こめかみを汗が一筋、流れる。体軀に似合わぬ素早さで、おふでが伊佐治の脚に飛びついてきた。

「お金なら幾らでも差し上げます。だから、見逃してくださいな。親分さんお目こぼしを、お目こぼしを」

「どきな」

片手で振り払うつもりだったが、おふでの身体はぴくりとも動かなかった。反対に脚をすくわれた格好で前のめりに転んでしまう。その隙をついて、良助が部屋を飛び出して行った。ばたばたと足音も荒く逃げ出す。

信次郎が舌打ちをした。

「親分、なんて様《ざま》だよ」

「面目ねえ。ただ、外には手下《てか》を何人か置いてやす。暴れ馬だって、逃げ切れねえでしょうよ」

「ふふん。井月屋、おめえの息子はとことん痴《し》れ者らしいな。おとなしくお縄になればちっとは刑も軽くなろうってもんをよ」

おふでがその場にしゃがみこみ、声をあげて泣き始めた。

「あの子が悪いんじゃないんです。仲間に無理やり……連れまわされて、嫌々やったことで……あの子に罪はないんですよ……お願いします、見逃してやってください」

「おふで」

藤衛門の声が震えている。震えながらも取り乱した女房を叱咤する勢いがあった。

「いいかげんにしなさい。みっともない。良助はとんでもない過ちを犯したんだ。償いをするのは当たり前ではないか」

おふでの目が吊り上がる。

「父親のくせによくそんな冷たいことが言えますね。わたしは嫌ですよ。あの子が牢に繋がれるなんて……そんな、そんなこと」

信次郎が笑った。くっくっと小気味いい笑声をたてる。

「牢にぶち込まれるだけじゃねえぜ。おたくの可愛い若旦那がどれだけの悪さをやってるか、それにもよるが……まあ、過料《かりよう》や手鎖《てぐさり》ですむわけにはいくまいよ。呵責《かしやく》、押込《おしこめ》、敲《たたき》、追放、遠島、死刑、さてどれになるか」

「しっ、死刑」

おふでの顔から血の気がひいていく。

「死刑にもいろいろあらあな。死罪、獄門、火罪、磔《はりつけ》、鋸挽《のこび》き……」

「そんな、そんな……お助けください。あの子は何にもしてないんです。後生ですからお助けを」

「何にもってこたぁねえだろう。昨夜、尾上町で女を一人襲おうとした。それは、確かなことなんだぜ」

「ええ、良助から聞きました。それは、たまたま境内を通りかかったら娘さんがしゃがんでいたので……」

「力ずくで、人気のない所に引きずっていこうとしたんだろうが。嫌がる女を無理やりに手込めにしようとしたわけだ」

「手込めだなんて……あの子がそんなことするわけないでしょ。だいたい、その女が怪しいじゃないですか。薄暗い境内でしゃがんでいたなんて。おかしいでしょう。きっと、商売女ですよ。そうやって男を誘ってたに違いありません」

信次郎がひどく優しげな笑《え》みを浮かべた。

「それが、そうじゃないんだ。まっさらさらの素人でな。こちらの親分さんの身内になるんだよ。おけいって名前でな、息子の愛《いと》しい嫁さんさ」

おふでの口が半開きになる。口元、目元がひきつった。

「確かに、ちっと変わった女でよ。夕顔の花が怖くて竦んじまうんだとよ。あの花の下に死体が転がってるなんて口走る始末さ。まあ、だからといって、良助の罪が軽くなるわけじゃねえからな。ふふっ、井月屋の旦那の言うとおりさ。良助にはこれから、たっぷり償ってもらうぜ」

おふでの顔からはほとんど血の気が失せていた。紙のように白くなったせいか、妙にのっぺりと見える。その顔色のままふらふらと立ち上がると、袂《たもと》で口元を覆い廊下に出て行った。すぐに、嘔吐の音がする。「まあ、おかみさん、だいじょうぶですか」。上州訛《なまり》のある女の声が聞こえてきた。

「……お見苦しい様を晒してしまいまして……」

藤衛門が額の汗を拭く。

「いいけどよ。まあ、あの嬶《かかあ》にあの息子じゃ、あんたもいろいろと苦労だな」

信次郎が珍しく労《いたわ》りを口にする。藤衛門は小さく息を吐いた。

「いつか……いつかこんな日が来ると覚悟しておりました。良助をあんな風に育てたのはわたしの責です。みなさまにご迷惑をかけたこと、どのようにお詫びすればいいのか……」

「まあな。けど、ものは考えようさ。まだ、この程度で済んでよかったってな。親の前で言うのもなんだが、良助は歯止め無く転がり落ちちまう輩だぜ。ここでお縄にならなきゃ、そう遠くねえ先に」

信次郎は口をつぐみ、藤衛門の月代《さかやき》のあたりを見つめる。

「間違いなく、人を殺《あや》めていたな」

おふでの泣き声が廊下から響いてきた。

「どんな理由があろうとも、人を殺めたとあっちゃあ、死罪は免れねえ。獄門、晒し首も有りだぜ。ふふん、ここで懲りて、心を入れ替えればそういう目に遭わずにすむ。心を入れ替えれば……まあ、あの様子じゃちっと難しいかもしれねえがな」

労っているようで、慰めているようで、その実、ちくりちくりと相手を揶揄《やゆ》している。信次郎独特の物言いに、伊佐治はいつもほどの不快を感じなかった。危害を受けそうになったのがおけいだった。その事実もあるが、信次郎の一言に首肯《しゅこう》する気を抱いたのだ。

良助は歯止め無く転がり落ちちまう輩だぜ。

確かにそうだ。

良助という若者に改心する意志や更生する気構えがあるとは思えない。罪人となった身を不運だと嘆き、誰かのせいにして怨むことはできても、己の罪を己で引き受け、何としても贖《あがな》わなければなどと、僅かも思いはしないだろう。

堕ちて、流れて、転がって……踏み止《とど》まることができぬまま、ずるずると深みにはまり、やがて自ら破滅を呼び寄せる、そういう類の男だ。そういう類の男を、女を、星の数ほども見てきた。

気の毒にな。

伊佐治は、品良く身拵《みごしら》えをし、風格さえ漂わす商人を初めて憐れみの目で眺めた。

ここまでの店を築きあげるために、この男が流した汗や忍んだ苦労は並大抵のものではなかったろう。その果てに、この結末があるとしたら酷《むご》い。酷い話だ。

気の毒にな。

井月屋藤衛門がつと顔を上げた。つい先刻、良助が走り去った廊下を見やる。その目には落胆も諦念も疲労も宿っていなかった。打ちひしがれた惨めさもない。

「いたしかたございません。あれの腐った性根がどうにも治らないとあらば、縁を切るまでのこと」

迷いのない口調だった。伊佐治は思わず藤衛門の眼《まなこ》を見つめていた。

「勘当なさるおつもりで」

「それも考えております。人別帳《にんべつちょう》から除いて頂くのも結構かと」

藤衛門が膝を進める。懐《ふところ》から袱紗《ふくさ》包みを取り出し、信次郎の前に置いた。確かめなくとも中身はわかる。

「お役人さまにご足労をおかけした、その償いの気持ちにございます。どうかお納めくださいますように」

信次郎が鼻を鳴らす。

「ふむ。けどよ、いくら金を掴まされても若旦那のやったことを帳消しになんざ、できねえぜ」

「わかっております。あれのことはもう諦めました。いかようにも処罰なさってください。ただ、累がこの『井月屋』に及ぶ事だけは、できる限り避けたいと思います」

「なーるほど、被る波は小せえ方がいいってことか。親の責を問われて閉戸《へいこ》にでもなれば、商いにはちと痛《いて》えものな」

「まことにその通り。なにとぞ、よしなにお取り計らいを」

藤衛門が頭を下げる。伊佐治は我知らず、身を縮めていた。

この商人の頭の中には、息子の行く末より、店の前途への心配が渦巻いているらしい。極道者の一人息子が井月屋にとって命取りになるととっくに見極めていたのだろう。そして、この機に、切り捨ててしまおうとしているのだ。

憐憫《れんびん》を感じていた自分の甘さに舌打ちしたくなる。

ふっと遠野屋清之介のことを思い起こした。

あの男もそうだ。命を賭しても遠野屋という店を守ろうとしている。同じだ。しかし、違う。まるで違う。

どう違う？

井月屋藤衛門と遠野屋清之介、どこがどう違う？

年齢や境遇ではなく、もっと深い差異があるのだが……。

伊佐治は顎を引き、腕組みをした。

「また改めまして、親分さんのお身内にもお詫びにあがらねばと思うております」

「いや、まあ、いまさら、もうようがすよ」

「そういうわけには……その、おけいさんとおっしゃるお嫁さんはお怪我など、なさらなかったのでしょうか」

「まあ、危ねえとこで助《す》け手が現れたんで、何とか……」

何故か不快感が募り、舌が重くなる。

「まあ、ここのお内儀の言うとおり、薄暗くなってから、境内でしゃがんでたおけいにも一抹の非はあるがな。けど、夕顔が怖いってんだからしょうがねえか」

信次郎に顔を向け、井月屋が首を傾《かし》げた。

「先ほどもそうおっしゃいましたが、夕顔が怖いというのは？」

「見るだけで身が竦んじまうんだってよ。六つのころ……だから、もう十二、三年も前に熱を出して、それから怖くてたまんなくなったってことだ」

井月屋の目が瞬く。

「それは、また……何故《なにゆえ》に？」

「さあてねえ。おれは何かを見たんじゃねえかと思ってる」

「見た？」

「ああ、あまりに怖ろしくて熱を出しちまうようなものを、そこだけ覚えが真っ白になっちまうほどのもの、そういうものを見たんじゃねえのか。夕顔の咲いているころにな」

「旦那」

そこが井月屋の奥座敷であるのも忘れて、伊佐治は声をあげた。

「おけいは、花の下に死体が転がっていると言いやしたぜ」

「そうよな」

「じゃあ、もし、おけいが何かを見たとしたら……それは、死体ってことも」

「ありだろうな。あるいは、誰かが殺され、夕顔の花の下に転がったところを見ちまった、とかな」

「調べてみやすか」

「そうだな。まあ、えらく昔の話だ。蒸《む》し返してうまく事が進むかどうか怪しいが……ただ、思い出すんじゃねえのか」

「おけいがでやすか？」

「ああ、子どものころは怖いばかりで心が蓋をしてたんだろうが、大人になって嫁に行き、男も知ったとなると、心の方も強くなるもんだろう」

「男は関係ねえでしょうが」

「女ってのは、男を知ると図太くなるんだよ。で、いつまでも怖い怖いじゃなく、きっかけがあれば蓋がとれて中身が出てくる。自分が何を見たか、わかるんじゃねえのか。実際、おけいは徐々にあれこれ思い出してきてる。近《ちけ》えうちに、何もかもすっきり思い出す。おれはそう考えてるんだがな……。おっと、つまんねえ話をしちまった。親分、そろそろ失礼しようぜ」

信次郎の手が袱紗包みを摑んだまま、袂に隠れた。

「井月屋」

「はい」

「店ってのは、自分の子より大切かい」

「え？　いや……それは……」

信次郎は立ち上がり、視線をふらりと空に迷わせた。

「命を賭しても店を守りきると、そう言い放った男を一人、知っているがな」

「いっぱしの商人なら、誰しもそう言うと思いますが。わたしにとっても、この店はかけがえのないものでございます」

「そうかあ。けど、違うんだよな」

信次郎が井月屋を見下ろす。

「おめえは自分を捨ててねえだろう」

「は？」

「おめえが大切なのは店じゃなくて、店が生み出す利なんじゃねえのか。その利で楽に暮らす、欲しいものを何でも手に入れられる、そういう自分が一番、大切なんだよな」

井月屋の頬に血の色が上った。

「なにがおっしゃりたいんで……」

「いや、別にただ、おめえ、あの上州訛の女中の名ぁ知ってるかい」

「お清《きよ》と申しますが、それが何か?」

「出処《でどこ》はどこで、親兄弟はどうしている? 食い物は何が好きで、歳は幾つだ? 信心深《ぶけ》えのかそうでもねえのか?」

「は? いや、それは、わかりかねますが。お清はおふで付きの女中ですから、わたしにはあまり関わりもございませんし」

「そうか……そうかもしれねえな。けど、おれの知っている男は大番頭から下働きの小女にいたるまで、ちゃんと関わっているぜ。店を守るってのは、奉公人や客や取り引き先と密に関わる、相手を利用するためじゃなくて、人間としてきちんと向かい合っていく。そういうことじゃねえのか。おめえみてえに、息子だろうがなんだろうが、自分に害ありと分ればあっさり切り捨てちまうようじゃ、本物の商人とは言えねえよなあ。馬の耳に念仏かもしれねえが、心改めねえと、このお店《たな》の行く末に暗《くれ》ぇ雲が垂れるぜ」

井月屋が座ったまま両手をついた。

「お役人さまは、お武家の道より商いの道にお詳しいのでございますな。感嘆いたしました」

ちくりと皮肉を言う。その皮肉をさらりと受け流し、

「まあな。おれは何にでも詳しいのよ。いつでも指南してやるぜ。しかし、まっ、しゃべりすぎたか。邪魔したな。良助についてはおって沙汰《さた》がくる。覚悟して待ってるんだな」

信次郎が背を向ける。井月屋藤衛門は深く頭を下げた。


「親分、橘町へ行ってくれねえか」

信次郎に言われた。

横網町の自身番《じしんばん》の中だ。

伊佐治の手下に取り押さえられ、連行された良助は、さすがに観念したのかうずくまったまま動こうとしない。呆けたような顔つきで、口の中で何かを呟き続けている。「おれは悪くない、おれは悪くない」そう聞こえた。

弥吉《やきち》という書き役の老人が淹れてくれた茶は濃い目で意外に美味い。それをすすり、伊佐治は「へい」と答えた。

「ああ、おけいの実家だ。なんとかっていう茶飯屋だよ。そこに行って、話を聞いてきてくれ」

「橋町というと……」

「話ってのは？」

「林町から橋町に移ってきたわけを聞き出してほしい」

「わけ、でやすね。旦那、ただの家移りじゃねえと睨んでるんで？」

「いや、わからん。ただ符合が気になるだけだ。おけいがひでえ熱を出した。しかも、いわくありげな、な。その直後に橋町に移り、両親が茶飯屋を始めた……偶然といえばそれまでだが、それまでで済ませてちゃ、おれたちの仕事はなりたたねえ」

「へぇ、わかりやす」

「親分にとっちゃあ身内になる。やりにくいだろうが頼む」

「おまかせくだせえ」

おけいの父、藤六はやや頑《かたく》なな性質ではあるけれど、根は正直で生真面目だった。小心でもある。そういう男と「花の下の死体」が繋がるとはいささかも思わないけれど、糸口にはなるかもしれない。

信次郎に言われるまでもなく、それまでで済ませる気も身内に探りを入れる煩《わずら》わしさを厭《いと》う気もなかった。

「親分、たぶん死んでるぜ」

「へぇ、あっしもそう思いやす」

「夕顔の咲く時季、誰かが誰かに殺された。おけいは、それを見たんだ。井月屋ではああ言ったが、おけいの思い出すのを指をくわえて待っているのも芸がなかろう。ちっと炙《あぶ》ってみねえとな」

「まったくで」

二人の会話を耳にして、弥吉が驚いたように目を瞬かせた。茶をすすりながら交わす話題としては、あまりに物騒だと感じたのだろう。

「それにしても、旦那、あっしは感心しやしたよ」

「何をだ」

「旦那があそこまで遠野屋さんのことを深くご存知だったとはねえ。いや、あっしも井月屋と遠野屋さんがまるで違うたあ感じてたんでやすが、それがどう違うのか、うまく言えなくて。そこを旦那がすっぱりと」

「おれがいつ、遠野屋の話なんてしたよ」

「へ？　だって、さっき井月屋に……」

「おれは、おれの知り合いの商人の話をしただけだ。遠野屋なんて一言もいってねえよ。もしかしたら、『梅屋』のことかもしれねえし、深川元町の『益子屋《ますこや》』のことかもしれねえ」

「うちに、大番頭や小女はいませんよ。まったく、素直じゃねえんだから」

信次郎が横を向く。眉間に縦皺が寄った。

まったく素直じゃねえな。

腹の底から這い上がってくる笑いを堪えるために、軽く咳払いをしてみた。


ちょっと、失礼だったかもしれない。

口をゆすぎながら、心が重くなる。

だって、急にむかむかしちゃうんだもの。あの匂いが、どうにも……。

おけいは口元を手拭いで押さえ、口の中の唾《つば》を飲みこんだ。

「気にすることたぁないよ」

おふじが背中をとんとんと叩いてくれた。

「あたしも気に食わないやつだって思ったからね。口では『すまない、すまない』の安売りだけど、ほんとに申し訳ないって思ってんのかねえ、あの男」

井月屋藤衛門のことだ。四半刻《しはんとき》前に、小僧を一人連れ、『梅屋』を訪ねてきたのだ。

「このたびは、まことに申し訳ないことをしでかしまして」

大柄な身体を二つに折って、井月屋は丁重なお辞儀を二度した。それから、目を細めおけいの顔を見た。それから……。

風呂敷包みを解き、三反の反物を差し出したのだ。どれも見事なものだった。その反物の間に紙包みが挟まっていた。おふじの目が鋭くなる。真昼の大川みたいにぎらぎらと光った。

「井月屋さん、これは何の真似ですかね」

「お詫びのしるしです。反物三反と十両ございます」

「いりませんよ、こんなもの」

おふじは手早く包みなおすと、その包みを井月屋の胸におしつけた。

「はばかりながら、うちには、おたくさまから金子《きんす》を頂くいわれはござんせんからね」

「まあまあ、女将《おかみ》さん。そうおっしゃらず。これは手前どもの精一杯の償いの気持ちでして」

「償いなら、二親して土下座するのが本当じゃないんですか。それをまあ、金ですまそうだって、ふざけんじゃないよ。あたしだって親ですからね。子のしでかした不始末がどれくらい辛いか、よーくわかりますよ。だからこそ、本気で謝られたら許そうって心に思ってたんですよ。それをまあ、えらそうに。貧乏人には金さえ渡せばよしとでも、考えてんだったら、お門違《かどちが》いだからね」

いきりたつおふじを見下ろして、井月屋は無言だった。無言のままちらりとおけいを見やる。そのとき、おけいは甘い匂いを嗅いだ。反物についていた匂い袋のものだろう。もうずいぶん前になるが、遠野屋の主人から匂い袋を一つもらったことがある。それはさっぱりしたとても心地よい香りだった。この匂いは甘い。甘すぎる。

なんだか、胸が悪い。

「おけい、おまえからも何か言ってやりな……おけい……どうしたの？　顔色が悪いよ」

おけいは口元を押さえると、台所に駆け込みしゃがみこんだ。

吐き気がおさまり、ほっとしたとき、井月屋の姿はすでになかった。

「何だか、反物の匂いがすごく鼻について……」

「そうかい。あたしは金の臭いが嫌だったね。何でも金で済むと思っている男の臭いにむかむかしちまったよ」

「でも、おっかさん」

「うん？」

「きれいな小紋だったけど……おっかさんに似合いそうな」

「まっ、この子は。まあね、あたしも反物だけならすんなり受け取れたのにさ。余計な金なんか包むから。まったく、男ってのはどうしようもないよ。ああ、もったいないことしちまった」

「おっかさんたら」

声をあげて笑い合う。

おふじがすっと身を寄せてきた。

「ところでさ、おけい」

「はい」

「あんたもしかしたら……」

「え？」

魚をさばいている太助の背中に視線を流し、おふじは艶っぽい笑みを浮かべた。

茜《あかね》色の空に鳥が黒い影になって渡っていく。

おけいは茄子の入った笊をかかえ、石段を登っていた。この前のように境内は薄暗くはない。まだ、十分に明るかった。

夕顔はなかった。

この前、伊佐治がきれいに刈ってしまったらしい。ただ、今、ここに夕顔が群れて咲いていたとしても、そんなに怖くはない。そう思える。

宵闇に浮かぶ白い花、それに纏《まつ》わる覚えはなぜか儚《はかな》く、淡く、遠いものに思えるのだ。

昔のことはもういい。そうも思えるのだ。

「おけいさん」

声をかけられた。

「井月屋さん」

ふりむけば井月屋藤衛門が少し離れた場所に立っていた。そこは木立の陰になり、他より早く闇が訪れる。

「お一人ですか」

「ええ」

「怖くないんですかね。人影はないし、暗くなるし。ここで、あんたは陸でなしの連中に襲われたんでしょ」

「陸でなしだなんて……あなたの息子さんもいたんですよ」

「陸でなしは陸でなしだ。まったく、みんなして、わたしの足を引っ張ろうとする。誰もかれも、役立たずの愚か者ばかりだ」

井月屋がぶつぶつと呟く。呟くというより唸《うな》っているようだ。

「わたしがどれだけ苦労して、あの店をここまでにしたと思ってるんだ。それをよってたかって、まったく……」

おけいは胸いっぱいに息を吸い込んだ。

「あたし、思い出したんです、全部」

井月屋の呟きが止まる。

「夕顔がいっぱい咲いてましたよね。場所は……清住町《きよすみちょう》のおいなりさんの後ろでした。あたし、木陰で一人遊んでたんです。そしたら……男の人が二人来て……言い合いになって……それで、一人が相手を刺したんです。何度も……それから、懐から財布を盗んで……あたし見ました」

井月屋の手が懐に入る。

「おまえも、わたしの足を引っ張る輩なんだな。わたしの出世を妬《ねた》み、引きずり落とそうとしてるんだろう。許さない。毛虫みたいなやつは、始末してやるんだ」

匕首の刃が煌《きら》めいた。

おけいは棒立ちになり、振りかざされた刃を見つめる。

「死ね」

井月屋が叫んだのと、その背中に黒い影がぶつかっていったのはほぼ同時だった。

井月屋が地面に転がる。匕首も転がる。

「野郎、神妙にお縄になれ」

伊佐治が怒鳴った。伊佐治や伊佐治の手下に押さえ込まれながら、井月屋はしばらくもがき続けた。

「放せ、放せ、放してくれ」

「井月屋の旦那、今さらじたばたしたって後の祭りってもんさ」

信次郎が楽しげにも聞こえる口調で言った。

「十三年前、金貸しの爺さんを殺して大金を盗んだ、そんな悪党にここで会えるたぁ、果報ってもんだね」

「ううっ、放せ、放して……金は出す。いくらでも出すから」

「諦めな。店はもうお仕舞《しめ》ぇだよ。人を殺めて盗んだ金が元手じゃ、ろくな商いはできねえさ。こうなるのは、お天道《てんとう》さまの理だったんだよ。諦めな、諦めな。ふふ」

おけいの肩に伊佐治が手を置いた。

「おけい、よくやってくれた。どこも、怪我なんぞしてねえだろうな」

「だいじょうぶ。あの人、あたしに指一本触れられなかったもの」

「そうか、悪かったな。こんな役させちまって。怖かったろう」

「ううん。おとっつぁんがすぐ後ろにいたのわかってたから、全然、怖くなんかなかったわ。ねえ、おとっつぁん、あたし、教えてもらった通りに台詞《せりふ》が言えたでしょ」

「ああ、上等だ、てえしたもんさ」

伊佐治は頷き、優しい笑顔になった。

「けどよ、このこと、おふじには内緒にしといてくれな。何てことをさせるんだって、こっぴどく怒られるからよ」

「あら、おっかさんが怖いんだ」

「当たり前《めえ》だろうが。この世であれほど怖《こえ》えもんが、あるもんかよ」

笑ってしまった。笊をゆすり、今度は茄子を落とさなかったと思った。

井月屋が引き立てられていく。

あんなにりっぱで堂々とした商家の主が、凶暴な殺人者にかわる。いったいどちらが真の姿なのだろう。どちらも真なのか、どちらも虚なのか。

なんだか、不思議でしかたがない。

井月屋の背に、信次郎がさらに声をかけた。

「ああ、大事なことを言い忘れていた。井月屋、おめえが人を殺《や》ったのは清住町だよな。おけいが見たのは林町のしもた屋での事件さ」

井月屋がゆっくり振り向いた。額にも頬にも擦り傷ができ、血が滲んでいる。その顔を夕陽が紅く染めていた。

「おけいとおめえは何の繋がりもねえ、つまり、おめえの顔を見たやつなんて、誰もいなかったってこった」


「では、清住と林で、同じころに同じような事件が起こっていたというわけですか」

遠野屋の奥座敷で、清之介が問うてくる。伊佐治と信次郎は冷えた茶と菓子のもてなしを受けていた。

「へえ。おけいが見たのは、近所の隠居殺しでしてね。おけいは、その隠居になついて、よく遊びに行ってたみたいなんですよ。隠居も金貸しを生業《なりわい》にしてるにしては、子ども好きで、可愛がってくれてたそうで。それで、たまたま遊びにいっていたとき、えらい場面を見ちまったってわけで。まあ、一緒に殺されなかっただけめっけもんでしたが」

「隠居殺しの下手人は?」

「三日もしねえ間に捕まったそうです。出入りの植木職人だったそうで……でやすね、旦那」

「まあな。例繰《れいく》り方《かた》の帳面にはそうある。おけいの実の父親に確かめたところ、隠居の庭には夕顔が植わっていたそうだ。ついでに教えといてやるが、おけいの父親もその隠居からかなりの借金をして、橘町の店を買ったんだとよ。隠居は信用して証文も取らず金を貸していたらしい。で、その隠居が殺されたのをこれ幸いと、父親は借金を踏み倒して、林町の長屋を飛び出したって寸法さ」

「旦那、そのこと、おけいには絶対言わないでくだせえよ。藤六さんだって悔やんでるんだから」

「悔やんで借金が帳消しになるなら、これほど楽なこたあねえぜ」

「旦那は、嫌味癖のかわりに悔やみ癖を身につけたらどうですかい」

「なんだと」

「菓子のおかわりを持ってこさせましょう」

遠野屋が二人の間に割って入る。

「おみつが水羊羹《ようかん》をこしらえたそうなので、ご相伴《しようばん》ください。それで、木暮さまは同じような事件が清住町であったことを帳面から見つけられた。そちらは、下手人は捕まっていなかったんですね」

「そうさ」

「なんで、それを井月屋さんと結びつけられたので」

「聞きたいか」

「ぜひ」

「井月屋があんまりきれいだからよ」

「え？」

「あれだけの身代を築こうとすれば、一つや二つ、汚れ話が出てくるはずだ。井月屋にはそれがなかった。しかし、一歩、内に入ればえらくぎすぎす、どろどろしてやがる。井月屋は慎重に慎重に、心を砕いて、汚れを外に出さないよう気をつけていたんだろうよ。そういうやつは、昔に、後ろめたいことを必ず引っさげているもんだ。そうだろ？」

「わたしに訊いておられるので」

「そうさ、おめえの昔に比べれば、井月屋のそれなんざ、子どもの玩具《おもちゃ》みてえなもんだがな。後ろめたくねえか、遠野屋」

伊佐治は顔を突き出し、思いっきりしかめてみせた。

「旦那はどうなんです。他人の嫁を囮《おとり》にするなんて後ろめたくなかったんですかい」

「ねえよ。魚の前に一番美味い餌を投げてやっただけさ。夕顔の話が出たとき、妙な食いつき方をしてきたからよ。気になっちまって。しかも、翌日、『梅屋』まで出かけていった。謝るというより、おけいの顔を見とくつもりだったんだろうな」

「そのとき、おけいが真っ青になったんで、これは不味《まず》いと焦《あせ》ったと、井月屋本人が言ってやした。おけいは、本当に吐き気がして顔色が悪かったんですがね。とんだ、早とちりで」

そういうものだろうと、伊佐治は胸の中で頷いた。

井月屋は人を殺した。金を奪った。そのときから、猜疑《さいぎ》心と臆病にとり憑《つ》かれてしまったのだろう。本心から他者を信用することができぬまま生きねばならなくなった。

井月屋の内の崩れは、そういう男の末路だったのだ。そして、結局、己の猜疑心が己の墓穴を掘ることになった。「もしかしたら、もしかしたら、もしかしたら、あの女はわたしの顔を思い出すかもしれない、もしかしたら」そういうものだ。昔の悪事が今の栄華を滅ぼす。

「それに、清住の殺しでは、殺された男の下敷きになって夕顔の花が幾つか潰れていたって、そこまで書いてあってな。なんだか、輪っかがみんな繋がる気がしたんだよ」

「相変わらず、お見事なことで」

遠野屋が真の称賛を含んだ声で短く言った。

「それにしても、おけいさんが襲われそうになり、そこから十年以上も前の事件が明るみに出る。なんとも、不思議な心持ちがしますねえ」

「へえ。もし、おけいが神社を通らなかったら、井月屋はいまでも、ひとかどの商人面でいたでしょうから。それがまあ、人の世のおもしれえとこでもあるんですが」

「遠野屋」

信次郎が湯飲みの茶を飲み干した。

「はい」

「もう一つ、おもしれえ話を聞かせてやる。親分も、ついに本物の爺《じじい》になるんだとよ」

「え？……おお、それはまた、めでたい」

遠野屋が腰を浮かす。喜色が涼しげな目元に滲んだ。

「そういうことなら、茶と菓子で済ませられませんな。おみつに言って、すぐに祝いの用意をさせましょう。よろしいでしょう、親分さん。今夜はうちでぜひ、一献お受けください」

伊佐治は頭を下げた。

遠野屋の好意を素直に受けようと思う。

人を疑い、己の心に鎧《よろい》を被せるより、ささやかな喜びに身を浸し、好ましい相手と酒を酌み交わして生きて行きたい。

それは眩しいほどの幸せではないか。

「あっ、木暮さまももちろん、ごいっしょにどうぞ」

「なんだ、その言い方は。おれは付けたしか」

「またそのような、捻《ひね》くれたとり方をなさる」

「捻くれた？　遠野屋、誰に向かっての物言いだ」

若い二人のやりとりを耳に挟みながら、伊佐治は茶をすすった。

遠野屋の中庭が見える。

薄闇の中に、白い花が揺れた気がした。

木練柿《こねりがき》

枝先に柿の実が幾つもついている。さして大きな物ではないけれど、三つも四つも五つもぶらさがり実を結んでいるものだから、細枝はたわみ、今にも折れそうだ。

釣瓶《つるべ》を落とすように暮れて行く秋の夕暮れのほんの一時、中空は茜《あかね》と朱色のあわいの色に染まり、群れをなして飛び過ぎる鳥の影を黒く浮き立たせていた。

地に注ぐ光を受けて柿が照り映える。食べ頃に熟れているのだろう艶やかな柿色が眼に沁みる。赤蜻蛉《あかとんぼ》が一匹、枝の先端に実を結んだ一際美しい照柿に止まった。

「おっかさん」

声をかけられた。背後で、人の座る微《かす》かな気配がする。

「冷えてきましたよ。寒くないですか」

おしのは首を回し、ゆるゆるとかぶりを振った。

「ちっとも。ここは西日があたるから気持ちがいいんだよ」

「そうですか。身体に障《さわ》らぬかと、さっきおみつが気を揉んでいましたよ。……ああ、ほんとだ。まだ、日が暖かですね」

「だろう。おみつはちっとばかり、心配が過ぎるんだよ。あたしのこともおこまのことも、同じように心配してるんだから、煩《うるさ》いったらありゃしない。あれじゃ女中頭じゃなくて、小姑《こじゅうと》だよ。清さんからも少し、意見しておくれな」

「いや、とてもとても。おっかさんには悪いけど、わたしもおみつにだけは頭が上がらないんですから」

「まっ、よく言うこと」

清之介が笑《え》みを浮かべる。

その横顔を暮れ時の光が淡い金色に縁取る。

「清さん」

「はい」

「おまえさんと初めて会ったのはこんな穏やかな日だったたっけ？」

「……いや」

「違った？」

「雨、でした。ひどい土砂降りの日でしたよ」

「そうだったたっけ？」

おしのは遠い記憶を引き出そうと、思いを巡らせた。

土砂降り？　そうだったっけ？

穏やかに晴れていたような気がする。空も風も家の内も気持ちよく乾き、仄《ほの》かに暖かかった気がする。

覚え間違いだろうか。

おしのは額に手を当て、俯《うつむ》いた。

頭の中は前に比べ随分とすっきりとしてきたけれど、まだ時折霞《かすみ》がかかる。いや、いつもいつも霞がかかった処が頭の片隅にあり、そこに踏み込もうとすると何もかもが朧《おぼろ》になるのだ。覗《のぞ》いてはいけないものがある。見てはならないものがいる。

そうなのかもしれない。だけど、だからと言って朧のままでいいのだろうかと、このごろ考える。

霞の中に一歩、踏み込まなくていいのだろうか。

「きれいですね」

清之介が短く息を吐いた。

「毎年、この時季が来るたびに、熟れた柿ってのはこんなにきれいなのかと見惚《みと》れてしまいます」

「今の内にしっかり見ておきなよ。もうすぐ、無くなっちまうんだから」

「おみつですね」

「そうさ。人間さまの庭に生《な》った実を鳥なんぞに食べさせちゃおけないって、全部、捥《も》いじゃうんだからね。いつだったかねえ……おまえさんが婿に来る前の年だったと思うけど……おみつったら尻端折《しりっぱしょり》でこの木に登ってさ、次から次へと実を捥いでいくんだよ。そりゃまあ見事なお手並みでさ、あたしたちは呆れるやら感心するやらで、ここに、この縁側に座っておみつの仕事を眺めてたんだよ」

「ええ」

あたしたちは呆れるやら感心するやらで……あたしたちは……あたしたちって誰だろう。あたしともう一人、今の清さんみたいにあたしの傍《かたわ》らに座っていた誰かがいた。

「それで、おみつは柿の実を全部、捥いでしまったんですか」

「え？」

「柿の実。おみつが尻端折で木に登ったんでしょ」

「あ……ああ、そうそう。それがさ、えらいことになってねえ。おみつがせっせと実をもいでる最中《さなか》に白頭鳥《ひよどり》が何羽もやってきてさ、最初は屋根の辺りでじっと見てたんだけど、そのうち、一羽が」

おしのは右手をすっと横に動かした。

「こう飛んできておみつに飛び掛かったんだよ」

「白頭鳥って、あの『ひいよひいよ』と姦《かしま》しいやつでしょ。あれが人を襲うんですか」

「どうだかね。あたしが見たのは後にも先にもあれ一回こっきりだったね。よくも、おれたちの餌場を荒らしたなって感じでさ、次々襲い掛かってくるんだよ。おみつは高い木の上にいるし、あのとおり肥えてるし……ほら、柿の木って折れやすいって言うじゃないか。はらはらしちまって、あたしはさ、早く降りておいでって何度も叫んだんだよ。なのに、おみつったら、降りるどころか小枝を折って、それをぶんぶん振り回してねえ」

「鳥と戦ってるわけですか」

「そうなんだよ。危ないから降りて来いって言っても聞く耳持たずでさ。鳥になめられて堪《たま》るもんかって枝を振り回してね」

「おみつらしい武勇伝だな」

「ええ、ほんと勇ましくて、でも、その格好ときたら……」

袂《たもと》で口を覆う。

「今、思い出しても笑えるよ。おみつには悪いけど、ほんとおかしくてね、あたしもおりんも笑いが止まらなくなってさ、はしたないってわかってるんだけど大笑いして、おりんなんかしゃがみこんじまったぐらいで……笑って……清さん」

「はい」

「おりんは……どこにいっちまったんだろうね」

清之介の身体が僅《わず》かに揺れた。

「あの子はどこにいっちまったんだろう。何でこんなに長いこと、帰ってこないんだろうねえ」

「おっかさん」

「それとも……それとも……」

おしのはもう一度、袂で口元を覆った。笑うためではない。口から零《こぼ》れようとする言葉を押し留めるためだ。

それとも、おりんはもう帰ってこないのかい。

帰ってこないのだ。

あの子は、あたしの娘はもう二度と帰ってこない。

頭の中を風が吹き、霞を流していく。

おりんは帰ってこない。もう、どこにもいない。あの笑顔もあの声もあの足音もあの涙も、消えてしまった。あたしは失ってしまったのだ。

「おっかさん」

肩の上に手が乗った。

温かい。

顔をあげる。

眼が合った。

空も地も人も柿も薄紅《うすべに》の色に染めていた光が翳《かげ》る。闇が視界を閉ざす。ああこの人はと、おしのは束《つか》の間、瞼を閉じた。

この人はまだこんな眼をしている。深い、深い底なしの暗みをまだ抱えている。

肩の上の手に手を重ねる。

この手はこんなに温かなのに、あの眼は何故、あそこまで暗みを潜《ひそ》めているのだろう。

おしのは息を詰め、闇を呼び込む眼と向かい合った。

あたしはこの眼が嫌だった。怖《こわ》かった。怖気《おじけ》を覚えるほど怖《おそ》ろしかった。こんな眼をした男に、おりんが惚れてしまったことをどうしても信じることができなかった。許すことができなかった。

おりんは怖くなかったのだろうか。何も気がつかなかったのだろうか。あたしは怖かった。うまく言えないけれど、初めて会ったとき、あたしはこの男がとても怖かった。

指を曲げ、温かな男の手を握る。

「温かい手だね、清さん」

「そうですか。おっかさんの手も温かですよ。日向《ひなた》の猫みたいにほこほこしてる」

「血が通ってるからね。指の先まできっちりと、さ」

「そうか。それでこんなに温かなんだ」

清之介が僅かに笑んだ。手をするりと動かしておしのの手首を柔らかく摑む。

「もう入りましょう。日が傾きました。直《じき》に風が冷たくなる」

それとも、おりんはもう帰ってこないのかい。

飲み下した一言が喉に痞《つか》えたまま、熱を持つ。

答えを怖れていたわけじゃない。答えさせたくなかった。言わせたくなかった。

おっかさん、おりんはもう帰ってこないのです。

その一言が深く惨《むご》くこの男を傷付けるとわかっていたからだ。おしのは男を傷付けたくなかった。黙したままおしのを見つめている男をこれ以上苦しめたくなかった。

守ってやりたいと思う。

怯《おび》えて泣く童《わらべ》を慰撫するようにしっかりと抱いてやりたい。

清さん、もういいよ、もういいから。あたしはちゃんとわかっているからさ。生きてはおりんに逢えないって、よおくわかっているから、わかった上で柿を眺めているんだから……

だから、お笑いな。もっと、笑って生きてごらんな。おまえさん、そんな眼をいつまでしているつもりだい。

守ってやりたい。

この男がこんな眼をしなくて済むように、麗《うら》らかな陽光を眸に宿して生きていけるように庇護してやりたい。

口元が緩む。

「おかしいね」

「え？」

「自分で自分がおかしいのさ」

おまえさんみたいな一人前の男を守りたいだなんて、あたしみたいなお婆さんが何を思っているんだろうね。おかしいよ。

立ち上がる。

「ほんとに風が冷たくなった。中に入ろうかね」

「ええ」

「店が忙しいんだろう。いいんだよ、あたしのことまで一々気を回さなくて」

「気を回したわけじゃないですよ。おっかさんの背中が寒そうだったから、声をかけただけです」

「馬鹿だね。そういうのを気を回すって言うんじゃないか」

「あ……なるほど、そういうもんか」

「そういうもんだよ」

甲高い鳥の声がした。白頭鳥《ひよどり》が柿の枝に止まり実をつついている。

「おや、うわさのお客人がお出《い》でになりましたよ」

「あはは、ほんとだ。おみつに急いで知らせなくちゃね。台所にいるのかしら」

「おこまを連れて外歩きに行ってます。おこまが夜、ぐっすり眠るようにって」

「そうかい。おかげでおこまがこのごろ、とんと夜泣きをしなくなったものね」

おしのの胸にほっと温かな火がともった。赤子の柔らかさ、温もり、じっと見つめてくる瞳の黒さ、乳を求めて窄《すぼ》められる唇、悩みも憂いも一息に掃《はら》ってしまう笑み。小さくて、瑞々《みずみず》しくて、この上なく愛《いと》しい。おこまのことを考える度に胸に火がともる。触れれば温もりが身体中に広がり、抱けば蕩《とろ》けるほど幸せだと感じる。

おりんにはもう逢えない。でも、あの娘《こ》はおこまを遺してくれた。

おしのはそう信じていた。

「さっ、部屋に入りましょうか」

「そうだね。清さん、おみつが帰ってきたらあたしの部屋に連れてきておくれね」

「おこまをですか」

「当たり前だろ。おみつを連れてきてどうするんだよ。あたしはいりませんよ、あんな煩い小姑」

「言い過ぎですよ、おっかさん」

清之介が微かに笑う。おしのも笑った。

この男の笑顔は心地よい。乾いた風のようにさらさらと身を包む。

「清さん」

「はい」

「やっぱり、穏やかな気持ちの良い日だったよ」

「え？」

「おまえさんに初めて逢った日さ。よく晴れて風のさらさらした日だったはずさ。間違いないよ」

嘘だった。天気など覚えていない。たぶん、清之介の言うように土砂降りだったのだろう。激しく雨が降っていた。秋も深いというのに雷が鳴っていた。時季外れの雷鳴が轟き、遠野屋の吊り看板が風に煽《あお》られ音をたてていた。そんな日だったのだろう。

まだ八つ半も過ぎていないというのに、雨戸を閉めた座敷は夜かと紛《まご》うほどに暗い。行灯《あんどん》はつけてある。遠州行灯の灯りが座した男の上半身を闇の中に淡く浮かび上がらせていた。

このお侍が……。

おしのは息を呑み、小袖袴《こそでばかま》姿の若い男を見つめた。

おりんの惚れた相手？

「おまえ、惚れた誰かがいるのかい」

おしのが問いかけたとたん、おりんが小さな叫びをあげた。

「いたっ」

指の先を舐め、おりんは顔をしかめる。わざとらしい仕草だ。

「針で指をつっついちゃった」

「布の持ち方が窮屈すぎるんだよ。そんなに引っ張らないで、もうちょいと力を抜いて、やんわり持ってごらん」

「うん。でも……あたし、おっかさんみたいに上手にお針、使えないわ」

「コツがあるのさ」

「ほんと、教えてよ」

「どんな針仕事のときもさ、好いた男の着る物を縫ってるんだって思うんだよ。そしたら自然、お針も丁寧になるからさ」

「あ……そうなの。へぇ、そうなんだ」

「それで？」

「うん？」

「おまえはどんな男を想ってお針を使うのかねぇ」

おりんの頬が染まる。針を持った手が止まる。

「おっかさん……」

「いるんだろ。好いた男が」

少しはごまかしも躊躇《ためら》いもするかと思ったけれど、おりんはこくりと頷《うなず》き、顎をあげた。

ただ一言で答える。

「います」

迷いのない分、微かに挑《いど》みの気配を漂わす。そんな物言いをするとき、おりんの黒眸は潤み、さらに黒さを増した。普段はおっとりした娘で感情を昂《たかぶ》らせたり乱したりすることは、ほとんどないのだが、気質の底の底には母親譲りの勝気を隠し持っていて、それがひょいとしたはずみに表れる。

「そうかい」

おしのは縫いかけの小袖を膝の横に回した。納戸《なんど》色の着物は亭主の吉之助の物だった。このところ目に見えて痩せてきた吉之助の身体に添うように縫い直していたのだ。

「そうだろうと思っていたよ」

おりんが瞬《まばた》きをする。勝気を潜めていた黒目の中に、戸惑いと驚きが過《よ》ぎる。そういう顔つきをすると、まだ十にもならない少女のように見えた。

「……わかるの、おっかさん」

「わかるさ。おまえは普段どおりにしてたつもりなんだろうけどね、あたしは誤魔化されないよ。このところ、ぼんやりすることが急に多くなって、ため息をしょっちゅうついていて、何を言っても上の空で、きれいになった」

「え？」

「おまえ、このごろ随分きれいにおなりだよ。自分で気がつかないのかい」

おりんは頬に手をやり、肩を竦《すく》めた。

本気の想いというものは隠そうとして隠しきれるものではない。男と女の修羅《しゅら》を幾度も潜《くぐ》った玄人でさえ難しいものだ。ちょっとした仕草に、言葉に、眼差しに、肌に唇に首筋に表れ、零れ、女を艶《あで》やかに染め上げてしまう。

おりんは今、艶やかに染め上げられていた。

「あたしからも大切な話があってね」

母親の口調に何かを感じたのか、おりんの姿勢が硬くなった。

「おまえに縁談話が三つ、四つきている。どれも折り紙付きの良縁ばかりさ」

「……おっかさん」

「おまえも、もうすぐ十八だよ。所帯を持つのには、遅すぎるぐらいの歳じゃないか。しかも遠野屋の一人娘だ。どうあっても婿をとらなくちゃいけない。母親として、あたしもそう暢気《のんき》にばかりはしておられないからねえ」

ここで衿をしごき、ちらりと娘を見やる。おりんは何かに耐えるように固く唇を結んでいた。

「ちょいとあちこちに手を回してみたら、けっこうなお話がひょいひょい頂けるじゃないか。ありがたいことだよ。中でも、あたしが一番気乗りなのはね、冬木町《ふゆきちよう》の紙問屋の次男坊の話でさ、むろん婿入りだよ。人伝《ひとづて》に聞けば、お店も本人も上々の評判らしくてね」

「おっかさん、止めて」

堪えきれなくなったのか、おりんが膝を浮かす。おしのは構わず言葉を続けた。

「紙問屋はお気に召さないかい？　じゃあ、損料屋《そんりようや》の息子ってのはどうだい。こちらは総領だけどちょいと込み入った事情があるみたいで、婿に出てもいいって話なんだよ。だからといって本人に問題があるってわけじゃないからね、安心おし」

「安心なんかしません」

やけに荒っぽい動作で針山に針を刺し込むと、おりんはおしのの正面に座りなおした。

「おっかさん、娘をからかっておもしろいの」

「からかう？　お生憎《あいにく》だけど、あたしは本気だよ。おりん、何度でも言うけどね、おまえはこの遠野屋の一人娘だ。親の身として、どこの馬の骨かわからぬ男に嫁がすわけにも、婿入りさせるわけにもいかないんだからね」

「清弥《せいや》さまは馬の骨なんかじゃないわ」

「清弥さま？」

目を細め、娘の顔に見入る。おりんは俯かなかった。顎をあげ、気息を整えるように深く息を吸い、吐いた。

「もしかして、おまえの想う相手ってのは……お武家さまなのかい……」

まさかねと笑いたかったけれど、唇が動かなかった。乳を押し上げるように鼓動が激しくなる。

「そうよ」

「そうよって……おまえ、何を言ってるの。お武家だなんて冗談じゃないよ」

おしのは慌てた。針箱を押しやりおりんににじり寄る。

「おりん、おまえは遠野屋の一人娘で」

「わかってる。よく、わかってます。あたしは遠野屋を捨てようなんてこれっぽっちも思っちゃいません」

「じゃあ何かい……そのお武家さまは商人《あきんど》になるって、そう言ってるわけなのかい」

「それは……まだ何も話してない」

おりんが目を伏せる。

「大事なことじゃないか」

娘の膝を力任せに叩いていた。

「痛い。おっかさん、乱暴はやめて」

「これくらいしなきゃ目が覚めないだろ。おりん、ちゃんとお話し。そのお武家ってのは御家人さまなのかい。それとも江戸詰めの」

「ご浪人よ。作事方《さくじかた》のご次男で、お届けのうえで脱藩されたとか」

「浪人……」

乳がさらに突き上げられる。

腋に汗が滲んだ。

冗談じゃない、ほんとに冗談じゃないよ。

武士が刀を捨て商人に納まることはさほど珍しいことではない。次男、三男に生まれ落ちれば何にどれほどの才があろうが世に浮き出るのは難しいのだ。婿としてどこぞの家に迎え入れられればよいが、それも叶《かな》わぬまま、部屋住みの『厄介叔父』として生涯を終えざるをえない者も大勢いた。

妻を娶《めと》ることもできず、子を生《な》すことも許されず、飼い殺しのまま武士として一生を送るより、商家の主《あるじ》として生き抜いた方が増しではないか。そう考えるのも諾《うべな》える。

おしのの知り合いの商家にも、一人、二人、武家の前身である主がいたけれど、とりたて敬《うやま》う心も厭《いと》う気もなかった。前身はどうあれ、今は商人。どれほど商いに精を出せるか、店を守り、育てられるか。それだけのことだ。と、思っていたし口にもしてきた。しかし、自分の娘の相手となると別様の顔となる。

武士、しかも浪人。

とんでもない話じゃないか。

「……おっかさん、嫌？」

「そのナントカさまとおまえのことかい」

「清弥さま」

「いいよ、名前なんてどうでも。嫌に決まってるだろう。食い詰め浪人なんて、考えただけで怖気づいちまうよ」

「清弥さまは食い詰めてなんかいないわ。おっかさんは何でもすぐに決め付けちゃうんだから」

「おや、言ってくれるじゃないか。じゃ、その清弥さまはどこに住んで、どうやって暮らしてんのさ」

「今、神田の本銀町《ほんしろがねちょう》の長屋にお住まいなんだけど、お一人でちゃんと暮らしてるわよ」

「おまえ……まさか、その長屋に行ったんじゃないだろうね」

「行ったわ」

自分の口元がへの字に歪《ゆが》んだのがわかった。

おりんが男とそんな付き合いをしていたとは夢にも思わなかった。気がつかなかった。母親としての自分の迂闊《うかつ》さが悔やまれる。深窓の姫ぎみや大店《おおだな》の箱入り娘ではあるまいし、習い事や用事で、おりんが出掛けるのを一々気にかけたりはしなかったのだ。

迂闊だった。

年頃の娘を持つ母として、あまりに迂闊すぎた。

このごろ、おりんは美しくなり、楽しげであり、艶めいていた。好きな男がいる。ちゃんとわかっていたのに、今の今まで踏み込まずに来た。踏み込めば、おりんの瑕《きず》に触れることになる。それが怖かった。反面、男に心を寄せることで美しく艶めく娘が眩しくも、愛しくもあったのだ。

おりんに刻まれたあの瑕は、もう癒えたのだろうか。薄く瘡蓋《かさぶた》ができただけで、剝がせばまた血を滲ますのではないのだろうか。

おりんが背筋を伸ばした。

「へんに勘ぐらないで、おっかさん。行ったのは一度だけ。あたしが無理言っておしかけて……ちょっとお掃除したり、おさんどんしたりしただけなんだから」

「十分だよ。まったく、男に都合良く使われる女になるんじゃないよ。一度味をしめたら、男ってのは厄介なんだからね。給金のいらない女中みたいに使われちまうんだから」

「来るなって言われた」

「え？」

「もう来ない方がいいって。外で逢おうって」

「それは、まさか……出会い茶屋でってことじゃないよね」

「もう、おっかさんたら、何でそんな風にもっていくの。清弥さまはそんなにぎとぎとした方じゃないの」

「わかるもんかね。おりん、おまえはね、今、男に惚れて目が眩《くら》んでるだけさ。半ちくを優しい、粗暴を男らしい、言葉足らずを奥ゆかしい、そんなふうに取り違えて、何でもかんでも良く思えているだけなんだよ」

おりんが静かにかぶりを振る。おしのが一瞬、目を見張ったほど臈《ろう》たけた所作だった。

「わかるわよ。おっかさん、清弥さまはおっかさんの考えてるみたいな人じゃない。あたしにはちゃんとわかる。ねっ、あたしのこと、もっと信用してよ。おっかさん、あたしね、あの方がもっとお江戸のことを知りたいって言うから、あちこちを案内してさしあげたの。墨《すみ》田堤《だづつみ》とか回向院《えこういん》とか。見世物や辻放下《つじほうげ》も見たし……案内のつもりだったけれど、楽しくて……すごく楽しくて、あたしの方がずっと楽しんでた……」

おりんの目の縁がほんのりと染まる。紅を一刷《ひとは》けしたようだ。

おしのは少しだけ息を詰めた。

おりんは本気だ。本気で男を好いている。そして、この娘《こ》が本気で惚れたのなら、相応の男に違いない。

そうかい、おまえ、本気で男に惚れることができたんだねえ。

母の胸内《むなうち》の言葉を聞き取ったかのように、おりんは頷いた。

「おっかさん、あたし、あの方となら……清弥さまとなら夫婦《めおと》になれる。一生、添い遂げることができる。そんな気がするの。そんな気持ちにさせてくれたのは、あの方が初めてで……」

「おりん」

「他の男の人ではだめなの。あたし……だめなの。怖くて……あたし、誰とも夫婦にならないつもりだった。夫婦になんかなれない……男の人は怖いだけだって……」

おりんは唇を嚙み締めた。

「わかったよ、もうお止め」

何にも言わなくていいよ、おりん。言わないでおくれ。

胸が潰れそうになる。

おりんが男に手込めにされたのは、十五になってすぐの朝だった。庭で干し仕事をしていて後ろからふいに襲われ、口を塞がれたまま奥座敷に連れ込まれた。口を塞いだ手がやけに分厚かったこと、息が苦しく意識が途絶えかけたとき自分の上に大きな黒い影が被さってきたこと、足首を強くつかまれたこと、餓えた犬のような唸《うな》りを聞いたこと……おりんが覚えているのはそれだけだった。

化け物だ。化け物に食われる。

股の間に、焼き鏝《ごて》を押し付けられたような激しい痛みが走る。痛みよりも恐怖のために、おりんは気を失っていた。

我に返ったとき、おしのの胸に抱かれていた。

「だいじょうぶだから、だいじょうぶだからね。おりん、しっかりおし。おっかさんがついてるからね」

「おっかさん……化け物が……」

「だいじょうぶだよ、おりん。おりん……」

ちくしょう、ちくしょうと呟き、涙を流す母親をおりんはただ虚《うつ》ろに見つめるだけだった。

遠野屋の間取りを熟知している男。犯科人については、それだけしかわからなかった。

足跡一つ残さず消えていたのだ。

おりんの月のものが止まり子を孕《はら》んだとわかったとき、おしのは髪が逆立つような怒りを覚えた。しかし、煙のように消えた相手に怒りをぶつけることはできない。行き場のない感情に身を焦がす前に、少しでもおりんの心身が傷付かないように手をうたねばならない。あれこれと思いあぐねているうちに、おりんは流産した。身体というより心が現《うつつ》を抱え切れなかったのだろう。

このまま忘れよう。

薬を処方され、昏々と眠る娘の青ざめた面《おもて》を見つめ、おしのは強く自分に言い聞かせた。胸に彫りつけるように言い聞かせた。

このまま忘れてしまおう。何もなかったことにしてしまおう。それが一番、いいんだ。

娘の手を握る。

わかったね、おりん。このことはあたしとおまえだけの胸に仕舞っておこうね。亭主の吉之助にさえ真実は知らせていない。血の病にかかったのだと嘘を告げていた。おりんの手当てを頼んだ馴染《なじみ》の医者だけには隠しようもなかったが、おりんを肩上げのころから知っている医者はほとんど何も聞かず治療をしてくれた。

知らなくていい。こんなこと、誰も知らなくていいんだ。いずれ時が忘れさせてくれる。辛い思い出を消し去ってくれる。

そうあって欲しい。

おしのの願いを察したのか、おりんは徐々に心身を快復させ、一月《ひとつき》の後には普段どおりの暮らしに戻るまでになっていた。

手狭になっていた店を出て、同じ森下町内ながら家移りをしたのも功を奏したのだろう。

かったのだ。

まだ、時期尚早と渋る吉之助を説得し、強引に移った。おりんのために、全てを新しくした

新しい家で、おりんは十六になり十七になった。声をあげて笑いもしたし、習い事に精を出し、何かと忙しいおしのに代わり台所を仕切れるようにもなっていた。

もしや、このまま……と、おしのは胸を撫で下ろす。もしや、このまま瑕は癒えるのかも。何もかも忘れることができるのかも。そう思ったから、縁談をまとめようと思った。十八というのは娘盛りだ。桜なら爛漫《らんまん》に咲き誇っている時。まもなく風に他愛《たわい》もなく散ってしまう歳になる。その前に、然《しか》るべき婿を迎えたい。そしてもう一つ、おしのを急《せ》かし、焦《あせ》りをかきたてるのは吉之助の身だった。もともと頑強な質《たち》ではない。腺病質とまではいかないものの、よく風邪を引き、腹を下した。弱い身体に笞打って働き続けたつけが回ってきたのか、年始めから徐々に痩せてきた吉之助の顔には拭《ぬぐ》いがたいやつれが表れている。

明日には無理やりにでも源庵先生のところに連れていく。

決めていた。決めながら、心の奥で不吉な蠢《うごめ》きを感じる。死病だと告げられるのではないか。余命をここまでと切られるのではないか。吉之助のやつれを見ていると、単なる取り越し苦労だよ。この人はちょいと疲れているだけさ。お薬を頂いて養生すれば直によくなるんだと、自分をごまかせないのだ。

万が一、この人が死病を患っているのなら、遠野屋の行く末をちゃんと示してやりたい。一点の気掛かりも、憂いもなく、安らかな最期を迎えさせてやりたい。

遠野屋は、吉之助が端切《はぎ》れ売りから起こした店だ。深川で芸者をしていたおしのは揚屋や茶屋に品を売り歩く吉之助と知り合い、恋仲になり、おしのの年季が明けるのを待って夫婦となった。裏長屋の一間でおりんを生み、背にくくりつけて育て、必死に働いた。

奉公人は女中のおみつを入れても四人足らずの小体《こてい》の店だが、おしのにすれば、よくぞここまでにしたという感慨がある。その店を託す男を捜さねばならない。吉之助がこの者ならと安堵できる男を見つけ出さなければならない。

それは、遠野屋の女将《おかみ》としての仕事であり、遠野屋吉之助の女房としての務めのはずだ。ずっと思ってきた。今でも思っている。しかし、俯いて声を震わす娘の前で、おしのはただの母親でしかなかった。

おりん、おまえの瑕は癒えてなどいなかったんだね。薄い瘡蓋のおかげで辛うじて血を滲ませていないだけだったんだね。おっかさんは気がつかないふりをしてたんだろうか。見ないふりをしていたんだろうか。だとしたら、ごめんよ。情けない母親を堪忍しておくれね。

だけど、おまえは本気で惚れられる男と出逢った。その男ならおまえを救ってくれるんだろうか。あたしができなかったことをおまえに為《な》してくれるんだろうか。

「おっかさん、あたし、あの人となら生きていけるの。生きていけるのよ」

おしのは居住まいを正した。

「おりん、聞きたいことが二つ、ある」

娘の恋慕を言祝《ことほ》ぎたい。しかし、情に流されず確かめねばならないことが二つ、ある。

おりんも母に倣《なら》い膝の上にきちんと手を重ねた。

「はい」

「一つは、その清弥さまとやらに何もかも……話したわけじゃないだろうね」

おりんの目が見開かれる。瞬きもせずにおしのを見つめてくる。

何もかも。

その一言が重い。

しかし言わねばならない。

「……話してない」

「そうかい。じゃあ、一生、黙っておいで。いいね、決して口にするんじゃないよ。あれはもう済んだこと。今さら蒸《む》し返すことじゃないんだ。わかったね」

「おっかさん……」

「二つ目。こっちの方が百倍も大切なことだ。正直に、お答え」

おしのの勢いに気圧《けお》されたのか、おりんが僅かに顎を引いた。

「そのお武家さま、本気で刀を捨てる覚悟がおありなのかい」

おりんの唇がもぞりと動く。

返事はない。

「うちでは二本差しはいらないよ。邪魔にはなっても役にはたたない。そしてね、武家が町人になろうってのは、容易《たやす》いこっちゃない。それだけの覚悟ってもんがいるんだ。浪人が食い詰めて、ならば商人の真似でもしようかじゃ務まるはずがないんだからね」

「だから、清弥さまは食い詰めてなんかいません。おっかさん、あたしも商人の娘よ。人を見る目はそれなりにあるつもり」

「おや、大口をたたいてくれるじゃないか。それで？　おりんさまのお目には、清弥さまはどう映ったんだい」

「あたし、あの方は商家の主が務まると思う。ううん、務まるとかじゃなくて……すごい商人になると思う」

あはははとおしのは、あけすけな笑い声をあげた。

「そりゃあ、痘痕《あばた》も笑窪《えくぼ》に見えるってやつじゃないか。贔屓目《ひいきめ》すぎるね」

「贔屓目じゃないって。あたし、わかるもの。会ってみてよ。おっかさんもおとっつぁんも清弥さまに会ってみてよ。そしたら、あたしの言うことが間違ってないってわかるから。絶対にわかるんだから」

今度はおしのが顎を引いた。

「いいともさ。会ってやろうじゃないか。連れておいでな」

まるで喧嘩腰だなと自分でもおかしかった。

「ただし、刀を捨てる。その覚悟ができた上でのことだよ。それができてないんじゃ百回会ったって無駄なんだからね」

「……ええ、それはわかってる……」

おりんの語調がふいに鈍くなる。おしのは眉を顰《ひそ》めた。

「なんだい。まだそこまで決めてないのかい。それじゃ会う会わないって話にもならないじゃないか」

「ちがうの」

おりんがかぶりを振る。まなざしが揺らぎ、空を彷徨《さまよ》った。

「おっかさん、清弥さまはお腰の物を捨てたがっている。いえ……捨てるというか……怖がっているみたいに、感じるの」

「はあ？　まあまあ、それはまたふがいない男ではあるねえ。まっ、権現《ごんげん》さまの時代じゃないんだ、責められることじゃないだろうけど」

腰に差した刀がただの飾りだという侍は大勢いる。お江戸の町で生きようとするのなら、刀より心意気や知恵や胆力の方がずっと必要とも大切ともなるのだ。

二本差しの重さに左肩を傾《かし》げて歩く侍を見る度、どうにも滑稽だとおしのは感じる。生きる上で何の足しにもならぬものを後生大事に抱えて何になる。そう毒づきたくなるのだ。

刀は嫌いだ。血の臭いがする。

おりんの相手が刀を厭うているのならそれもいい。ただ、軟弱では困る。商人には商人としての気構えと度胸がいる。白刃を握り戦場に一歩踏み出す、それと同等の気魄《きはく》がいるのだ。

おりんがまたかぶりを振った。目の端に言葉を探しあぐねての心逸りと戸惑いが浮かぶ。

「ちがうの。やっぱり……ちがうの」

「ちがうって？」

「おっかさんが思っているみたいなわけで清弥さまは刀を捨てたがっているんじゃない。それはちがうの。清弥さまは捥ぎ取るというか、引きちぎるというか……そんなふうで」

「引きちぎる？　刀をかい？　えらく大仰なことだねえ。腕や脚じゃあるまいし、腰から外せば済むことじゃないか」

「腕や脚と同じなのよ。身体の一部なの。だから本当に捨て切れるのか……怖がっている、そんな気がする」

おりんの顔が歪む。それこそ、身体のどこかを捥《も》がれたように見えた。

「あたし、お武家さまのことなんか何にも知らないけど、清弥さまのことならわかる」

「はっ、ごちそうさま。親にのろけて、どうするんだい。それはつまり、刀に未練があるってことなんだろ」

「ちがう」

「また、ちがうのかい。おまえもさっきから、ちがう、ちがうの大安売りじゃないか。こっちは、さっぱりわかんないよ」

娘の言葉が理解できない。苛立ちが募る。つい口調が尖る。

おりんがため息をついた。

「おっかさん」

「なんだい」

「覚悟するのは、あたしだと思う」

「え？」

「清弥さまに刀を捨ててとお頼みするなら、覚悟を決めるのは、あたしだと思う」

夫婦になるってのは、男でも女でも覚悟のいることなのさ。

そういなそうと開きかけた口を、おしのはすぐに閉じた。

おりんの眼が底光りしている。

ひたむきな娘の眼ではなかった。恋に浮き立つ眼でも、思い悩んだ眼でもない。決意を秘めたほの暗い眼だ。

闇の底でゆらりゆらりと揺蕩《たゆた》う炎をおしのは娘の眼奥に見てしまった。

「だから、あたし、とっくに覚悟は定《さだ》めているの」

おりんは微笑んだ。

微笑みながらおりんは、おしのがこれ以上何かを問うことを拒んでいた。


このお侍が……。

おしのは息を呑み、小袖袴姿の若い男を見つめた。

おりんの惚れた相手?


「月が出ていたよね」

おしのは清之介に尋ねてみる。

頭の中に、丸い月が浮かんだ。

あれは望月《もちづき》ではなかったろうか。僅かも欠けた所のない月が空にかかり、地を蒼く照らしてはいなかったか。

「ええ、出ていましたね。宵には雨も風も治まって、木戸が閉まるころには、見事な満月が出ていた」

「そう……大きなお月さまだった」


意外だったのは、周防《すおう》清弥という若い侍を吉之助がいたく気にいったことだ。昔からさほど強くもなく、このところほとんど口をつけることもなかった酒を酌み交わし、語りかけ、話に耳を傾けていた。辞そうとする清弥を半ば強引に、泊まるよう説得した。

「おしの、もしかしてこれはおりんの手柄かもしれんぞ」

清弥が離れの座敷に引き上げた後、その背中が見えなくなるかならぬかのうちに吉之助はそう囁《ささや》いたのだ。酒のせいではなく昂る気持ちに頬が紅く染まっていた。こんな嬉しげな吉之助の笑みを、久しぶりに目にした気がする。

「手柄というのは、あのお侍が商人に向いているってことですか？」

「そうだ。おれの目が確かなら、あの方はひとかどの商人になれる。うん、おれの目は確かだ。狂ったことなど一度もなかったからな」

「そうですねえ……」

女房の声音の暗さに気がついたのか、吉之助はつと真顔に戻った。

「おまえは気にいらないのか？」

「いえ……気にいらないなんて」

周防清弥は、おしのが考えていたよりずっとまっとうで聡明な若者だった。こちらを町人と侮ることも、浪人という己《おの》が身を卑下している様子もなかった。丁重に受け答えをし、ほどよく酒を飲んだ。生まれつきなのか、育ちなのか仕草も物言いも穏やかで心地よい。優雅でさえあった。そのくせ、若者独特の伸びやかな動きをする。なるほど、これなら若い女は手もなく惚れるだろうと、おしのは納得していた。いや惚れたのは若いおりんだけではなかった。吉之助もまた心を捉えられたらしい。

「あなたさえその気なら、わたしが商いの道をお教えしましょう。口幅《くちはば》ったいようですが、人を見る目に自信がある。あなたなら商人としても十分にやっていけましょう」

今日初めて会ったばかりの男にそこまで言い切った。そこまでのめり込んだ。慎重で思慮深い吉之助の言葉とは信じられなくて、おしのは酌をしていた手を止めて亭主の顔をまじまじと見つめてしまった。

「おまえさんこそ、あのお侍の、どこがそんなに気に入ったんです。算盤《そろばん》など持ったこともないお方ですよ」

「算盤や帳面は、後でいくらでも覚えられるものさ。あの男にはな、おしの、力がある」

「力？　何の力です」

「商いを回す力さ。風車を回す風みたいな力だ。人を惹き付け、呼び寄せ、使いこなす。それができる男だ」

「まあ、会ったばかりのお相手にそこまで言うかしらね」

「なんだ、おまえらしくない。やけに絡むな」

「そんなことはないけど……」

衿をかき合わせる。

清弥を一目見たとき、たまゆら背筋に走った悪寒はなんだったのだろう。

怖い。

そう思った。

説明できない怖れが身を揺さぶったのだ。

危険だとか、粗暴だとか感じたわけではない。ただ、怖かった。それをおしのは吉之助に告げられなかった。自分の感じた怖れを吉之助はまったく意に介していない。むしろ、清弥の人《ひと》と為《な》りを称しているではないか。だとすれば、人を値踏みしようと構える自分の浅慮《せんりょ》が埒《らち》もない恐怖を生み出したのかもしれない。でも……。

怖い。

おりんは怖くなかったのだろうか。

惹かれていく心は怖れなど感じないものなのだろうか。怖れながら惹かれていったのだろうか。

夜具に入ってすぐ、吉之助は軽い寝息を立て始めた。こんなに、速やかに眠りに落ちるのも久方ぶりだ。よほど気持ちのいい一夜だったのだろう。

おしのは眠れなかった。

夜は静かだ。あれほど荒れ狂っていた雨も風もぴたりと治まり、時折響く按摩《あんま》の笛がやけに耳につく。それが遠ざかると、吉之助の寝息の他は、物音はほとんど絶えてしまった。

いつの間にかまどろんでいた。

ほんの浅い眠りに落ちる。

目が覚めた。

気配を感じる。

雨戸の開く音がする。

誰かが庭に出た。

おしのは起き上がり、深く息を吸い込んだ。夜気がするりと肺腑《はいふ》の底に滑り落ちる。耳を澄ます。聞こえるのは微かな寝息だけだ。吉之助は熟睡している。起こす気はなかった。

夜具を脱け出し、廊下に出る。雨戸が開き、光が差し込んでいた。青く白い月の光。廊下がそこだけ切り取られたように見える。開いた戸の分だけ、闇が裂けている。

足音を忍ばせ、おしのは庭に出た。

満月だった。

月が地を照らしている。物は昼間のように輝かない。青白い光の中に全てが沈みこんでいる。物の怪《け》の潜む美しい光だ。

清弥が立っていた。

おしのは我知らず息を詰めていた。唇からもれる気息の音さえ、憚《はばか》られるような静寂《しじま》だった。

月の光がこの世の音をことごとく吸い取っている。

ふと思い、何を馬鹿なと自分を叱る。

月の毒気に中《あて》られてるときじゃないよ。しっかりおし。

衿元に手をやり、喉《のど》の奥を塞ぐようだった息を呑み下す。秋も仕舞いの冷気を胸の奥深くまで吸い込んでみる。

このまま、足を引いて吉之助の傍らに戻るか、一歩、踏み出して清弥に声をかけるか、迷う。これまで、何かに逡巡したとき、おしのはたいてい一歩前に出ることを選んできた。

吉之助と所帯をもつときも、間口三間ほどの小店ながら表通りに遠野屋を開いたときも、そのための金を借りるときも、おしのは決して退かなかった。迷い、思案する吉之助の袖を引っ張るより、背中を押す方を選んできたのだ。

定めとは、流されるものではなく突破していくものだ。そういう思いを礎《いしずえ》として心に抱いてきた。

おしのは葛飾寺島村《かつしかてらしま》の生まれだ。家はこの辺りに多い園芸農家で庭樹や花卉《かき》を主に栽培していた。五つのとき、父親が病で亡くなった。それまでは、おしのを筆頭に四人いる子どもたちが何とか飢えないですむだけの暮らしは成り立っていたのだが、父親の死を境に坂を転がるように逼迫《ひっぱく》していった。そして、一番下の妹が冬の初め父を追うように亡くなった。食うや食わずの日々に体力を奪われ、流行《はや》り始めた風邪に抗《あらが》うことができなかったのだ。母とおしの二人で、穴を掘り小さな亡骸《なきがら》を埋めた。痩せさらばえた妹は猫の仔より軽く思えた。

八つの歳に、芸者に売られた。売ったのは実の母親だ。食い詰めての仕儀だったから怨む気などさらさら起こらない。むしろ、自分と引き換えに母に渡った僅かな銭が、幼い弟と妹の口を養うのだと誇らしくさえあった。

十九で吉之助と出会い、年季明けを待って所帯を持ったあとは遠野屋という店と共に生きてきた。他人から羨ましがられ、望まれるような人生とははるかに縁遠いけれど、おしのは満足している。逃げなかったからだ。

どんなときも、背を向けて逃げることをしなかった。誰かを欺くことも自分をごまかすこともしなかった。それは、貧しい農家に生まれ、僅かな銭と取り引きされ、生きるために時に身体さえ売らねばならなかった女が、ずっと持ち続けたただ一つの矜持《きょうじ》だった。

逃げてはいけない。前に出るのだ。

あたしは、そうやって生きてきたじゃないか。

月明かりの庭を見る。そこに立つ若い武士を見る。もう一度、息を呑み下す。

庭には築山《つきやま》もなければ、植え込みもない。白梅の若木が一本ひょろりと生えているだけの貧弱なものだ。庭と呼ぶにはいささか貧弱すぎるかもしれない。その梅の傍らに立ったまま、清弥は微動だにしなかった。梅の枝先でさえ、微かだが風に揺れ動いているというのに。

息をしているのだろうか？

息をしている人間がこうまで動かずにおれるものだろうか？

声をかけてみればいい。「何をしておいでなのです」と声をかけ、さらに「こんな庭ともいえない庭も月の下ではりっぱに見えますよね。月は難隠してほんとなんですねえ」と軽口の一つもつければ上等だ。

空気が動いた。風が吹いたのだ。夜風に瞬きしたおしのの眼を、白い光が射た。

おしのは身を固くしたまま、その光を見つめた。

刀身が月の光を弾いている。いや、自らが発光している。

いつの間に……と、おしのは眼を瞠《みは》った。

この人はいつの間に、刀を抜いたのだろう。

ずっと見つめていたはずなのに、抜刀の瞬間を捉えることができなかった。

寒気がする。それなのに腋には汗が滲んでいた。

年季が明ける前の年だったと思う。おしのと源氏名を花枝《はなえ》という、おしのより二つほど若い芸者がつとめていた座敷に突然、一人の侍が駆け込んできた。手に抜身を握っている。悲鳴をあげ逃げようとする花枝に侍は無言のまま二度、三度と斬りつけた。花枝は血に塗《まみ》れて倒れ、畳を這いずった。

「売女《ばいた》が」

侍が血刀を振り上げて、一言叫んだ。

そこからの記憶がおしのにはない。気を失ったのだ。花枝は絶命し、侍もその場で自死したと後に聞いた。花枝とあの侍の間に何があったのか想像はつくけれど真相はわからない。わかるのは、刀が人を殺す道具だということだけだ。他には使い道がない。人を斬り殺すためだけに在るもの。おぞましいではないか。

おしのは刀も侍も大嫌いだった。以前から少しも好きではなかったけれど、花枝のことがあって以来、嫌悪さえ覚えてしまう。

侍も刀も、滑稽でおぞましい。

けれど、今は美しいと思う。

月下、さえざえと光る刀身も、それを握り佇《たたず》む男も美しいと思う。美しく、怖ろしい。美しいから、怖ろしい。

寒気がする。汗が滲む。

背後で微かな気配がした。微かな吐息の音がした。

「おりん……」

傍らをおりんが通り過ぎる。裸足だった。

おりん、お待ち。

おりんの腕をつかみ、引き止めようとしたのに舌も手も脚もうまく動かない。たたらを踏み、膝をつきそうになった。おりんは振り向きもしない。裸足のまま、刀を握る男へと近づいていく。


刀身が光を放つ。

「清弥さま」

おりんの囁きが聞こえた。聞こえたのはその一言だけだった。清弥が深く息を吐く。その息遣いに合わせるかのように刀はゆっくりと鞘におさまっていった。

おりんがまた、何かを囁いた。聞こえない。風が強くなり、梅の枝が夜目にも慌しく揺れ始めた。

清弥が腰から大小の刀剣を抜き出す。おりんは両手を差し出し、それを受け取った。

風が吹く。雲が流れる。雲に遮《さえぎ》られ、月明かりが翳る。ほとんど漆黒となった闇の中をおりんがさっきより足早に、おしのの横を過ぎて行った。清弥はまだ動かない。

黒く艶めく闇を一息吸い込み、おしのは背を向けた。足音を忍ばせ部屋に帰る。襖《ふすま》で隔てた隣は、おりんの部屋だ。耳をそばだててみたけれど、足音一つ聞こえない。

夜具の上に座り、おしのは両手を握り締めた。

覚悟するのは、あたしだと思う。

おりんの言葉が妙に生々しく思い出される。その一言を口にしたときの底光りする眼を思い出す。

あの娘《こ》は、何を覚悟したのだろう。刀を受け取り、抱き込みながら何を思い定めたのだろう。

考えても考えてもつかめず、おしのはため息をついた。一つだけ確かに悟ったことがある。もう後戻りはできない。

母親の立場を盾に、清弥との仲を裂くのはそれほど難しくはないだろう。しかし、それをすれば、おりんは遠野屋から出て行くか……出て行くか、自ら命を絶つかだ。眼裏に血色が広がって、おしのは身震いした。

娘の命をかけての覚悟なら、叶えるしかあるまい。

そこまで意を決めながら、おしのの心はまだ揺れ続けた。おりんには幸せになってもらいたい。穏やかに、何事もなく過ぎていく日々を慈《いつく》しんでもらいたい。嘆くより、泣くより、ゆるりと微笑み、声をあげて笑い、暮らしてほしい。地べたを這うようにして生きてきた母が娘に望むのはたった一つだけだった。

幸せになってもらいたい。

「どうした？」

吉之助がぼやけた声で問うてきた。

「あら、ごめんなさいよ。起こしちまいましたか」

「いや……おまえこそ、なんで起きてるんだ？」

「考えごとをしてたんですよ」

「考えごと？　こんな夜中にか？」

「ええ、あれこれ、考えていたら寝そびれちまってね。もう、いっそ起きようかしらなんて思ってたところなんです」

「おいおい、いくらなんでも早すぎるだろう。起きるならせめて、空が白んでからにしろ」

「ええ……そうですね」

吉之助が、それで？　と重ねて問うてくる。

「何を考えてたんだ？」

吉之助は寝返りをうち、おしのの膝に手を置いた。

「夜も眠れないほど、なんの思案をしているんだ？」

二十年あまりを連れ添った男の手に自分の手を重ねる。温かだった。それで、おしのは自分の指先が冷え切っていることに気がついた。

「こんなに冷えて、いったい何をしてたんだ？」

吉之助の口調が怪訝そうに潜められた。

「おまえさん」

「うん?」

「いつぐらいに、しましょうかね」

「いつぐらい? 何のことだ?」

「祝言《しゅうげん》のことですよ。年が明けてからにしますか?」

「え? おい、急に何を言い出すんだ」

「こういうことは、さっさと決めちゃったほうがいいんですよ。おまえさんだって、あのお侍を随分気にいってたわけだから、別に問題ないでしょう」

「いや、そうは簡単にいかんだろう。まずは、商売のいろはから覚えてもらうんだ。それなりの時間はいる」

「……そうですか。じゃあ、急いでも春を過ぎたあたりにはなりますかねえ」

「うむ、そうだな。そうか……おまえも反対しないんだな」

「しませんよ。おりんが決めたことならしょうがないじゃありませんか。反対したって聞くような子じゃないし。あの娘《こ》はね、ああ見えても芯が強いというか強情というか」

　おしのの言葉を掠《かす》め取るように、吉之助が口を挟んだ。

「一度、こうと決めたらてこでも曲げない性質《たち》だな」

「ええ、そのとおり」

「母親にそっくりじゃないか。血は争えんもんだ」

「まっ、おまえさんったら。憎たらしい」

膝の上の手をぴしゃりと打つ。闇の中で吉之助とおしのは声を合わせて笑った。

笑いながら、襖をちらりと見やる。

おりん、夫婦ってものはね、これでいいんだよ。切羽詰ったぎりぎりのところで向かい合うものじゃなく、一日一日をやんわりと二人で生きていくもんなんだよ。おまえは、それをいつ知るんだろうねえ。

胸の内で語りかける。

起きていないはずはないのに、襖の向こうからはやはり、何の物音も伝わってこない。

「春が過ぎて、夏の初めに祝言をあげたとして、次の年には初孫が抱けるかもしれませんね。楽しみだこと」

「また、せっかちなことを。どうしたんだ、おしの?」

「どうしたって?　なにがです?」

「いや、おまえが珍しく急いているからさ。さっきまで、ぐずぐずと思い悩んでいたんじゃないのか。それが、俄《にわ》かに祝言だの初孫だのと言い出して……おしの、おまえ、もしかして」

「なんですよ」

「おれの身体のことを心配してるのか」

思いがけない一言だった。吉之助の身体については、ずっと気にはなっている。不安でもある。しかし、今、おしのの心を占めているのは亭主ではなく、どこか滅びの気配を漂わした恋を全てをかけて成就させようとしている娘の方だった。

滅びてはいけない。一日一日をやんわりと生きていく夫婦にならなければいけない。そのためには、枠がいるのだとおしのは思ったのだ。祝言をあげ、夫婦になる。睦みあい、子をつくる。その子を育て、商いに精を出し、ゆるりゆるりと老いていく。単純でまっとうな枠組みがいる。その枠内で暮らしていく。

おりんと清弥を枠の内に囲い込まなければならない。

「おまえは考え違いをしてる」

「え？」

胸の奥を見透かされたかと、動悸がする。吉之助は起き上がり、自分の胸を軽くたたいた。

「おれは元気だぞ。いや、元気になった。このとおり、身も心もぴんぴんしている。おまえが心配するようなことは何にもないんだ」

吉之助の声は、言葉を裏切ることなく力に満ちていた。遠野屋を興《おこ》したころの張りが戻っている。

「おれは、あのお方に全てを委《ゆだ》ねてもいいと思っている。娘も遠野屋もな」

「おまえさん……」

「おれはな、おしの、あの方をおれの手で一人前の商人に育ててみたいんだよ……娘や店だけじゃなく、商いの道や心みたいなものをちゃんと伝えたいのだ。うん、そうだ、あの方にはそれだけのものがある」

おしのは黙っていた。生き生きとした亭主の声音が心地よい。

そうか、この人もあの男に賭けようと決めたのか。

おりんは出逢ってしまった。あたしもこの人も出逢ってしまった。もう後戻りはできないのだ。

虫の音《ね》が聞こえる。

襖の向こうは静まりかえったままだ。

「わかりました」

おしのは背筋を伸ばし、吉之助の手を握りこんだ。

「よぉく、わかりましたよ、おまえさん」

吉之助の指がおしのの指に絡んできた。

秋が長《た》けて空が澄み、月がさえざえと冷たくなる。そういう夜のことだった。


「なんだかね」

清之介に手を引かれながら、おしのは首を傾げる。

「このごろ、どうしてだか、おまえさんに出逢ったころのことばかりが浮かんでくるんだよ。不思議なぐらいさ」

「ええ……、ついこの間のようにも、随分昔にも思えますね」

「ほんとに。ねえ、清さん」

「はい」

「何をしておいでだったんだい？」

「え？」

「あの夜、おまえさん何のために庭に降りたんだい？」

清之介はあの夜がいつか、すぐに解したらしい。一呼吸の間をおいて、変わらぬ口調で答えた。

「月を見ておりました」

「月を……あぁ、そう言えば、すごいお月さまだったね。庭の木も石もくっきりとしていたものの。うん、ほんとうに、怖いぐらいの月夜だった」

「国許を出るときもそうでした」

足が止まる。清之介の顔を見上げる。口調があまりに優しげだったから僅かでも笑んでいるのだろうと思ったけれど、その面《おもて》は少しも緩んではいなかった。

「わたしが江戸に向けて出立した夜も、見事な月が出ていましたよ」

そうかいと、おしのは頷いた。

作事方次男、お届けの上脱藩。

清之介の前身は一応、調べていた。一応だ。前身など、どうでもいい。来し方よりも行く末こそが肝要なのだ。どう生きてきたかではなく、どう生きようとしているか、清弥が清之介と名を変え、町人の形《なり》となってから、おしのはずっと、それを見極《きわ》めようと目を凝らしてきた。だから、清之介に過去を問いただしたことは一度もないし、清之介が語ったこともない。

義理の親子として暮らし始めて、もう何年になるのか。清之介は初めて、おしのの知らない過去を口にした。

「月がねぇ……、清さんはお月さまと縁があるのかしらね」

「さぁ、どうでしょうか。あまり深く考えたことはありませんが。ただ、あの夜、わたしは迷いに迷っていました。どうすればいいのか途方にくれていたのです。ふと気がつくと、月が皓々《こうこう》と地を照らしていて……誘われるように庭に降り立っていました」

「へぇ、そうだったのかい。迷っていたのかい。そんなふうにはちっとも見えなかったけどねえ。まぁ、よくよく考えれば、お武家から町人になろうかっていうんだ。迷うのは当たり前のことだよね」

「……おっかさん」

清之介がふいに指に力をこめた。

「あの夜まで、わたしは思いあぐねていました。刀を捨てたとき、自分がどうなるのか皆目《かいもく》、見当がつかず……商人として生きる自分の姿がどうしても捉えられず、足掻《あが》いていたのです」

「刀を捨てる決心がつかなかったってことだろ。だけど、そりゃあ仕方のないことだよ、清さん。お武家にとって命より大切なお腰のものを外そうかっていうんだもの。迷うのは当たり前じゃないか」

清之介がかぶりをふる。あの日、おりんがそうしたように静かに義母の言葉を否《いな》んだ。指先が熱いとおしのは感じた。

清之介の指はそこに小さな北焙《ほくばい》が点《とも》ったかのように、熱を持っている。

「大切ではないのです」

熱い指で義母の手首をつかんだまま、清之介は声を低くした。

「わたしにとって、刀など少しも大切ではなかったのです。むしろ……」

「むしろ？」

「無用の物とできるなら、どれほど楽だったか。わたしは、江戸に来てから、そのことだけを思案し続けていました。刀からどう逃れることができるかと、そればかりを考えていたのです」

「逃れる？」

よく意味がわからない。このごろ、頭が人の言葉を捉え切れなくて、ぼんやりとしてしまうことがよくあった。しかし、今は違う。今、清之介はおしのが触れたこともない世界のことを口にしているのだ。

「おっかさん、わたしは人を斬りました」

熱い指先が手首に食い込んでくる。

「幾人もです。敵でもない仇でもない、怨みも憎しみもない、顔や名さえも知らぬ者を幾人も斬りました」

白頭鳥の甲高い鳴き声がした。何かに追われてでもいるような切羽詰った声だった。

「その中には母親代わりにわたしを育ててくれた女がおりました。その老女のときだけです。人を斬ったのだと思ったのは。あとは、相手が人間だと考えたことなどありませんでした。おっかさんのような母親がいたかもしれない、おりんのような女房がいたかもしれない、子が、孫が、愛しい女がいたかもしれない……そんなふうに考えたことは一度としてなかったんです。いや、その老女のときでさえ斬りつけた瞬間には何も思ってはいなかった。思ってしまえば、考えてしまえば……人は斬れない。わたしは何も考えず、何も思わず、木偶《でく》を斬るように人を斬りました」

指が離れる。

おしのは顎を上げ、清之介を見つめた。

「そういうもんなんだねえ」

笑いかけてみる。

「お侍ってのは、人を木偶だと思ってるんだ。ちっとも知らなかったよ。あたしは刀なんて握ったこともなかったからね。なるほどねえ……だけど、そういうことなら清さん、おまえさん、もう二度と人は斬れないってわけだ」

「おっかさん」

「そうだろ。昔のおまえさんのことは、あたしは何にも知らなかったけれど、今の清さんなら、誰よりよくわかってるはずだもの。清さん、あたしや、おこまや、おみつや……奉公人やお客さまや職人たち、ちゃんと人間だって思ってるだろう？　木偶だなんて思ったこと、一度もないだろう」

今度はおしのが男を促した。

「さっ、部屋に入って、温かいお茶でも飲もうよ。おみつはまだ帰らないのかしらね。おこまを連れて、どこまで行ったのやら。風邪をひかさなきゃいいけど」

何故か手の中におこまの重さと温かさを感じた。

あの子を抱っこして、あやしたい。

衝動のように強く唐突に、望んだ。

「ほんとに、早く帰ってくればいいのにねぇ」

「おっかさん」

「なんだい。まだ、何かあるのかい？」

半身になって、首を傾げて見せる。

もういいよ、清さん。もうお止めな。これ以上、何も言わなくていいから。

「おりんも、わたしが殺しました」

清之介の声に白頭鳥の啼声《ていせい》が重なる。さっき見た木練柿の実が眼前を過ぎる。紅でなく朱でなく茜でなく、柿色としか呼べない色をしていた。

「わたしが殺したんです。おっかさん」

おしのは顎をあげ、衿をしごいた。衿の間を指が滑る。足を引いて、身体全部を清之介に向ける。一歩、近づく。

「いいかげんにおし」

思いっきりの力で頬を叩いていた。手のひらを肉の感触がしっかりと伝わるほどの強さだった。

「おまえさん、いつの間にそんな女々《めめ》しい男になっちまったんだよ。そんなことで、遠野屋の主がつとまるとでも思ってるのかい。しっかりおし!」

頬に手をやり、清之介が眼を瞬かせている。

「清さんがおりんを殺した? おふざけじゃないよ。あの娘《こ》は自分で命を絶ったんだ。罪というなら、むしろ」

息が切れた。動悸が激しくて吐き気までする。

「むしろ、あたしにある。わかっているよ。よーく、わかっているともさ」

胸を押さえる。大きく息を吸い込んでみる、吐いてみる。

「あたしはね、おまえさんとあの娘を世間通りの夫婦にしたかった。ごくごく普通の、どこにでもいる夫婦の形に押し込めたかった。そうしないと……おまえさんたちがとんでもない処に行ってしまいそうで怖かったんだよ。だから……おりんに、早く子を生めってやいのやいのと急《せ》かしちまった。おりんは……おりんには、惨い昔があって……清さん、おまえさんのことだから、何もかも知ってるんだろう」

「はい」

「……そう、やっぱり知ってたんだ。あたしがあの娘を追い詰めたんだよ。どんなに悔いたって悔いきれるもんじゃない。だけどさ、清さん、あたしたちにはおこまがいるじゃないか。おりんは、おこまを遺してくれたんだよ。あの子を育てることが、おりんへの何よりの供養になるんじゃないのかい。そうだろ、ねっ、そうだろ、清さん」

おっかさん、おこまのこと頼みます。清さんを助けてあげてね。お願いよ、おっかさん。

おりんが手を合わせて拝む夢を見た。あれは夢ではなく、現のことではなかったろうか。おりんは、おこまを生んだのだ。自分は彼岸に旅立ったけれど、この世に命を遺してくれた。

あぁ……そうか、おりんは清さんの子を生んだのだ。でも、でも……だとしたら、おりんは自死などしなかったんじゃないか。あんなかわいい赤子と心底惚れぬいた亭主をおいて、死んだりするわけがないもの。

頭の中に霧がかかる。朧《おぼろ》になる。そこに欠けのない月が浮かんだ。さえざえとした冬の月だ。

「清さん、あの娘《こ》は何て言ったんだい」

「え？」

「あの夜、月の下で……おまえさんから刀を受け取る前に、おりんは何て言ったんだい」

清之介の口が僅かに開いた。眼差しが流れ、束の間さまよう。

「お覚悟を」

視線がおしのの上にもどってきた。

「そう言われました」

「お覚悟を……」

「はい」

おしのは頷いた。漆黒の闇の中で、自分もまた、その声を聞いたのだと思った。指を握りこむ。

「ほっぺた、打《ぶ》ったりして悪かったね」

「いいえ」

「あたしは昔から短気でさ。つい、手が出ちまうんだよ。先代からもおまえの短気と強気は軍鶏《シャモ》なみだって笑われたことがあるぐらいでね。かんにんしておくれ」

清之介が微笑んだ。

「生まれて初めて、母親に打たれました」

「うん?」

「母親と呼べる人に叱られたのも、打たれたのも初めてのことですよ」

おしのも笑んでみる。

「こんな気短な母親だからね。これからも度々あるかもしれないよ」

白頭鳥がまた険しく鳴いた。ふっと心が翳る。

「ねえ、おみつとおこまは、まだ?」

「そうですね。台所を見てきましょう。帰っていたら、すぐ、おこまを連れてきますよ」

「頼むよ。待ってるから」


おしのが火鉢の傍らに座ったのを見届け、障子を閉める。庭に眼をやると、白頭鳥が暮れていく空へと飛び去るところだった。

お覚悟を。

おりんの囁きがよみがえる。いや、忘れたことなどなかった。

お覚悟を。

おりんに言われたとき、腹が決まった。あれほど思い悩んでいたものが、風に払われる霧のように他愛無く消えてしまったのだ。

おれはこの女と生きていきたい。この女と生きていけるのだ。

腰から抜いた刀をおりんは無言のまま受け取ってくれた。

あのとき、おれは解き放たれたのだ。おりんの一言が、おれの鎖を断ち切ってくれた。

頰に手をやる。おしのの指の感触を確かめる。

おりん、おまえは刀と引き換えに随分たくさんのものを、おれに手渡してくれたのだな。

薄闇が降りてこようとしている。

悲鳴が微かに聞こえた。

鳥の声ではない。人のものだ。一声ではあったけれど、ただならぬ気配を清之介の耳は捉えていた。

踵《きびす》を返し、台所へと走る。

「どうした？」

小女のおくみと下働きのおさんがほとんど同時に振り向いた。二人とも裸足で土間にしゃがんでいる。

「旦那さま、おみつさんが！」

大きく目を見開いたおくみが縋るように主を見やった。その腕がおみつの身体を抱きかかえている。

「おみつ！」

土間に飛び降り、おみつを抱き起こす。息を呑んだ。顔半分が血で汚れている。鼻からも滴《したた》っていた。

「……旦那さま」

「おみつ、どうしたんだ。何があった」

「もうしわけ……ありません。おこまちゃんが……おこまちゃんが……さらわれて……」

おくみが小さく叫ぶ。

おこまがさらわれた？

身体中の血が引いていく。

耳の奥底で、白頭鳥の甲高い声が鳴り響いた。

北定町廻り同心木暮信次郎が懐手《ふところで》に遠野屋に現れると、店の奥から手代の信三が飛び出してきた。足をもつれさせ、危うく転《まろ》びそうになる。遠野屋は店先での小売りにも力を入れ、なかなかの繁盛振りでもあったから、その刻《とき》もかなりの数の客がいた。その内の一人、商家の内儀らしい四十がらみの女の背に、信三はもろにぶつかった。

「もっ、申し訳ありません。ご無礼をいたしました」

あわてて頭を下げる信三に女はゆるりと微笑んだ。

「よろしいですよ」

信次郎が軽く舌を鳴らす。

「大年増だけど、色っぽい女じゃねえか。ありゃあ、しょんべん臭《くせ》え小娘にはどうしたって出せねえ色気だぜ。魚といっしょでよ、脂ののった女ってのは、やけに旨そうに見えるもんだな」

僅かに半身になり、後ろに控えていた伊佐治に「なあ、親分」と笑いかけてくる。

「旦那、遠野屋さんが大変なときに、女も魚もどうだっていいじゃねえですか」

声を潜め、眉を顰《ひそ》め、口元を引き締める。それで信次郎の野放図さを暗に諫《いさ》めたつもりだったが、ほとんど効き目はなかった。信次郎は薄笑いを浮かべたまま、

「遠野屋の大変より、女や魚の方がよっぽど気にならあな」

と、うそぶく。伊佐治は溜め息を呑み込み、信三に声をかけた。

「遠野屋さんは、どちらで？」

「あっ、はい、どうぞこちらに」

信三の顔には血の気がなく、仕草もぎこちなかった。まだ、二十歳を二つ、三つ越えたばかりの若さながら、森下町随一の小間物問屋『遠野屋』の第一手代を務める、常は腰の据わった冷静な男が、客に粗相をするほど慌てている。

それはそのまま、遠野屋内部の蕩揺《とうよう》につながっていた。

信次郎が欠伸《あくび》をする。

間延びした顔をちらりと見やったけれど、信三は何も言わなかった。黙ったまま奥へと案内する。

大変なことになった。

磨きこまれた廊下を歩きながら伊佐治は、おれの顔も色を失っているだろうと頬を撫でてみる。

遠野屋の一人娘、おこまがかどわかされた。

一大事だ。血の気が引くほどの事件ではないか。

おこまは奇妙な縁《えにし》で遠野屋に拾われた赤子だ。遠野屋の主、清之介とは血の繋がりはない。赤の他人、まるで縁《ゆかり》のない赤ん坊を清之介は我が子として育てている。

おしのを加え、三代にわたる者たちが笑い合い、頷き合い、あるいは黙したまま時を過ごすのを何度か目にした。赤子の泣き声が、男の低い笑いが、女の子守唄が混ざり合い漂っていた。空気がざわめき、揺れ、動く。その風景を初めて見たとき、伊佐治は心底から安堵の息をついていた。

それまでも、遠野屋の内には様々な音や声が渦巻いていた。上り坂の商家に相応《ふさわ》しく、生き生きとした小気味良い物音や声音に彩られてはいたのだ。

しかし、それは表方、華やかに商いの回る店だけのことだった。おしのと清之介の生活の場である奥は常に、ひっそりと静まっている。おみつのおしゃべりも清之介の穏やかな物言いもおしのの小さな笑声《しょうせい》も確かにあったはずなのに、寂寞とした静謐《せいひつ》に満ちている……と、伊佐治には感じられたのだ。

それは、たぶん、その場におりんという女が欠けているからだろう。清之介もおしのも相手が欠けた一隅を直視しないよう互いに気を配っていた。綱渡りの曲芸師のようだ。必死に釣合いをとりながらそろりそろりと前に進もうとしている。

触れてはならない。気づいてはならない。知ってはいけない。

その気遣いが静謐《せいひつ》を生む。音声やさやぎを吸い込んでしまう。

痛々しいと伊佐治は思うのだ。違《たが》えているとも思う。

遠野屋さん、あんた、間違ってやすよ。

清之介に一言、言ってやりたい。

遠野屋さん、あんた、間違ってやすよ。黙って耐えるだけが人の生き方じゃありやせん。叫ぶのも、喚くのも、声をあげて泣くことだって人には入り用なんですぜ。あんたが、黙って耐えている限りおしのさんも殻から出てこれねえ。いつまでも閉じ籠っていなくちゃならねえんだ。あんたほどのお人が、それくれえのことになんで気がつかねんで。

もっと生身でいい。生の感情に振り回されていい。圧《の》し掛かってくる悲傷の前に跪《ひざまず》いたっていいではないか。跪いて、へたり込んで、頭《こうべ》を垂れて、泣き叫んで、身悶えして……その後に人はゆっくりと立ち上がるのだ。やっと立ち上がれるのだ。

言ってやりたい。けれど、伊佐治は喉元までせりあがってくる言葉をいつも飲み下してしまう。おしのと清之介の間に踏み込んでいいのかと思いあぐねて黙りこむ。二人はおりんを鎹《かすがい》として繋がっている。そのおりんはこの世にはいない。鎹は幻に過ぎない。自分が無遠慮に踏み込むことで、辛うじて保っている二人の繋がりが断ち切れてしまったらと、怖けてしまうのだ。だから歯痒いけれど、黙している。

そこに、おこまが来た。

二つにもならぬ赤子に、思案や心計があるわけもない。なくていいのだ。そんなものがなくとも、おこまはいるだけで賑わいを作り出す。大人の気配りなど与《あずか》り知らぬまま、乳が欲しいと泣き、襁褓《むつき》が濡れたと泣き、満たされればただ笑う。まさに生身の声と熱を撒き散らすのだ。

寂寞を蹴飛ばし、静寂を破る。

赤子を育てたとて何も変わらんさ。死神は死神。夜叉は夜叉。それだけのことよ。

信次郎がいつもの皮肉な言い様をしたとき、伊佐治は胸中でそっと否と呟いていた。

変わるのだ。

人は変わる。人は人によって変わる。

良くも悪くも、清くもおぞましくも、聖《ひじり》にも鬼畜にも変わる。

信じていた。

おこまによって清之介がどう変わるか。傍らにいてつぶさに見てみたい。我ながら、とんだ下馬雀《げばすずめ》だとおかしくもあり、恥ずかしくもあったが、どうにも心がそそられる。

そして、人の変わりようへの好奇の心思とはまた別に、伊佐治はおこまに手を合わせるような心持ちにもなっていたのだ。

おとっつぁんのこと、頼むぞ。おまえの無垢で、おまえの無防備で、おまえの命で、人が人を育むことを、人が人によって変わりうることを教えてやってくれ。

おとっつぁんを救ってやってくれ。

おこまが笑う。伊佐治を見つめる。見つめられた者が我知らず息を詰めるほど澄んだ眼だ。曇りも翳りも濁りもない。

ああそうかい、おまえさんは全部わかっているのかい。

伊佐治はうなずき、清之介に抱かれた赤子にそっと手をのばしたりするのだ。

そのおこまが、かどわかされた？

報せを受けたとき、伊佐治は血が引く音を耳奥に聞いた。大変なことだ。大変な……。信次郎の足が止まる。立ち止まったまま庭に顔を向けている。

「旦那、何か？」

「今、白頭鳥が鳴かなかったか」

「へ？」

「白頭鳥だよ。ピーピー甲高く鳴くやつだ」

「白頭鳥がどうかしたんで？」

「べつに、どうもしねえよ。うちの庭でも鳴いていたなと、ふっと思っただけさ」

「旦那」

思わず、信次郎の袖を引っ張る。

「おこまちゃんが、かどわかされたんですぜ」

「わかってるさ。そのために、森下町くんだりまで足を運んだんじゃねえか。まったくよ、赤ん坊のくせに一人前の厄介をかけやがるぜ」

「その厄介事をさばくのが旦那のお役目じゃねえですか。今更でやすが、わかってらっしゃるんでしょうね」

信次郎は肩を竦め、歩き出した。

「え？」

「今更ね……ふふん、もう手遅れなんじゃねえのか」

「おこまだよ。もう、生きちゃいめえ」

「旦那！」

前を行く信三に気がつかれないように、信次郎を睨《にら》みつける。

「そんな戯言《ざれごと》、遠野屋さんの前では天地がひっくり返っても口にしちゃあいけやせんぜ」

「戯言？　遠野屋だって先般承知なんじゃねえのか。かどわかされた赤ん坊が無事に帰ってくるなんざ、十に一つもねえってな」

まったく、このお方だけは、どうにもなりゃしねえ。性根が曲がりすぎて、人らしい情が枯れちまってんだ。からからに干上がっちまってる。

心の内で毒づく。

なぜ、こんな男の下で岡っ引稼業なんぞしているのかと、自分の因果に首を傾げるときが度々ある。信次郎は、伊佐治を含めて他人の誰をも信用していないし、愛着も持っていない。性根が悪いなどと可愛げなものではなく、その心根は、もっと冷え冷えとして凍て付《い》いているのだ。凍て風が人を凍《こご》えさせ、ときに死に導くように、信次郎の言動は他者を容赦なく傷つけ、震え上がらせる。

困ったものだ。さらに困るのは、相手を傷付け、その傷をさらに嬲《なぶ》りながら、信次郎がたいていの事件をいつの間にか決着させてしまうことだった。舌を捲くほどの鮮やかな手並みを目にする度に、性根の悪さも心根の冷えも忘れ、ひたすら感嘆してしまう。

ほとほと愛想が尽きる思いと手腕の見事さに抱く畏敬の念と。信次郎に関する限り、伊佐治の内では二つの感情がいつもせめぎあっている。たいていは、ほとほとが勝ってしまうのだが。

信三が立ち止まり、障子を開ける。いつも通される奥座敷だった。

「じゃまするぜ」

信三をおしのけ座敷に踏み込むと、信次郎は立ったまま、

「大事《おおごと》だそうだな、遠野屋」

と、遠野屋清之介に声をかけた。心なしか、笑いを含んでいるように聞こえる。

遠野屋が低頭していた。

「わざわざ、お呼び立ていたしまして申し訳ございません」

「別にかまわねえよ。まんざら、知らねえ仲でもねえしよ」

刀を外し腰を降ろし、信次郎は火鉢に手をかざした。

「めっきり冷えてきた。そろそろ雪の季節だな」

誰にともなく、呟く。遠野屋が膝を進めた。

「木暮さま」

両手をつき、さらに深く頭を下げる。

「なにとぞ、おこまをお助けくださいませ」

語尾が震えていた。信次郎の眉が顰められる。目尻がひくりと一度だけ動いた。

「さっきも親分と話をしていたんだがな」

指を丸め、一息、吐き出す。

「子どもだろうが大人だろうが、かどわかされた当人が無事に帰ってくる見込みなんざ、十、いや二十に一つもねえってな。まして、乳飲み子となると百に一つも」

「あっしは、そんなこと一言も言ってやしませんよ」

思わず信次郎を遮っていた。清之介ににじりよる。

「遠野屋さん、だいじょうぶでやす。おこまちゃんは必ず、取り返してみせやすから」

「おいおい、親分。いくら腕っこきの岡っ引とはいえ、そんな安請け合いしていいのかよ。おこまが骸《むくろ》で帰ってきたら、親分が怨まれるかもしれねえんだぜ」

振り向き、今度は信次郎に詰め寄る。

「旦那、お上から十手を預かるお方がなんていい草でやす。かどわかしは法度《はっと》破り、大罪じゃありやせんか。とっ捕まえるのが、旦那のお役目なんですぜ」

「罪人はとっ捕まえるさ。おれの役目だからな。けど、とっ捕まえたからといって、おこまが無事で帰ってくるとは限らねえだろうが。むしろ」

座敷の隅で悲鳴があがった。それがそのまま哭声《なきごえ》にかわる。

「なんだあ。遠野屋、おまえのとこじゃ座敷で牛を飼ってるのか……、おや、よく見れば女中頭のおみつ姐《ねえ》さんじゃねえか。おれはてっきり着物を着た牝牛《めうし》が鳴いているのかと思ったぜ」

「あたしが、あたしが悪いんです」

おみつが畳に突っ伏して、泣きじゃくる。身をよじり、髪を振り乱し、身も世もあらぬ嘆き方だった。振り乱した髪には血がこびりつき、双眸は充血し、顔全体が腫れ上がっていた。ずっと泣き通しに泣き続けていたのだろう。

「あたしが外なんかに連れ出したから、あたしが、まっすぐに帰らなかったから……あたしが、みんな悪いんです。旦那さま、お許しください。お許しください」

信次郎が顔を顰める。

「牛女の愁嘆場かよ。見られたもんじゃねえな」

「旦那が、心無《ね》え物言いをするからじゃねえですか。あれほど言っておいたのに……まったく、もうちっと他人《ひと》さまに気配りしたって罰は当たりやせんよ」

「なんで、おれが町人ふぜいに気を配らなきゃならねえんだ。おれは、思ったことを正直に口にしたまでだぜ」

おみつの泣き声がさらに高くなる。

「おみつ！」

遠野屋が鋭く呵叱《かしつ》する。乱れた泣き声がぴたりと止まった。

「泣いている場合じゃない。そんな暇はないんだ」

おみつは顔を上げ、主の顔を見つめる。

「木暮さまに、事の次第を詳しくお伝えしなさい。覚えていることをできるだけ詳しく。わかったな」

「……はい」

おみつは大きく息を吐き、居住まいを正した。涙はまだ流れていたが、気は落ち着いたらしい。

不思議な男だ。

遠野屋を見やりながら、伊佐治は僅かに目を細めた。声を荒らげたわけでも、特別な身振りをしたわけでもない。ただ、鋭く名を呼んだだけだ。静かに諭《さと》しただけだ。それだけのことで、女の乱れた心状を平常に戻してしまう。

信次郎が微かに舌打ちした。おみつが進み出る。さきほどの主と同じように、畳に額がつくほどに身を屈《かが》める。

「お役人さま、取り乱しまして申し訳ございません。どうぞ何なりとお訊きください。それで……どうか、どうか、おこまちゃんを取り戻してくださいまし」

信次郎は返事をしなかった。半眼になり、ゆらゆらと視線を漂わせている。おみつが顎を引く。いささかの戸惑いを浮かべた顔を伊佐治へと向ける。

「おみつさん、ちょっと辛《つれ》えかもしれやせんが、おこまちゃんがさらわれた経緯《いきさつ》、できるだけ詳しく聞かせてもらいたいんで」

「はい。でも、お話しすることってあまりなくて……このところ、おこまちゃんと一緒に半《はん》刻《とき》ばかり歩くのがあたしの楽しみになってました。おこまちゃんも楽しそうで、夜もぐっすり寝てくれるんです。だからあたしは今日も出かけました。小名木川《おなぎがわ》まで出て、おこまちゃんに猪牙船《ちょきぶね》や川面のきらきらするのを見せてやろうと思ったんです。いつもよりは、ちょっと遠出になるけど、お天気もいいいし、おこまちゃんの機嫌も上々だし……それで、あたしはおこまちゃんを抱っこして出かけました」

「それは、何刻ぐれえのことで」

「あ……昼八つにはなっていたと思います。台所仕事が一段落してからですから」

頬に手をやり、おみつは懸命に話を続けた。指先がそれとわかる程震えている。

「小名木川まで歩いて……おこまちゃん、本当にご機嫌でした。猪牙船を一生懸命、目で追いかけて、楽しそうで、声をあげて笑ったりして……おこまちゃんの顔を見ているとあたしまで楽しくなるんです。幸せな気持ちになれて……、それで、風が冷たくなってきたので帰ることにしました。帰る途中で、おこまちゃんがお眠になっちゃって、赤ん坊って寝ちゃうと、急に重くなるんですよね。腕がじんじんしてきちゃって……それで……」

おみつの指の震えがひどくなる。額に汗が滲み、一筋、流れた。

「それで、あたし、休みたかったんです。すぐ近くまで帰っていたのに……疲れて、一休みしようって……あたしは……」

「どこで一休みしなすったんで」

「お稲荷さんの境内です」

遠野屋から二丁ほど先に小さな稲荷がある。数本の椿に囲まれて、古ぼけた社があるだけの場所だが、裏手に湧き水が出る。稲荷の湧き水は食傷《しょくしょう》や口中のただれに効能あり、と言われ水汲みや漱《くちすす》ぎに詣でる者がけっこういた。

「一息ついて、喉がからからだったので湧き水を飲みに行きました」

「おこまちゃんをどこかに置いてでやすか」

「とんでもない」

おみつは身体全部を揺らし、否定の仕草をした。

「そんなことするわけないです。できるわけありません。おこまちゃんをちゃんと抱いてました。湧き水を飲むためにどなたかが柄杓《ひしゃく》を奉納していて、片手でも十分なんですよ」

「そのとき、周りに誰かいやしたか」

「いえ……誰もいなかったと思います。椿がざわざわ揺れていて暗いなあって感じて、ふと、辺りを見回したんです。そのときは、どこにも人影は見当たりませんでした」

「境内には、おみつさんとおこまちゃんだけだったんでやすね」

「はい」

「誰かに見られているとか、後をつけられているとかはどうです？　そんなふうに、感じたことはありやせんでしたか」

「……はい。まるで、感じませんでした。おこまちゃんに一生懸命で、振り返って見るなんてこともありませんでしたから」

「でやしょうね」

そうなのだ。

誰かがあたしをつけている。

誰かがあたしを狙っている。

誰かがあたしを害そうとしている。

そんなことを堅気の人間はめったに考えない。平穏な日常が、昨日と同じ今日が今日と変らぬ明日が、延々と続くと信じて疑わない。ときにそれを退屈だと厭い、ときに幸せだとも感じる。

まっとうな人間の感覚だ。まっとうな人間は、まっとうな明日を信じて生きている。

しかし人の生きる道は優しくも温かくもない。まっとうさなど欠片《かけら》もない。突然に牙をむく。穴があく。闇溜まりに落ちる。あちこちに罠が仕掛けられているのだ。あちこちに巧妙に。

おみつもその一つに捉えられた。

「それで、おみつさんは湧き水を飲みに、裏手に回ったってわけでやすね」

「はい。あたしが、柄杓に水を汲んでいたら、おこまちゃんが目を覚まして……あたし、おこまちゃんにも少し水を飲ませてあげようって思って柄杓を持ち替えたんです。そうしたら……」

「そうしたら？」

「わかりません。何が起こったのか、あたしにはわからなくて……気がついたら、地べたに倒れていました。五つぐらいの子どもがのぞきこんでいて『おばちゃん、どうしたの？　血が出てるよ』って……それで、それで……やっと、誰かに殴られたんだってわかって……おこまちゃんが、おこまちゃんがいなくなってたんです。どこにもいなかったんです。必死で名前を呼んで、捜しましたが、どこにも……どこにも」

限界だった。おみつは前のめりに倒れ、そのまま泣き崩れる。

「あたしが、あたしが、寄り道さえしなければ、あたしが水さえ飲まなければ……あたしが……」

遠野屋が目配せをする。おくみと信三が駆け寄り、おみつの身体を抱きかかえると座敷から連れ出した。

束の間、静寂が訪れる。

「遠野屋さん、もう少し詳しく聞かせてもらいやしょう。おこまちゃんがかどわかされたと聞いて、遠野屋さんはどうしなすったんで」

「わたしは……おみつの手当てに医者を呼ぶよう言いつけたあと、稲荷まで走りました」

「むろん、誰もいなかった……」

「はい。誰も……ただ、これが」

遠野屋が懐紙を取り出す。金色の小さな鈴が包まれていた。

「これは？」

「おこまの着物の紐につけていたものです。このところ這うことを覚え、目を離したすきに縁に出ていたりしたものですから。義母《はは》が居場所がわかるようにと……」

「ふふん、まあ、鈴がついていようとなかろうと、今んとこ居場所は霧の中だよなあ」

信次郎が薄笑いを浮かべる。火鉢ごと外に放り出してやりたい衝動を、伊佐治は奥歯で噛み潰した。遠野屋は表情も態度も変えなかった。もっとも、いつもに比べ、顔からは血の気が失せている。顎から頬にかけての線は張りつめ、僅かな刺激で肌が裂けそうに見えた。それが、この男が今耐えている苦痛を、無言にしかし雄弁に語っている。

「わたしは取って返し、すぐに木暮さまと親分さんを呼びにやらせました。お二人にお助けを願うしか手がないと思ったのです。なにとぞ、なにとぞ、お助けくださいませ」

遠野屋が再び低頭する。

信次郎が微かに肩を竦めた。口元にはまだ薄笑いが張り付いている。

楽しくてたまらねえんだ。

いつもはまるで解《げ》せない信次郎の胸中が、今日ばかりは手に取るようにわかる気がする。

猫が鼠を嬲る。あれと同じだ。旦那は遠野屋さんを嬲って楽しんでるんだ。

遠野屋は必死だった。その言葉どおり、おこまを取り返す術《すべ》は、ただ一つ、信次郎に縋ることしかない。それを百も承知で、百も千も承知だからこそ、楽しんでいる。

辣腕の商人で、怖ろしいほどの剣の使い手で、その往昔《おうせき》は定かではなく、それにもかかわらず江戸の町に根を張り、確かな日々を送っている遠野屋清之介という男に、信次郎は執拗に拘《こだわ》ってきた。

確《しか》とは見えぬもの、得体の知れぬもの、奥深く異形を抱え生きるもの、闇に浸かり闇に染まるもの……男でも女でも、信次郎はそういう相手にしか興を抱かない。

拘り続け、入興《じゆきよう》の的だった男が本気で必死で縋り付いてくる。己の弱さも脆《もろ》さもさらけ出し、しがみついてくる。

こいつは、おもしれえや。

信次郎の舌なめずりする音が耳朶《じだ》に触れるではないか。

「旦那」

身を乗り出し、伊佐治は言葉に力をこめた。

「こういうこたぁ、手っ取り早く動かねえといけやせん」

「……だな」

「どういう風に動きやすか。ご指図くだせえ」

「そうだな、まずは……手下《てか》を集めて、昼八つごろの稲荷のあたりについて、聞き込みをさせな。赤ん坊の泣き声を聞かなかったか。女の悲鳴を聞かなかったか。おみつの後をつけていた誰かに気がつかなかったか。そんなとこだな」

「へい」

「特に女だ。おみつじゃねえ女。稲荷から赤ん坊を抱いて出てきた女を見ていないか、確かめるんだ」

「女なんで？」

「わからん。男かもしれん。しかし、男が泣いている赤ん坊を抱いて大通りを歩いていたんじゃ目立つだろう。走っていたら尚更だ。必ず、誰かが気に留めている。しかし、女となると……どうだ？　女が赤ん坊を抱いている。当たり前すぎて誰も気に留めねえんじゃねえのか。親分の手下連中が嗅いで回って何も出てこねえなら……この件、女が一枚かんでいるとおれは思うぜ。そこをお頭《つむ》に入れておけ。かどわかしは荒仕事だ。だからといって男の仕業とばかりは言い切れねえ」

顎を引く。なるほどと納得する。こういうとき、畏敬の念が湧いてくるのだ。ほんの僅かだが。

「わかりやした。すぐに差配いたしやす」

「それと、稲荷の入り口に縄を張って、誰も出入りできねえようにしときな。まだ日の明るいうちに、おれが調べさせてもらう」

「へい」

「もう一つ、おみつに声をかけた子どもとやらを捜し出せ。何か見ているかもしれねえ」

「へい」

庭に控えていた手下の源蔵に指図を伝える。源蔵は一つ一つに深く頷くと、外へと飛び出していった。

信次郎は腕を組み、静かに息を吐き出した。

「遠野屋」

「はい」

「人が動く。金がいるぜ」

「いかようにも、仰せ付けくださいませ。用意いたします」

「いい心がけだ。しかし、金といえば、おこまの命代をよこせと文《ふみ》は届いていねえのか」

「はい。今のところはまだ……」

「ふーん、遠野屋の娘がかどわかされたとあっちゃあ、まずは、金目当てだと考えるのが筋だが……文が来てねえってのはちっと解せねえな」

「まだ、これからじゃねえですか」

「かもしれん。けど、おみつがつけられて、人目のねえところでガンとやられたのは確かだろう。てことは、咄嗟の思いつきじゃなくて、かなり前からの計図《けいと》じゃねえのか。巾着きりや引《ひ》っ手繰《たく》りならまだしも、手のかかる赤子を闇雲にさらおうなんて輩《やから》はそういねえ。前々から計図をたてていたはずだ。おみつが、毎日、おこまを連れ出すのも承知だったんだろうよ。だとしたら、そろそろ、命代をよこせと文があってもいいころだ。愚図愚図していても、さらった方に利はなかろうに」

遠野屋が身じろぎする。

「木暮さま、それは……おこまがさらわれたのは、金目当てではないと、そういうことでございますか」

「それも有りだなと、思ったまでのことさ」

「何のために」

　遠野屋と伊佐治の声がぴたりと重なる。信次郎は何も言わず、天井に目を向けた。

「何のためでございます、木暮さま。金でなければ何が目当てで、おこまをさらったのでございます」

まだ答えはない。火鉢の中で熾火《おきび》の爆《は》ぜる音がする。信次郎はゆっくりと組んでいた腕を解《ほど》いた。

「……遠野屋、おめえ、考えてねえのか」

「何をでございますか?」

「この一件、金ではなく自分が目当てなんじゃねえかって、よ」

「わたしが……目当て……」

遠野屋の両眼が見開かれる。炭が火花を散らす。伊佐治は腰を浮かせたまま、二人の男を交互に見やった。

「そうだよ」

信次郎がひどく静かに、優しげにさえ聞こえる口調で言った。

「おぬしが目当てだとしたら、いかがする」

冬の風が庭の木立を鳴らして、吹き通っていった。

おみつの言うとおりだ。

この節《せち》とはいえ夕暮れにはまだかなり早い刻ではあるのに、稲荷の境内には薄く闇が溜まっている。おそらく一日、晴れることのない闇だろう。

伊佐治は視線を巡らし、そっと吐息をもらした。それから、同じほどに小さく吸気する。凍てついた真冬の風が肺腑に鋭く沁みてくる。寒い。

おれよりずっと寒いだろう。

数間離れて佇む遠野屋清之介を見やり、伊佐治はもう一度、吐息をもらす。

この闇も、この風も、身を抉《えぐ》るように冷たかろう。

「これほどに暗いと、誰かがどこかに潜んでいても気がつかねえでしょうね」

伊佐治のほとんど独り言に近い呟きに、信次郎は軽く肩を竦め吐き捨てるように答えた。

「誰かがどこかに隠れて息を潜めてんだぜ。親分なら気づくだろうよ。おれや遠野屋だって言うに及ばずだ。鈍い牛女でねえ限り、気配を察するもんさ」

「……旦那」

「なんだよ」

「いつにもまして、ご機嫌が悪《わり》ぃようで」

「こんなつまんねえいざこざに引っ張り出されてんだ。いくら塩目《しおめ》のいいおれだって不機嫌にもなるさ」

「旦那のお人柄についちゃあ、今さら、何にも申し上げやせんがね」

伊佐治は言葉を切り、長身の主を見上げた。

「旦那の機嫌を損なうほど、この件は難しい。そういうことですかね」

「知るかよ。あれこれ探るのはこれからじゃねえか」

信次郎がいまいましげに口元を歪めた。うんざりするほど長い年月、信次郎の小者《こもの》を務めている伊佐治には歪めた口元から零れ落ちる苛立ちが、手に取るように感じられる。

信次郎が他者に気取られるほど、身の内にある色を表すことは珍しい。

木暮だけは何を考えておるのか、何を思うているのかいささかも摑めぬと、上役、同輩の評判はすこぶる悪い。そう耳にした。一度や二度ではない。しょっちゅうだ。耳にするたびに、そりゃあそうだろうと頷きそうになる。

このお人の性根や心思を推し量れる者なんて、そうそういるもんじゃねえ。入り組んで、捩《ねじ》れて縒《よ》れて、縺《もつ》れて曲がりくねっている。思考の道筋も情意の動き所も窺い知れない。知ったつもりになれば、たいてい手酷いしっぺ返しをくらう。手負《てお》いの猪の方がよほど扱い易いと、伊佐治は常々思っている。

けれど、その信次郎が稀にだが情動を露にすることがある。それは、たいてい苛立ちであるのだが、自分の心内を珍しく他人の目に晒《さら》すのだ。

「それはきっと、親分さんだからこそでしょうね」

いつだったか、遠野屋清之介が僅かに笑みながら言ったことがある。穏やかな陽射しがうらうらと江戸の町を包み、目に映る景色がみな柔らかく優しい光の中にある、そんな昼下がりだった。

「遠野屋さん、このたびはお気遣いいただきやして、まことに有難《ありがて》ぇことで」

遠野屋に心底から礼を述べる。

十日ほど前、女房のおふじが流行風邪を引き込み、高熱を出して寝込んでしまった。その見舞いにと遠野屋は高直《こうじき》な薬と水菓子を届けてくれたのだ。甲斐あって、おふじはほどなく起き上がり、家の内を動き回れるまでに快復した。

その日、見舞いの礼に伊佐治は小魚の甘露煮を手に遠野屋を訪れたのだ。清之介が遣わしてくれた見舞いの品に比べれば粗末な返しではあったが、遠野屋の主は紛いではない喜色を浮かべ受け取った。

「これはこれは、何よりの品を頂戴いたしました。『梅屋』の甘露煮は義母もわたしも大好物でして。義母などこれと茶があれば飯もいらないなどと申すほどです」

それから、どういう道を通ったのか信次郎の話になり、清之介が真顔で、

「木暮さまの心の内とはどのようなものなのかと、ふと思い巡らすことがございます」

と告げた。

「知れば恐ろしいようにも、この上なくおもしろいようにも思えはいたしますが……わたしなどに、どのようにも歯の立つお方ではありますまい」

真顔のまま伊佐治を見やり、清之介が問うてくる。

「親分さんには、お察しがつくのでしょうね」

「いや、とんでもねえ。察しなんかつきませんし、つけようとも思いませんや。触らぬ神に祟りなし。いや、触らぬ鬼に厄介なしってもんですよ。ただ……まぁ、ああいうお方の心内でも、たまに、ちらりと見えることがあるもんで。たいてい、むかっ腹をたてていなさるときですけどね」

「ほぉ、ちらりと」

瞬きし、束の間黙り込み、清之介は僅かに笑んだのだ。

「それはきっと、親分さんだからこそでしょうね」

「へ？　あっしだから？」

「親分さんだから、木暮さまは心意を晒すのではございませんか。他の者の前では、おそら

く素振りにも出さぬもののはず。それほど、親分さんに心許しているということでしょう」

「へぇそうですかねえ……あっしにはちっと信じ難《がた》い気がしやすが……まあ、そう言われてみれば……うーん、仮にそうだとしても、ちっとも嬉しかありやせんねえ」

「よろしいのですか、そのような憎まれ口をきいても。本心ではございませんでしょうに」

「本心も本心。心の蓮《はちす》のままにってもんですよ。遠野屋さんこそどうなんで？　あっしが羨ましいですかい？　できるなら立場を入れ替わりてぇなんて思ってらっしゃる？」

「は？」

「遠野屋さんは、うちの旦那に心を許してもらいてぇって、そう望んでらっしゃるんで？」

清之介が顎を引く。眉間に微かな皺が寄った。

「とんでもない。そのような大それた望みを抱くほど、わたしは世間知らずじゃありませんよ。己の分は己が一番よくわかっておりますから。木暮さまのお供をするなんて、わたしには到底、できかねます。いや、親分さん以外の誰にも務まらぬお役目でしょう」

「天地が引っくり返ったって、あっしの代役なんぞ御免蒙《ごめんこうむ》るって、そういうこってすね」

「はい、金輪際、お断りいたします」

伊佐治と清之介は顔を見合わせ、どちらからともなく声をあげて笑った。

あの日、遠野屋清之介に語ったとおり、信次郎が長い付き合いだからと、他人に容易く心を開くとも思えず、万が一、心を開かれたとて諸手を挙げる気にはならない。それでも、他の誰より木暮信次郎という男の心裡《しんり》に聡《さと》くなってしまったのは、確かなようだ。

違うな。

頭上でざわめく椿を見上げ胸の内に呟く。

肉厚の紅い花弁を持つ花が一つ二つ、三つ四つ、ぽつりぽつりと目立たぬほどに咲いていた。

違う、そんなこたぁねえ。仕事が難《かた》ければ難いほど、旦那にとってはおもしれえはず。機嫌が良くなりこそすれ悪くなるなんざありえねえ。ましてや、まだ事件のとば口に立ったばかりで信次郎が焦り、苛立っているとは考えられない。

だとすると……なんで、うちの旦那はこうまで尖っていなさる。

声を潜め問うてみる。

「旦那、この件、本当に金じゃなくて遠野屋さん目当てで起こったことなんですかね」

返事はなかった。いつものことだ、別に構わない。言葉を続ける。

「もしそうだとして、遠野屋さん目当てってのはどういう意味になるんでやす？　おこまちゃんを質《しち》にとって、遠野屋さんを言いなりに使おうって、そういうことで」

「うるせえよ」

信次郎が低く唸った。伊佐治をして思わず身を竦ませるほどの険しい響きがあった。

「おれはまだ何にも始めちゃいねえ。何にも手に摑んでねえんだ。椿の下に立っているだけで科人《とがにん》の名前や顔や心内がわかるなら、苦労はしねえ。親分のお望みどおりに、すらすら答えもできようがな。残念ながら、この稲荷、それほどのご利益は無《ね》えとさ」

「じゃあなんで、遠野屋さんにあんなことを言ったんです」

食い下がる。険しい物言いにいちいち怯《ひる》んでいては、岡っ引などやっていられない。

「おれなら、そうする。そう思ったまでのことさ」

赤ん坊を質として、父親を力ずくで従わせる。

なるほど、このお方ならそのくらいのこと、平気でやるかもしれない。そして、子の命を楯に取られれば、たいていの親は人奴《じんど》となり、なすがままに動いてしまう。

そうだ、このお方なら平気でやる。僅かの躊躇いもなかろうよ。人の心を手玉にとるなんざ朝飯前の仕事で……。

「なに納得顔になってんだ、ばかやろう」

小さく鋭い舌打ちの音。

「けど遠野屋さんが目当てってことは、今の清之介さんではなく、昔に関わり合ってくる、そういうこってすね」

「そういうことだな。金目当てでねえ限り、小間物問屋の主人を人奴にしても使い道があるめえ。まだ、おくみって小娘の方が女郎屋にでも叩き売れるだけ、マシってもんさ。おみつなら茶挽き女郎にもなれねえだろうが」

「おくみもおみつも、関係ねえでしょうが」

「ふふん。牛女のおみつなら茶を挽くより、鋤《すき》を引いて田でも耕すが似合いってか」

信次郎の言葉は隠れ道のようだ。余計な枝葉が被さり、草が覆って通るべき本道が見えない。気を引き締め、研ぎ澄ましていないと要の一言を聞き逃す。道を探り、信次郎の思量を追う手間はなかなかに骨が折れるが、それにも随分と慣れた。道は伊佐治には先行きが少しも読めぬほどうねり曲がってはいるけれど、たいていは頂へとちゃんと繋がっているのだ。分け入り、分け入り歩き続け、疲れ果て、もうこれまでかと観念しそうになったころ、ふいに目交《まなかい》が開ける。いつの間にか頂に立っている。

そうだったのか。こういうことだったのか。

やっと見えた真実に息を呑み、ただただ感服し、また息を詰める。

そんな経験を幾度も味わわせてもらった。

隠れ道を辿る難儀よりも、眼前がふいに開け、謎が解き明かされた瞬間の快感に伊佐治は惹かれてしまう。

　惹かれてしまう己を認めないわけにはいかない。

「旦那、そういうことなら、今度の科人は限られてきやすね。遠野屋さんの昔に関わりある者。商人じゃねえ遠野屋清之介の正価を知っている者」

「知っていて、使い道のある者……ふふん、人斬りの腕を欲しがるやつは存外多いかもしれんが、遠野屋と人斬りを結びつけられるやつとなると、限られてはくるな」

　思わず足を踏み出していた。

「旦那、それじゃ」

「違《ちげ》ぇよ」

　あまりに低すぎて、風音に掻き消されそうな声だった。踏み出した足が止まる。

「違う？　違うってのは……」

「この件、あやつの昔に関わっちゃあいねえ」

「は？」

「考えてみろよ、親分。金目当てにしろ、遠野屋目当てにしろ、おこまをかどわかして、その命と引き換えに遠野屋から何かを引き出そうってことだろうが」

「へぇ、そりゃあそうで」

「だとしたら、おこまをかどわかした輩は、必ず何か知らせてこなきゃいけねえ。おこまって餌を針の先に突き刺して、遠野屋の前にぶらさげなきゃあ意味がねえだろう。ところが、未だに梨のつぶてだ。もう少し待ってみてからのことだが、このまま音沙汰がねえってことは、科人にとっちゃあ、遠野屋の金も遠野屋自身も無用ってことじゃねえのか」

「でも……それならなぜこの件が、さも遠野屋さんの昔に関わり合っているみてえな言い方なさったんで」

「親分に合わせてやっただけさ。遠野屋の一番有為な使い道ってのは、人斬り。親分、そう思ったんだろう」

「まさか。あっしがそんなこと思うはずが……」

信次郎の眼が細められる。口元に薄い笑いが浮かんだ。伊佐治は唇を噛む。

思った。確かに思った。

遠野屋清之介の過去を僅かでも知る者として、この男を最も有為に使う術は人を斬れと命じることだと、思った。

「旦那、あっしをからかったんですかい」

辛うじて言い返す。

「気づかせてやったんだよ。親分はあやつにえらく肩入れをしてるじゃねえか。紛れもねえ商人だって常日頃、口にしてたよな。けどよ、それは本音じゃなかった。親分は、あやつが商人などではなく正真の人斬りだと心底では思っていた。そういうこったろ。目を逸らしてごまかそうとしていたことに、気づかせてやったんじゃねえか。大きなお世話かもしれねえがな、自分の本音ってのを知っとかないと後々、面倒だぜ、親分さん」

噛み締めていた唇を舐め、こぶしを握る。罠に捕らえられた獣の気分だ。うんざりする。もうたくさんだ。この男の不遜《ふそん》も皮肉も嫌味も乾反《ひぞ》りも、とことん愛想が尽きた。このまま背を向けて走り去り、二度と顔を合わせてやるものか。

あっしはここでお暇をいただきやす。

顔を上げ、その一言を口にしようとしたとき、遠野屋の姿が見えた。同じ場所に佇んだまま、ほとんど身動きをしていない。

そうだ、おれは確かに思った。

あの男が商人ではなく、刃《やいば》を握る者だと束の間でも思ってしまった。それは、確かにおれの心の奥に巣くっていた念だろうよ。けれど、けれど旦那……。

「旦那」

「なんだ」

「遠野屋さんは何があっても、人を斬ったりはしやせんよ」

信次郎の黒目がちらりと横に流れる。

「えらく入れ込んだもんだな、親分」

「旦那はどうなんです」

「どうとは？」

「遠野屋さんに人を斬らせたいんですかい？　斬らせたくねえんですかい？」

けれど旦那。

おれはまた信じてもいるのだ。あの男は最期まで抗い通すはずだと。人に抗い、定めに抗い、己の情に抗う。たとえ自分の身軀に刃を突き立てても、だ。

「くだらねえ」

信次郎が眉を寄せる。

「くだらねえ？」

「そうさ、つまらん野郎だ」

「遠野屋さんが、ですかい？」

「他に誰がいる」

信次郎の目尻がひくりと動く。

「ああ、なるほどね」

一人、頷いていた。

「遠野屋さんの何がくだらねえのか、あっしにはわかりやせんが、旦那の機嫌が妙に悪いのは遠野屋さんのせいだってこと、やっとわかりやした。旦那は、さっきからずっと遠野屋さんに腹を立てていなさるってわけだ」

「遠野屋」

伊佐治の言葉を遮るように、苛立ちを露骨に含んだ声が遠野屋を呼んだ。それまで微動だにしなかった遠野屋が滑らかな足取りで信次郎の前に立つ。

「おめえにちっと訊きてえことがある」

「はい。なんなりと」

遠野屋が腰を折る。血の気の戻らぬ頬がその焦燥を無言のまま語っていた。

「おこまには、何か特別な印がついていなかったか」

「印……と申されますと？」

「痣《あざ》でもいい、傷でもいい、他人と違う何かだよ。水かきや尻尾がついているなら目立って一番いいんだがな。川獺《かわうそ》じゃあるめえし、そうは都合よくいかねえだろう」

「印、他人と違う何か……あ、はい」

「あるか」

「ございます。耳の後ろ、ちょうど耳朶《みみたぶ》に隠れるあたりに痣があります。桜の花弁によく似た形をしておりました」

「桜の花弁の痣、か。他には」

遠野屋は首を傾け、たまゆら、黙り込む。

「他には、右側の尻にホクロが二つ並んでおりますが。後はこれといって何もないかと」

「尻のホクロな。娘盛りともなりゃあ、さぞや色っぺえだろうな。楽しみなこった。で、その花弁の痣のことを知っている者はどれくれえ、いる」

「奥にいる女たちはみな知っているはずです。店の者も知っていたかもしれません。別にわざと告げることでも隠すことでもありませんので」

信次郎は腕を組み、頭上の椿を仰いだ。

「旦那、おこまちゃんの痣が何か関わり合ってくるんですかい？」

頷くでもなくかぶりを振るでもなく、信次郎の頭がゆらゆらと揺れた。

「おこまをかどわかしたやつらの目当ては、金でも父親でもねえ。遠野屋って店に対する怨みつらみでもねえだろう。なにしろ、何にも言ってこねえんだ。なぜだ、なぜ何にも言ってこねえ？　真っ昼間に赤ん坊をさらうって荒仕事までしといて、なんで何一つ、ねだってこねえんだ？」

伊佐治と遠野屋の視線がからむ。首筋に触れていく風が冷たい。枝を揺する風の音が、椿の哄笑にも聞こえる。

呵呵呵呵呵呵呵呵呵。

遠野屋の喉がゆっくりと上下した。

「ねだる必要がないから……でございますか」

「そうよな。それしか考えられねえ。つまり、おこま本人こそが目当てだった。それを手に入れたことで、ことは済んだのよ」

「しかし、何のためにまだ二つにもならねえ赤ん坊を欲しがるんで」

伊佐治は首をひねった。

赤子をさらう悪党の話は耳にしたことがある。後々の働き手を欲しがる者に売りつけるのだとか。しかし、おこまがそのためにかどわかされたとは考えられない。売りつけるよりも、遠野屋におこまの命と引き換えに金子《きんす》をねだった方が、余程たくさんの利を手に入れられよう。子どもでもわかる理屈だ。

「江戸の町には赤ん坊なんぞたんといる。この界隈だって、ごろごろしてるだろうよ。なのに、おこまがさらわれた。遠野屋の娘として狙われたわけじゃねえ。おこま自身に価値があったからだ」

「それじゃあ、おこまちゃんの生まれ素性に関わってくるのかもしれやせんぜ」

「実はお家騒動に巻き込まれた大家の姫ぎみだったとかか。ふふん、どこの下手な芝居演目だよ」

信次郎が鼻の先で笑う。

「おこまの生まれ素性なんて、すっきりしたもんさ。父親はどうか知らねえが、母親は場末の女郎だったんだからよ。生まれも育ちも関わりなんかあるもんか」

遠野屋が身じろぎする。

「あるとすれば、痣なのですね」

「それが一番、わかりやすい話だろう。他の赤子になくて、おこまだけにあるもの。尻の二つボクロなんてそう珍しくもねえから、十中八九痣だろうよ。桜の花弁の痣があるばっかりに、おこまはさらわれた。親分」

「へい」

「手下を増やして、探ってみてくれ。ここ一月《ひとつき》、二月《ふたつき》の内に赤ん坊を捜しているやつはいなかったか、な。おこまみてえに、すっぱりさらわれたとなると届けがあるはずだが、今のところ、おれのところまで上がってきちゃあいねえ。子どもがいなくなっても届けも出さねえ、出す余裕もねえ……いや、生きて行くために泣く泣くでも子どもを手放しちまう、そのあたりの連中をつっついてみるんだ」

「わかりやした。すぐに動きやす」

「花弁の形をした痣。そこの押さえを抜かりなくな」

「合点で」

腕を懐にしまいこみ、信次郎が歩き出す。

「旦那、どちらへ？　そっちは裏手になりやすぜ」

「裏手に用があるんだよ」

纏《まと》いつく闇を蹴散らすような足取りで信次郎は稲荷の裏手に向かった。その背中に遠野屋が声をかける。

「木暮さま」

信次郎は足を止め、首を僅かによじった。

「なんでえ」

「もし、おこま自身が目当てのかどわかしだとしたら、もし、そうなら、おこまは……生きておりますよね」

遠野屋が数歩、進み出る。

「なんのためにおこまをさらったのか、わたしには見当もつきません。けれど、おこまを殺しては元も子もないはず。そうでございましょう。それなら、あの子は無事でいると信じてもよろしいですよね」

信次郎の眼が潤む。

伊佐治にはそう見えた。

泣いている？　まさか。

瞬きし、潤みとも見えた光が殺気だったと気づいた。殺気は一陣の光焰《こうえん》ともなり凍えた空気を射貫く。

地を蹴り、信次郎が跳んだ。跳びながら、剣を抜き放つ。

「いえぃっ」

腹に響くような気合の一声。

刀身の白い光を眼にして、伊佐治は声を張り上げていた。

「旦那！」

ふいに襲い掛かってきた切っ先を遠野屋がどう避けたのか、伊佐治には見えなかった。確かに目を見開いていたはずなのにまるで見えなかった。

遠野屋の鼻先一寸ばかりのところで、信次郎の剣先が止まっている。遠野屋はまったく瞬きをしなかった。構えても竦んでもいない。だらりと両手を垂らした身体からは、力が抜けきっている。そのまま、くたくたと地に倒れるかと思えるほどの脱力だ。信次郎のこめかみから頬にかけて、一筋、汗が伝う。

ピィーッ。

椿の樹から鳥が一羽、啼きながら飛び立った。

それで呪縛が解けたわけでもあるまいが、信次郎は足を引き、身を起こした。刀を鞘に納める。微かだが気息が乱れていた。

「さすがだな。おれの太刀筋などとっくに見切っているってわけか。ふふん、まだ死にたくはねえってわけだ、遠野屋」

「……少なくとも木暮さまに斬られて、ここで果てたくはございません」

「未練があるかい」

「生きることになら、ございます」

「それなら、せいぜい用心しな。今のおぬしじゃ、いささか心許ねえぜ。隙はねえが緩んでいる。どっかが弛緩《しかん》してんだ。おれの遊び半分の刀はかわせても、本気で殺しにくる剣は避けられねえかもしれねえ」

「遊び半分？　ご冗談を。今の殺気が遊びなら、戦場での斬りあいもただの悪ふざけに過ぎません」

「だから、かわしたわけか。今のおぬしなら、斬って捨てられるかと読んだおれが甘かったわけよな」

からからと笑い、信次郎は遠野屋に背を向けた。

「遠野屋さん……」

伊佐治は遠野屋の袖を引いた。指先が震えている。

「だいじょうぶでやすか」

我ながら間の抜けた問いごとだとは思ったが、他にどんな言葉も浮かばなかった。

まるで狂犬だ。

「丸腰の相手に突然に斬りかかるなんて、まっとうなお頭《つむ》じゃねえです……うちの旦那がここまで危ねえお人だったとは、気がつきやせんでした。あっしは本当にもう何て言ったらいいか……」

「目を覚ませとおっしゃったのですよ」

「へ？」

「目を覚まして見るものを見ろと」

遠野屋の口元が引き締まった。遠ざかる巻き羽織の背を凝視したまま、ゆっくりと一つ息を吸う。

椿の花が音もなく落ちてきた。ごろりと地に転がる。

伊佐治は半歩下がり、身震いをした。

突然に白刃をかざす男も尋常でないけれど、それを凌《しの》いで立つこの男もどこか異相の面をもつ。

目を覚ませとは、己の異相を忘れるなという意味か。

「遠野屋さん」

「はい」

「あんた、とんでもねえお人に出会っちまいましたね」

「確かに……木暮さまに会いさえしなければ……」

言葉を呑み込み、遠野屋は静かにかぶりを振った。

「親分さん、おこまを取り戻してくれるのは、あの方だけです。木暮さまなら必ずこの事件を解き明かし、おこまを助けてくれるはず」

「信じてるんで」

「信じております。木暮さまなら、必ず……」

鳥が啄《ついば》んでいるのか、椿がまた一つ紅い花を落とす。

伊佐治は軽く頭を下げると、遠野屋の傍を離れた。自分が歩く場所は、あの背中の後ろしかない。離れることはできないのだ。

稲荷の裏手は、細い路地に繋がっていた。

稲荷と路地の境のあたりで、信次郎は足を止め、立ち尽くしている。

「旦那？」

「しっ」

信次郎の指が立つ。

「聞こえねえか」

「何がです」

「赤ん坊の声だよ」

「えっ」

伊佐治は腰を屈め、耳を澄ます。

風にのって、赤子の泣き声が耳朶《じだ》に触れてきた。

赤ん坊だ。

息を呑み下し、伊佐治はさらに耳をそばだてる。胸の中で鼓動が響いた。

聞こえる。

赤ん坊の声だ。

確かに聞こえる。

伊佐治は息を一つ、呑み下した。

信次郎がふらりと歩き出す。

かつては路地との境に組まれていたのだろう竹垣は今は無残に崩れ、叢《くさむら》の中にほとんど沈んでいた。跨《また》ぎこすほどの手間もいらない。そこは鉤《かぎ》の手に曲がっている路地の奥になる場所らしかった。両側に幾軒かの長屋が連なっている。その向こうに、井戸が見えた。

三十がらみの痩せぎすの女が一人、端《はた》で菜物を洗っていた。背に赤子を括《くく》り付けている。赤子は乳が欲しいのか、よほど癇に障る何かがあるのか文字通り顔を紅く染めて泣き喚いていた。

「親分」

信次郎が耳元に囁く。伊佐治はうなずき、井戸端へと近づいていった。

「ごめんよ」

声をかけると、女は振り向き、目を見開いて立ち上がった。伊佐治一人ならまだしも、三つ紋付の黒羽織姿の男が突然後ろから現れたのだ、驚くのも無理はない。立ち上がり、身構えるように身体を硬くした。

「驚かしちまったかい。そりゃあ、すまなかった」

伊佐治は女に愛想笑いを向ける。「おまえさんは、笑うと妙に愛嬌のあるご面相になるよねえ」女房のおふじによく言われる。「そこに今でもべた惚れだって言いてえのか」「ご挨拶だこと。どの口が言うんだか」たいてい他愛ない夫婦の掛け合いで終わるのだが、その妙に愛嬌のある面相が探索のとき、なかなかに役に立つ。強面《こわもて》で脅すばかりでは、人の口を滑々《すべすべ》と開かせるのは難い。

伊佐治の笑顔に女の緊張が少し緩んだ。赤子はまだ泣き続けてはいるが、先刻までの勢いはない。

「あんまりの勢威《せいい》で泣いているもんだから、筋気《すじけ》でもおこすんじゃないかと、ちっと気になっちまってね」

「癇の強い子で寝意地《ねいじ》を言うんですよ。もうすぐ寝ちまいます。お耳障りでしたら堪忍してください」

「いやいや。で、こちらは若君かい、お姫さまかい」

「男の子です」

「男の子か。どうりで腹に響く泣き声だと思った。なんて名前だね」

「彦一《ひこいち》です」

「彦坊か。いい名だな。おっかさんは何と言いなさるね」

「あたしですか……重《しげ》ですけど」

「じゃあお重さん、ついでにあれこれ尋ねるがね、この辺りじゃ、赤ん坊はけっこう大勢いるのかえ」

「いいえ、わりに独り身や夫婦住まいの人が多くて、赤ん坊がいるのはうちとお松《まつ》さんのところだけです。子どもは幾人かいますけどね」

後ろに同心が控えているのだ、名乗らなくても伊佐治の正体は察せられる。お重は少し落ち着かない素振りをしながらも、淀みなく答えていた。

「お松さんの家ってのは？」

「木戸の寄り付きの家です」

「赤ん坊は一人かえ」

「そうですよ。うちと同じ男の子」

「そうか……男の子といやぁ、五つばかりの童はここの長屋にゃあいねえかい」

「五つ……」

お重は首をひねり、しばらく考えていたが、

「豊《とよ》ちゃんのことかしら」

と呟いた。背中の彦一はいつのまにか寝入っている。

「豊ちゃん……豊吉《とよきち》ちゃん、今年で七つになるんだけど、身体があんまり丈夫じゃなくて普通の七つよりちょっと小さいんですよ。五つだって言われたら、ああそうかって思えるぐらいでね」

「その豊ちゃんってのは、どこの子だね」

「お松さんとこの総領です。さっき急に熱を出してひきつけたみたいでお松さん、あわててお医者さまに連れて行きましたよ……豊ちゃん、そういうこと、よくあるんです。お松さんって、何かと気の毒なんですよ。本人はいたって気の良い、真面目な人なんですが……」

「亭主が小悪さでもするのかい」

「ええ、まあ……あたしもよくは知りませんが、手慰みをするとか聞いたことありますよ。実之吉《みのきち》って男なんですけどね、眼つきも悪くて、まあ、堅気じゃないってのは一目で知れますね。それに、豊ちゃんが弱くて、しょっちゅう寝込むものだから薬礼《やくれい》も嵩《かさ》むみたいで苦労してますよ、お松さん……ほんとかわいそうというか、運のない人ですよね」

さすがにしゃべりすぎたと悟ったのか、お重は口をつぐみ菜物の笊《ざる》をつかんだ。

「あたしは、これで」

と、そそくさと立ち去ろうとした。その背中に信次郎が声をかけた。

「お重姐さん、おまえさんの亭主は慰みに賽《さい》を転がしたりはしねえのかい」

お重は振り返り、「当たり前です」とにべもなくはねつけた。

「やどは真面目が取り柄の男ですよ。天地が逆さまになったって博打場なんかに行くものですか」

「そうか。知らぬは女房ばかりなりってことも、世間にゃたんとあるんだぜ」

「まっ」

お重は眉を寄せ、信次郎を睨《ね》めつけるとぷいと顔をそむけた。そのまま、お松の向かい側の家に入っていく。

「ほうっ、怖《こえ》えこった。気の強《つえ》え女だぜ」

信次郎がおかしくもなさそうに笑む。

「まっ、せっかく姐さんが教えてくれたんだ。その、お松さんの屋敷を覗いてみるかい」

伊佐治は信次郎を見上げ、僅かに首を傾げた。

「旦那、この店《たな》が気になるんで？」

「そうさな。親分の手下が何にも銜《くわ》えてこねえとなると、ちっと気にはなるな」

「どういうこって？」

「親分、稲荷の前に髪結い床があったよな」

「へい。八名床《やなどこ》って内床《うちどこ》でやす。親父の代からの髪結いで、倅《せがれ》の代になって表に店を構えたそうです」

「けっこう繁盛してたみてえだが」

「へぇ。二代目の倅の腕がなかなかとかで」

「ふむ。さすがに細けえな、親分。もちろん、いの一に探ってはみたよな」

「へえ。旦那からお指図をいただいてすぐに、源《げん》の字と新吉《しんきち》をやりやした。男でも女でも稲荷から赤ん坊連れて出てきた者はいねえか、八名床をふくめてあのあたりを虱潰《しらみつぶ》しに探らせてます」

「なるほど。おれたちが遠野屋の座敷で、暢気に茶を飲んで世間話をしていたころ、親分の手下は汗かいて走り回っていたわけか。ご苦労なこった」

伊佐治は顎を引いて、口を歪めた。

「世間話なんかこれっぽっちもしちゃあいませんよ。旦那と遠野屋さんが何の世語りをするってんです。あの場で暢気に茶を飲んでたのは、旦那だけじゃねえですか」

遠野屋の奥座敷に座り込んだまま、信次郎は腰を上げようとはしなかった。茶をすすり、菓子を頰張り、視線を空に巡らせ、動く気配をちらりとも見せない。周りを焦《じ》らせているとしか思えなかった。堪らず伊佐治が引きずるようにして、稲荷まで連れ出したのだ。

「まあな。遠野屋の茶はやたら美味《うめ》えからよ、つい長っ尻《ちり》になっちまうのさ」

「長っ尻になろうと、世語りをしようと、旦那の勝手ですがね。お役目だけは果たしてもらいてえもんです。あっしの手下が走り回っている時分ぐれえは、お働き願いますぜ」

ちくりと皮肉の針を突いてみる。伊佐治の針先ぐらいでは、痛みも痒みも感じないのか、信次郎は薄く笑い、

「走り回っているわりには、獲物がとんと集まらねえな。親分の手下はみな腕っこきのはずなんだがよ」

と、返してきた。反言できず、黙り込む。

確かに遅すぎる。源蔵《げんぞう》も新吉も下っ引きとして使い始めて、もう何年にもなる。源蔵は粘っこく探りを入れるし、新吉は頭の巡りが素早い。どちらも重宝な手下で今までも何かと詮議の蔓《つる》を引っ張ってきたものだ。まして、源蔵は深川常磐町《ときわちょう》の髪結い床で働いていて、八名床の主とも浅くはあるが知己の間柄だった。

手蔓《てづる》を手繰《たぐ》るのは、そう難くあるまい。

伊佐治はそう高をくくっていた。

それがもう一刻《いっとき》を過ぎたというのに、何一つ報せがない。内心、焦る思いにじりじりと炙《あぶ》られている。

「引き揚げさせな」

信次郎がぼそりと呟いた。

「え？」

「源も新吉も表通りの探索から引き揚げさせるんだ。あの二人にゃあ、もうちょっと別の使い途を走ってもらう」

「これ以上探っても無駄だってことですかい」

「ああ。一月も二月も前の話じゃねえ。今日の八つのこったぜ。稲荷の前は繁盛している内床だ。通りにも人がけっこう歩いている。人の目は存分にあるはずだよな」

「へぇ……けど、旦那もおっしゃったように科人が女であったら、目立たねえわけでやすから……」

「そうさ、あんまりに普通で誰もが見落としたってこともある。それならそれで、いくら見咎め人を捜しても無駄だろうよ。けど、親分、もう一つ抜け道があるぜ」

「と言いやすと？」

「端《はな》から誰もいなかった」

「へ？　誰も……どういうこって？」

「稲荷からおこまを連れて出てきたやつはいなかった。男にしろ女にしろな」

伊佐治は暫《しばら》く信次郎の横顔を見つめていた。それから、一息を深く吸い込む。

「……なるほど。裏側、こっちの路地に抜けたとすりゃあ表をいくらうついても何の蔓も伸びちゃきませんね」

「そうさ。けど見知らぬやつが赤ん坊を連れてうろついていれば、目立つのは同じ……いや、こっちの方がよほど目につくはずだ。逆さに言やあ、顔見知りの、しかも、赤ん坊を抱えていても別段おかしかねえ者なら誰もが見過ごすってことになる」

「なるほど。独り身の若《わけ》え男や、子孫のいねえ爺婆が赤子を抱いていれば、誰でも気に留めやすね」

「さっき、気の強《つえ》え姐さんが言ってたじゃねえか。赤ん坊は二人しかいねえって。つまり、赤ん坊を連れていてもおかしくねえやつってのは、お重とお松、それにその亭主あたりだろうよ。しかも、赤ん坊がいるってことは乳が出るってことだろ。とりあえず、おこまの腹をくちくさせて泣き喚かさずにすむんじゃねえのか」

「なるほど、わかりやした。すぐに源と新吉をこちらに回しやす」

「そうしてくんな」

信次郎は何故かため息を一つつくと、お松の家の障子戸に手をかけた。

「ごめんよ」

きっちりと片付いた住まいだった。土間も座敷もきれいに箒《ほうき》が入っている。上がり框《がまち》も障子の桟も磨きこまれていた。お松という女はよほどのきれい好きらしい。

その座敷の真ん中に男が一人寝そべっている。傍らに竹籠に入った赤子がいた。

男は信次郎の姿を目にしたとたん、跳ね起きた。その拍子に竹籠を蹴り上げる。

「危ねえ」

伊佐治は座敷に踏み込むと、転倒しそうになった籠を押さえ込んだ。ついでに中を覗き込む。

おこまではなかった。

よく肥えた眉のもじゃもじゃとした赤子だった。このちょっとした騒ぎにも動じる気配はまるでなく、ぐっすり寝入っている。伊佐治は男の前を塞ぐように立つと、愛想よく声をかけた。

「実之吉さんよ、えらい胆《きも》の据わった当歳児じゃねえか。こりゃあ、将来が楽しみだな」

実之吉の黒目が落ち着きなく揺れる。

「ふーん。八丁堀の旦那を見て青くなるってことは、脛《すね》に幾つか痛ぇ傷《いて》があるってことか」

実之吉は目を伏せると、座り込んだ。

「……脱いでもらいてぇ」

聞き取りにくい濁った小声だった。

「なんだと？」

「草履のまま座敷に上がらねえでもらいたいんで。嬶《かかあ》がえらいきれい好きなもんで、足形なんぞつけられた日にゃあ一騒動だ」

「そりゃあ悪かったな。勘弁してくんな」

伊佐治は苦笑しながら土間に降り立った。

「そのきれい好きなお内儀《かみ》さんは、いねえんだな」

「へえ。上の子が熱を出しちまったもんで承庵《しょうあん》先生……医者のところに連れて行きやした」

「で、亭主の方は子守りかい？　仕事終《じま》いにはちっと早いようだがな」

実之吉は四角張った顎のあたりを手の甲で拭い、ちらりと赤ん坊を見やった。

「今、足上《あしあ》がりなんで……」

実之吉はそこで両手をつくと、額をすりつけるようにして訴えた。

「お役人さま、あっしは確かに手てんごうにはまったこともありやす。けど、この子ができてからは、すっぱり止めて転《ころ》にさわってもいやせん。ほんとうです」

「なるほどね。見かけによらず子煩悩なわけか」

信次郎の唇が僅かにめくれる。信次郎の笑顔は相手の心を緩めるのではなく、緊張をさらに強《し》いるらしい。実之吉の顔色が青くなった。

「下手に気を回すんじゃねえよ。今日はちっと訊きてえことがあって寄っただけさ」

伊佐治の一言に実之吉の頰に血の色が戻る。

「おめえ、今日、見慣れねえ赤ん坊に出くわさなかったか。色の白ぇ女《しれ》の赤ん坊だ。さっき、八つのころさ」

瞬《まばた》き二つ、三つの間黙り込んだ後、実之吉ははっきりと頭を横に振った。

「いや、知りません。昼からはずっと家の中にいたもんで」

「声はどうでえ。聞きなれない赤ん坊の泣き声をちらっとでも耳にはさまなかったか」

「いやあ……何しろ、こいつがわんわん泣くんで、耳についちまって……うちと前の正徳《しょうとく》さん家《ち》の声しか聞いてねえとは思いますが……どうにも、わかりやせんね」

「正徳ってのがお重の亭主か」

「へえ、さようです」

「何をしている」

「六間堀町《ろっけんぼりちょう》の長谷屋《はせや》という生薬屋の通い番頭だそうで」

そのとき、ふいに赤ん坊が泣き始めた。さっきの彦一に負けず劣らずの大音だ。実之吉が手馴れた動作で抱き上げ、揺する。それを潮とみたのか、信次郎が外へと出て行った。伊佐治も後を追う。追いついたとたん、耳元で囁かれた。

「親分、六間堀の長谷屋、当たってみな」

「へえ。実之吉の方はどうしやす。洗ってみますか」

信次郎は声を戻すと空へと顎をしゃくった。

「うむ。親父も親父だが、倅の方にも気を配ってくれ」

「倅って言いますと、豊吉のことで？」

「そうさ。おみつがやられた頃、境内にいたとすると何かを見たってことも有りだろう。運が良けりゃあ手蔓の先っぽをにぎっているかもしれねえ」

「わかりやした。一人、貼り付けさせやす」

「遠慮なく人を使え。遠野屋の身代が控えてるんだ、軍資金はいくらでも引き出せる。なんなら、みんなで夜見世に繰り出してもかまわねえぜ」

「旦那、あっしらはかどわかしの探索をしてるんですぜ。吉原の夜見世がどう関わってくるんです。このてえへんな時に、つまんねえ戯言は控えてくだせえよ」

「つまんねえか……まったくつまらねえ話だ。大川の水みてえにすいすい流れやがる」

足が止まった。

「旦那！」

「なんだよ。往来ででけえ声を出すな。おれは親分とちがって、耳遠くなるような歳じゃねえんだ」

「旦那にはもう見えていなさるんで」

「何が？」

「この沙汰のことごとくが、ですよ」

信次郎は答えなかった。ふわりと口をあけ、生欠伸を漏らす。

「旦那」

「下絵はあるさ」

「下絵？」

「そう、粗描きの下絵だ。事が起こる。話を聞く。調べる。そうすると、朧げに下絵ができてくる。そのうち親分の手下連中が獲物をくわえてくるって寸法さ。あの男とこの女はどういう間柄だ、昼八つのころ、あいつはこうしていた、金に困っていた、常磐津《ときわづ》の師匠とできている、昔、軽業《かるわざ》で見世物に出ていた、こんな癖や好みがある……何でもいいや、ともかく、あれやこれやを銜えてくるよな。むろん役にたたねえ屑もある。そっちの方が多いだろうな。けど、中には上等も混じっているわけよ。それを下絵にあてはめていく。はみ出すこともあるし、どうにも足りねえことも、下絵そのものを描き直さなくちゃならねえこともある」

「……へぇ、そうなんで」

と頷いたものの、信次郎の言うことが伊佐治には、どうにも解せない。

下絵？

あてはめる？　はみ出す？　描き直す？　なんだ、そりゃあ？

「下絵は朧なほど上等だ。最初からくっきり見えてちゃ張り合いってものがねえ。見えてるって思い込みが、とんでもねえ間違いの因《もと》になることもある。朧な下絵を徐々に確かなものにしていく。自分がいの一に描いていたものを消したり、足したり、直したりしながら、本物の絵に仕上げていく」

「仕上げるってのは、科人をとっ捕まえて一件落着となる、そういうこってすね」

「そうさ。できあがった絵など、どうでもいい。そこに行き着くまでがおもしれえのよ。足らず、はみ出し、書き直しが多いほどおもしれえ。謎解きだからよ。入り組んだ方がおもしれえに決まってるよな」

「じゃあ……今回は入り組んでねえんで？」

「まだ、わかんねえな。けど、たぶん、大層などんでん返しはねえだろうよ。ちっ、遠野屋が一枚かんでんだ、もう少しマシな有様かと踏んでたのによ、つまらねえ」

伊佐治はぽかりと口を開けていた。

「旦那、じゃあ、あの……おこま坊はどこにいるんです」

「知らねえよ」

二度目の欠伸を漏らし、信次郎は目の縁を指で拭った。

「あー、疲れたな。親分、おれは遠野屋の座敷で待たせてもらう。源蔵たちが魚を銜えてきたら報せてくんな」

「何でわざわざ遠野屋さんの座敷で待つんで。自身番でいいじゃねえですか」

「美味《うめ》ぇ茶が飲めるじゃねえか」

「旦那……少しは遠野屋さんの都合ってものも考えてあげなせえよ。今度の件、おしのさんの耳に入れてねえんですぜ。おこま坊は麻疹《はしか》にかかって療養所に運んだってことになってんです。なんとか誤魔化してるところに、旦那やあっしがうろうろしてちゃ差し障りがあるでしょうが」

「端《はな》に呼び出したのはあっちじゃねえかよ。おれはおれの好きにするさ。遠野屋の都合なんぞ反故《ほご》といっしょさ。丸めて捨てちまいな」

「そんな……おしのさんは、このところやっと気持ちが落ち着いてきたってこってすぜ。そこをわざわざに逆撫《さかな》でするこたぁねえでしょう」

「親分」

「なんです」

ふいに信次郎が屈みこむ。低い囁きが耳に流れ込んできた。

「いいな、これだけのことを源蔵たちに探らせるんだ。それと、例の赤ん坊捜しの件も急げ」

「へい」

さっきまでの戸惑いや腹立ちが霧散していく。かわりに昂る情が血と共に身体を巡る。伊佐治には下絵など見えない。描く器量を持ち合わせていないのだろう。しかし、狙うべき的さえ示してもらえば、しぶとく喰らいついていく自信はある。人にはそれぞれ性に合った、分に合った動き方があるのだ。

「合点しやした。旦那、これから一っ走りしてきやす」

信次郎は伊佐治の言葉など聞いていなかった。三度目の欠伸を嚙み殺し、歩き出す。

「つまらねえ」

歩き出す寸前に、また、ぼそりと呟いた。

おみつは柿の木の下に立っていた。

日は半ば暮れた。夕暮れと共に吹き始めた風に枝が揺れる。

微かに、揺れる。

足元で柿の実が幾つか潰れていた。白頭鳥の仕業だろうか。その鳥も、とっくにねぐらに帰ったらしい。帰る場所がある鳥を羨ましいと思った。

もう、どこにもねぐらはない。

遠野屋を生き場と決めていた。奥の仕事に精を出し、おこまとおしのの世話をしながら生きる。何があっても、ここで生きていくのだ。穏やかで、平凡で、色事も華やかなときめきもないまま時は過ぎていくだろう。それでいい。それがいい。それが愛しい。自分にとってかけがえのない時であり場所だった。

しかし、潰《つい》えてしまった。もう、お終《しま》いだ。あの愛らしい赤ん坊が無事で帰ってきたとしても、自分の失態が消えるわけではないのだ。いや、自分のことなどどうでもいい。どうなったって構わない。野たれ死んだって、八つ裂きにされたって構わない。

おこまちゃん。

おみつは胸の上で両手を固く組み合わせた。

おこまがこのまま戻らなかったら、もう二度と逢うことが叶わないとしたら……。

ああ、あたしはとんでもないことをしでかしてしまった。償いようがない。贖《あがな》うことができない。お詫びのしようがない。

もう、生きてはいられない。

「おみつ」

声をかけられた。声をかけられるまで後ろに人の気配も足音も感じなかったから、おみつは心《しん》の臓《ぞう》が縮まるほど驚いてしまった。

「旦那さま……」

「何をしている」

遠野屋の主に問われ、おみつは俯いた。何をしていたのか、自分で答えようがない。

あたしは、ここで何をするつもりだったんだろう。

遠野屋での暮らしはおみつの全てだった。ここを離れて生きる術《すべ》はない。当てもない。生きていたいとも思わない。だから……。

「傷の方はだいじょうぶなのか」

「はい」

旦那さま、あたしのことなど心を配らないでください。優しいお言葉を掛けないでくださ い。どうか、謗《そし》ってください。足蹴にしてください。この愚か者がと根の限りに打ち据えてくださいまし。

「そうか、大事無いなら、木暮さまに茶をお出ししなさい。それと、お夜食の用意もな」

下駄の鼻緒の上に水滴が落ちた。

温かい。

それが自分の涙だと知ったとき、おみつは顔を覆ってその場にしゃがみこんだ。

「旦那さま……お見逃しくださせい……どうか……」

「見逃せとは、どういう意味だ？　おまえがこの木で縊《くび》れて死ぬのを黙って見ていろとそういうわけか？」

「旦那さま、あたしは、もうこうするしかないんです。これしか……」

「おまえの命と引き換えに、おこまが帰ってくるならわたしも止めはしない。振りの良い枝を一緒に探してやるさ」

遠野屋清之介はそこで静かに笑んだ。

「おみつ、おまえが死なずともおこまは帰ってくる。早まった真似をするんじゃない」

目を見張る。その拍子に涙の粒が切れ、頬を転がった。

「旦那さま、何か、何かわかったんですか。おこまちゃんが見付かったんですか」

「いや。しかし、もうじきだ。もうじき、木暮さまが連れ戻してくださる。お任せしておけば、何の心配もない。おこまが帰ってきたとき、誰が守《も》りをするんだ。わたしが背負って店にでるわけにはいかないし、おっかさんには荷が勝ちすぎる。おまえしかいないだろう」

「……旦那さま」

では茶を頼むぞ。そう言い、清之介が歩み去る。

あのお方をそこまで信じていいのだろうか。

おみつは信次郎が嫌いだった。好きな者など、そうそういないだろうと思っている。口を開けば皮肉か嫌味ばかり。ときに、こちらの胸の内を全て見透かしたような言い草をする。それがまた、すぱりすぱりと的を射ているから始末が悪い。気味悪くさえある。傲岸《ごうがん》で冷酷で意地悪で……つまり、おみつが知っている中で一番の性悪者なのだ。

その男を主は信じている。揺るぎ無く信じている。

お任せしておけば、何の心配もない。

そう言い切るほどに、言い切れるほどに信じている。

それほどのお方なんだろうか。あの人がほんとうに、あたしたちを救ってくれるんだろうか。

おみつは軽く息を吸い込んだ。木暮信次郎という同心はどうにも信じ難い。しかし、遠野屋清之介なら信じられる。心底から信じることはできる。

旦那さまが、あそこまでおっしゃるのなら間違いはないはず。

胸にぽっと明かりが灯る。暗く塗り込められ、まったく先が見えなかった途に仄《ほの》かな光が

射した。そして、

おまえしかいないだろう。

あの一言に心が奮《ふる》い立つ。

生き場がないどころではない。おまえしかいないとの一言を伝えてくれる主がいるではないか。おこまの滑々した肌や乳の匂いや抱いた腕にかかる重さや温かさ、そんなものが一時によみがえってきた。乳房の奥が疼く。

おみつ。

柔らかな女の声に呼ばれた気がした。

「おじょうさま」

柿の枝を見上げる。紫紺の空を背に木練《こねり》の実が、微かに紅を浮き立たせていた。

おじょうさまはもう帰ってはいらっしゃらない。でも、おこまちゃんは戻ってくる。遠野屋に戻ってくる。

おみつは頬の残り涙を指先で拭うと、台所へと向かった。

「遠野屋」

「はい」

だらしなく寝そべったまま信次郎は自分の太腿を掻いている。

「娘がかどわかされたってのにえらく落ち着いてるじゃねえか。さっきまでの、どたばた振りはどうしたよ。それとも、やっぱり赤の他人は他人。それほどの情も湧かないってことか」

「おこまはわたしの娘でございますよ、木暮さま」

清之介は鉄瓶から急須に湯を注いだ。おみつの用意した茶葉は香りも色も申し分のない上質のものだった。

「さきほどまでは、確かにうろたえておりました。見苦しい有様をお見せして申し訳ございません」

「別にかまわねえよ。おまえさんがおたおたする様もおもしろかったぜ。いいものを見せてもらった」

「おそれいります」

茶を差し出す。

もそりと起き上がり、信次郎は気怠《けだる》げに湯飲みをつかむ。双芯の行灯の明かりが横顔を照らし出していた。

「それで？」

「はい?」

「おまえさん、なんで、いつもの澄まし顔を取り戻した?」

「木暮さまが澄ましていらっしゃいますので」

「おれ? おれは別に、おこまがどうなろうと知ったこっちゃねえよ。死のうと生きようと関わりはねえんだ」

「おこまの生死には関わりはなくとも、犯科にはございますでしょう。木暮さまのお膝元で赤子がさらわれた。それを放っておくわけにはいかないはず。しかし、こうしてのんびりと茶などを飲んでおられます」

「なんだぁ、おれに、もっと動けと当て擦《こす》りを言ってるのか」

「動く必要があるなら動いていらっしゃるでしょう。親分さんを待つにしても、当てがまるで立たないならもう少し苛立っておられるはず。わたしには、木暮さまがくつろいでいるというより……少々、退屈しておられるように思えます」

信次郎は黙っていた。

「今度の件に飽きておいでなのでしょう、木暮さま。つまり、木暮さまを満足させるだけのおもしろみはなかった。いたって簡単な底の知れた件だった。わたしどもには、まるで見当がつきませんが、木暮さまには当たり前のように見えていらっしゃる。見えてしまえば、つまらない。あれこれとおもしろく考えを巡らせる隙もない。そういうお顔をしていらっしゃいますよ。そして……そのお顔を拝見して、わたしは胸を撫で下ろしました。ああ、これはだいじょうぶだと安堵したのです」

自分も茶をすすり、清之介は息をついた。

「さきほど、義母におこまはどうしていると訊かれました。明日にでも帰ってくると答えることができました。一時逃れではなく、本心からできました。木暮さまのおかげでございます」

肩を窄め、信次郎が小さく舌打ちをする。

「遠野屋、あまりおれを買い被らない方が利口だぜ。帰ってくるどころか、明日にはおこまの骸が大川に浮いてるなんてことも、無きにしも非《あら》ずだ」

「わたしは商人でございます。人を買い被りも、見くびりもいたしません。その人物をそのままに見るだけです」

「商人ねぇ」

信次郎は床柱に寄りかかり、姿勢を崩した。

「遠野屋、おぬしの刀はどこにある」

「は？」

「とぼけるな。遠野屋の婿に納まる前に腰に差していた横佩《よこはき》だ。どこかにしまい込んでいるのか。まさか、捨てちまったわけじゃあるめい」

「さて……」

思いを巡らせる。

おりんの張りつめた双眸が浮かぶ。

お覚悟を。

あの声がよみがえる。

お覚悟を、清弥さま。

「刀はおりんに渡しました。それっきりでございます。しまい込んだのか、捨てたのか尋ねたことは一度もありません」

信次郎が何か言いかけたとき、微かな足音が響いた。

「失礼しやす」

障子が開き、伊佐治の顔がのぞく。

「遅くなりやした。ご勘弁を」

「いや、ちっとも遅くはねえよ。で、どんな按配《あんばい》になった？」

伊佐治は信次郎の傍らに座り、大きく一つ、うなずいた。

「へぇ、まずは実之吉でやすが、もともとは五十集物《いさば》の棒手振《ぼてふり》だったのが、商売そっちのけで賭場に入り浸るようになったらしいんで。今は、すっぱり足を洗ってますがあちこちに借金はあるらしく、暮らしは楽じゃねえみてえです」

「金に困っていたわけか。しかも博打打ちだ。いざとなりゃあ、何でもやりそうな男だな」

「へい、まったくで。それに引き換え、正徳って男は真面目一本の堅物って評判でやす。長谷屋の通い番頭として、こつこつと二十年近く勤めていやす」

「長谷屋ってのは、なかなかの大店だったよな。どうだった、親分。手応えはあったかい」

伊佐治は信次郎ににじりよると、もう一度深く首肯する。

「旦那のおっしゃるとおり、どんぴしゃでござんした。長谷屋の主人、忠三郎は無類の女好きであっしが探っただけで、三人、女を囲ってます。十年ほど前に女房を亡くしてますが、それから、ますます盛んになったってことで。女で身代が傾くんじゃねえかって、もっぱらの噂でしたね」

「ふむ。そりゃあ、道楽者の鑑《かがみ》だな。うらやましいご身分だ。子は？」

「いません。死んだ女房にも囲っている女にも子はできなかったみてえで。忠三郎自身、おれは種無しらしい、子どもは諦めたと商売仲間にぼやいてたみてえです。それが……」

「女の一人に子ができた」

「へぇ。女といっても囲い者じゃなく、水茶屋勤めのお文《もん》って女で、二度ばかり遊んだ相手だそうです。今日、突然文《ふみ》が来て、この春、旦那さまの子を生んだ。故郷に帰って一人で育てるつもりだがその前に一目だけでも会ってほしいと書いてあったそうで。これは忠三郎本人から直に聞いたことで、その文とやらも拝借してきました。ここに」

伊佐治が胸元から墨の滲んだ書状を取り出した。信次郎がざっと目を通す。唇が薄くめくれた。

「旦那さまの子である証《あかし》は明々としてこれあり候ときた。ふふん、種無し忠三郎とすれば、二度乳繰り合っただけの女に子ができたなどと俄かには信じ難え話よな。しかし、おまえの子だという証はたしかにあると言われれば心が揺らぎもする」

「へえ、まったくその通りで。自分に子がいると思うと気が昂って飯も食えないそうです。女を扱うのはどうでもござれの忠三郎も今度ばっかしはどうしていいか、皆目見当がつかねえ有様なんで」

「ふふん、明々の証か。親分、忠三郎にはここに」

信次郎が耳の後ろを押さえる。

「へえ、ありやした。桜の花びらそっくりの痣が確かにくっついてましたよ」

「て、ことよ。もうわかったろう、遠野屋。おまえさんの娘がなんでさらわれたか、な」

「おこまは、長谷屋さんの娘に仕立てられたわけですか」

「そうよ、自分と同じ場所に同じ痣があれば、これも血の繋がりかと信じるのが人情、いや、馬鹿なところさ。この件をしくんだやつは、忠三郎の珍しい痣に目をつけた。忠三郎が子を欲しいと望んでいることも知っていた。そこで、一芝居をうとうとしたわけよ。何が故郷に帰るだ。お文は赤ん坊を質に、長谷屋のお内儀にでも納まる腹だろうよ。もしかしたら、納まった後に亭主をころりと殺《や》っちまえば長谷屋の身代がそっくり手に入るって、そこまで寸法を計っているのかもしれねえ。しかし、この芝居。役者がいる。耳の後ろに花びら痣のある赤ん坊だ。こりゃあ、そうそう見付かるもんじゃねえ。まさか紅で描いて誤魔化すわけにもいくめえしな」

「旦那、それでやすが。半蔵《はんぞう》って半端者が、三月も前のころ、橋袂の乞食小屋を回って、痣付きの赤ん坊を捜していたそうで。その半蔵ってのが、どうもお文の情夫《いろ》みてえです」

「なるほどな。けどよ、お文や半蔵もただの駒だ。忠三郎や長谷屋の内情に詳しいやつじゃねえと、こんな芝居は思いつかねえ。しかも、そいつは、おこまを見てるはずだ。おこまの痣を見て、ぴったりの役者を見つけたと小躍りしただろうよ。しかし、相手は遠野屋の姫ぎみ、金で買いますってわけにはいかねえ。あまり時がたつと、おこまが大きくなりすぎる。てっとり早く、さらうことにしたんだろうよ」

「おみつさんの後をつけて、境内で殴ったのは半蔵でやしょうね」

「だろうな。そういう荒仕事は男の仕業よ。そこに女がかんでくる。裏の長屋に住み、赤子を抱えていてもちっとも不思議じゃない女がな」

「お重ですか」

「そうだ。むろん、亭主の正徳が裏で糸を引いてるはずだ。真面目一方の番頭の皮の下に、とんでもねえ悪党の面《つら》を隠してやがったってわけさ」

「どうしやす」

「どうもこうも、暮六つに『志《し》の藤《ふじ》』って旅籠《はたご》に来てくれとご丁寧に書かれてるじゃねえか。役者が雁首並べてんだ、お招きに与らねえわけにはいかねえだろう。面倒くせえがよ」

「暮六つ、旅籠の『志の藤』でやすね」

「親分のことだ、抜かりはあるめえが、忠三郎に探りをいれたこと、正徳に気づかれちゃいめえな」

「もちろんでやす。忠三郎が外回りに出てきたところをつかまえて、話を聞きやしたから。正徳のやつ、忠義面して、『志の藤』にお供しますと申し出たそうですぜ」

「『そういえば、どことなく旦那さまに似ておられますなあ』とかなんとか口先で丸め込む算段なんだろうよ。店の内の者から言われれば、そうかと信じがちになるのも人情……馬鹿なとこさ」

「あっしたちは、一足先に『志の藤』に踏み込みますか」

「まあな、いつまでも猿芝居につきあうのも馬鹿馬鹿しいからな。手っ取り早く済ましちまおうぜ。あ、豊吉の方はだいじょうぶだろうな」

「それが……どうも、いけねえようで」

「半蔵が、口封じに殺っちまったのか」

「いや、どうも、坂を転がるみてえに具合が悪くなって……明日までの命がおぼつかねえとか。実之吉が大泣きをしておりやした。何とも気の毒なこってす」

「そうか……まっそれも、定めさ。しょうがねえ。早く片付けて、美味い酒を飲もうぜ」

信次郎が立ち上がる。

清之介は深く頭を下げた。


「野郎」

半蔵が匕首《あいくち》をかざして飛び掛かってくる。懐手のまま、信次郎が避ける。たたらを踏み、それでもなんとか構えを立て直すと、半蔵はまっすぐに清之介に向かってきた。血の上った頭にも、丸腰の町人を見定める力は残っていたようだ。

「死ね」

身を屈め、ぶつかってくる。

手首をつかみ動きを封じた後、首筋に手刀を叩き込む。小太りのならず者は声もあげず、その場に転がった。

膳を運んでいた女中が悲鳴をあげる。

「御用だ、神妙にしな」

そう言ったあと、信次郎は横を向いて小さな欠伸をかみころした。

女が一人、泣き喚く赤ん坊を抱いて座敷の隅にしゃがみこんでいる。簪《かんざし》を逆手に握っていた。

「お文だな。観念しろ」

伊佐治が一歩、足を出す。とたん、

「来るな。この子がどうなってもいいのかよ。近づくんじゃないよ」

お文の金きり声が響いた。

清之介がその前に進み出る。

「わたしの娘だ。返してもらおうか」

「来るな、来るなって。突き殺すよ。どうせ、あたしはお終いだ。みんな、道連れにしてやる」

「やってみるがいい。できるものならな」

「何だって」

お文は清之介と眼を合わせたとたん、小さく息を詰めた。身体が震える。その隙をついて伊佐治が腕をねじ上げた。おこまは畳に放り出され、さらに激しく泣き声をあげる。

「おこま」

抱き上げる。

「おこま、おとっつぁんだ。わかるな、おこま、よく無事でいてくれた」

胸に抱きしめる。おこまはぴたりと泣き止み、小さな手を求めるように伸ばしてきた。頬がぐっしょりぬれている。

「あぶぅ、あぶぅ」

生きていた。無事だった。帰ってきてくれた。おこま。

ただひたすらに抱きしめる。

「つまらねえ」

背後で信次郎が呟いた。

お重と正徳もその夜の内に縄をかけられた。

「正徳は店の品をこっそり横に流していた。もう、足かけ三年は続けていたらしいぜ。表に店を出す金が欲しい一心で、な。こつこつ真面目に働いてもいっこうに金は貯まらねえ。通い番頭のまま一生を終えるかと思うと、どうにも虚しくてならず、つい店の品に手を出しちまった。出したら出したで、いつばれるかと生きた心地もしなかったとよ。根は小心の小悪党にもなれねえ半端な野郎だったってわけさ。ふふん、そこらあたりはおれの見当違いだったな。けど、忠三郎が派手に儲け派手に遊ぶのを見ていると、同じ男に生まれてと忸怩《じくじ》たる思いもあったとか。まぁ、わからねえじゃねえけどな」

信次郎が鼻の先で笑った。

遠野屋の座敷には、脚の長い冬日が差し込んでいた。火鉢の中の熾《おき》が火花を散らす。

伊佐治はふいに黙り込んだ信次郎にかわり、話を続けた。

「正徳は主の女遊びの後始末をいいつけられることも、時々あったそうで、そんな折にお文と知り合ったそうなんで。こいつがなかなかの女で、今度のことを仕組んだのは一から十までお文だったそうです。それに、お重がのった。亭主のやったことはいずればれる。ばれて長谷屋を追い出される前に、まとまった金を手に入れようと考えたわけで。お文がうまく長谷屋に入り込めたあかつきには、三百両の金を約束されていたそうでやすよ。お重は、おこまちゃんの痣のことを知っていた。おこまちゃんを連れたおみつさんと二度ほど立ち話をしたことがあったそうです。一応、赤子を捜してみたものの、そう都合よく花びら痣の子がいるわけがない。お文とお重は、おこまちゃんをかどわかす頃合を見計らっていたところ、あの日、おみつさんが一人、稲荷の裏側に回ってきた。それを見逃す手はないってことで、お重が後ろから石で」

両手を振り下ろしてみる。遠野屋の目が瞬いた。

「おみつを殴りつけたのは、半蔵ではなくお重だったのですか」

「さいです。おこまちゃんをさらって、すぐにお文に渡したそうです。段取りは疾《と》うからできている。役者が揃えば、筋書き通りに芝居を進めりゃあいいだけ。まさか、こんなに早く足がつくとは思ってもみなかったと、これはお文もお重も口を揃えての言い草でやした」

「木暮さまのおかげでございます」

遠野屋は信次郎の前に手をついた。

「木暮さまでなければ、こうまで鮮やかに事が解《ほぐ》れはしなかったはず。改めて御礼申し上げます」

「わかってりゃあいいんだよ。けどな、遠野屋、おまえさんにいくら頭を下げられても嬉しかねえし、腹も膨《ふく》れねえ。それなりの礼はしてもらわねえとな」

「はい。重々承知しております」

「よしよし、いい子だ。ではとりあえずお重に倣《なら》って三百、用意してもらおうか」

「旦那」

伊佐治は腰を浮かせ、顔をしかめて見せた。

「いいかげんにしてくだせえ。旦那はご自分の仕事をしただけじゃねえですか」

「へっ、三百両なんて遠野屋の身代からすれば、かわいいもんじゃねえか。まっいいや。親分に免じて百にまけてやらあ。それに、おれも、読み違えが幾つかあったからな。まさか、女が主で男が端役を務めているとは……うん、まったくの読み違いだ。今時の女ってのは豪の者だぜ。お重もお文も、死罪は免れねえだろうが惜しいこった」

「そういやあ、旦那は何でお重に目をつけたんで？　あっしには、まっとうな女房に見えやしたが」

「しゃべりすぎだったからよ」

「へ？」

「あの女、べらべらとよくしゃべったじゃねえか。お松や実之吉におれたちの気を向けようとしていたんだよ。お重なりに必死だったんだろうが、却《かえ》ってそこに外連《けれん》が臭ってな」

「へぇ、よく利くお鼻でござんすねえ」

伊佐治は自分の鼻をつまんでみる。清之介が眼差しをまっすぐに伊佐治に向けた。

「そう言えば、お重には赤子がいたとか。父親も母親も囚われたとなると、その子はどうなるのですか」

「お松が引き取りやした。亡くなった豊吉のかわりに育てるんだそうです」

「そうですか。それはまた、見上げた女人でございますね」

「へい。聞き及んだ長谷屋も感心いたしやして、実之吉を雇い入れることにしたそうです。これも、お松の功ってもんで。たいしたもんでござんすよ」

「ほんとうに」

遠野屋が相槌をうつ。

その顔を見やり、信次郎が舌を鳴らした。

「遠野屋」

「はい」

「おぬし、怖くはないか」

「怖い？　何がでございます」

「おこまだよ」

「おこまが、怖い？　木暮さま、謎かけのような」

遠野屋の口元が結ばれた。眼からも表情からも笑みが消える。

「そうよ。わかったかい。今度の件で、おぬしの取り乱しようはどうだった？　なりふり構わず、おれに縋ってきたよな」

「……はい」

「おこまは、おぬしの唯一のそして命取りの禁穴《きんけつ》になるぜ。今度また、おこまがさらわれたらどうする？　さらった相手が、おこまを質におぬしに刀を握れと命じたらどうする。おぬし、それに従うのか」

「木暮さま……」

「愚かなやつだな、まったく。自分で自分の弱点を作っちまうとはよ、笑い話にもならねえや。遠野屋、守らなきゃならねえ者を背負っちまったらその重みで動けなくなる。おぬしのような男はな、背に何者も括り付けちゃならなかったんだ。そんなこともわからないほど、鈍くなっていたのかよ」

「旦那、おこまちゃんと遠野屋さんを結んだのは、旦那自身なんですぜ。そこのところを忘れちゃいけやせん」

信次郎は伊佐治を見ようともしなかった。視線は遠野屋の上に留まったまま、微動だにしなかった。

「おれは昔の話をしているんじゃねえ。これからのことをしゃべってんだ。遠野屋、万が一、おこまを質に取られたら、それでも商人のままでいられるのかよ。おこまを守るためであっても、刀を抜かずにいられるのか。そんなことができるのか？」

伊佐治は唾を呑み込み、そのまま口を閉じた。

何を言えばいいのか、言うべき言葉がつかめない。黙り込むしかなかった。信次郎も遠野屋も無言のまま向かい合っている。風と熾の音だけが響いている。

「刀は握りませぬ」

低い、地を這うような声で遠野屋が答えた。

「死ぬぞ」

「おこまと共に刀を握らぬまま、生き抜いてみせます」

「戯《たわ》けが」

信次郎が言い捨てる。

「いつまで夢事を口にしている。そんな甘いものじゃねえって、おぬしが一番よくわかっているだろうに」

ふらりと立ち上がると、信次郎はそのまま座敷を出て行った。その後ろ姿に遠野屋が手をつき、深く辞儀をする。

「遠野屋さん……」

ひれ伏した背中を見ながら、伊佐治はこぶしを握った。

風の音が聞こえる。

おこまの笑い声が聞こえる。

冬の陽射しが伏したままの背中を淡く照らしていた。

解説

青木《あおき》逸美《いつみ》
（書評家）

あさのあつこさんの『弥勒《みろく》の月』を読んだ夜、私は眠れなかった。人は脳で思考する。それなのに悲しかったり切ないとき、胸が痛いのは何故だろう。『弥勒の月』シリーズは何度読み返しても、強く心を揺さぶられる。

あさのさんは児童書でデビューし、少年たちの葛藤と成長を描いた『バッテリー』（角川文庫）で人気を博した。子どもから大人まで、幅広い層から支持されている、青春小説の第一人者である。その初の時代小説が『弥勒の月』だ。『バッテリー』で見た天藍の空を思い描いた。きっと真摯な目をした少年たちの青春時代小説に違いない。勝手に思い込み、手に取った『弥勒の月』は、私を打ちのめした。そこには果てしない闇があった。宿命から逃れ闇から這い上がり、まっとうに生きようとする孤独な魂の物語だった。

すべては、一人の女の〝死〟から始まる。小間物問屋、遠野屋の若おかみ〝おりん〟が川に身を投げる。遠野屋の主人清之介は女房の自殺に納得せず、再調査を願い出る。清之介の一分の隙もない立ち居振る舞い、鋭い眼差しに北定町廻り同心・木暮信次郎は違和感を覚える。女房の死を悲しんでいる亭主の目じゃない。この男、ただの商人じゃねえ——。一人の女の死に導かれ、宿命のように二人の男は出会ってしまう。

木暮信次郎は荒んで渇いていた。頭が切れすぎて、己をもてあまし、世間に苛立ち、すべてに倦《う》んでいた。信次郎にとって〝生きる〟とは、とてつもなく退屈なことだった。死と犯罪だけが信次郎を満たした。縺《もつ》れた謎を解きほぐし、闇に隠れた真実を暴いて引きずり出す。その瞬間だけ、信次郎は生を実感できた。

遠野屋清之介は闇を抱えていた。物腰も佇まいも穏やかで、どこか人を惹きつける魅力を持っている。しかし、商家の主人の貌《かお》の下に、得体の知れない何かが潜んでいた。信次郎の渇いた心に、清之介の闇がじわりと染み込んだ。

おりんはなぜ身を投げたのか？　仕組まれた殺しなのか？　清之介は何ものなのか？　やがて清之介の過去が闇から立ち上がり、信次郎は〝おりんの死の真相〟を解き明かす。月明かりに浮かび上がった真実は、あまりにも哀しい。

本書『木練柿』は『弥勒の月』『夜叉桜』に続く、シリーズ第三作だ。前二作は長編だったが、今回は四篇を収録した連作集の形をとっている。

すべての作品に印象的な〝花〟が登場し、事件に関わる女たちの思いを花の姿に重ね合わせる。「楓葉の客」では、招かれざる客によって思いがけない事件が起こる。題名は唐の詩人・白居易の『琵琶行』の一節、「夜送客《よるきゃくをおくる》／楓葉荻花秋瑟瑟《ふうようてきかあきしつしつ》」からとったのだろうか。夜、客を送るとき、闇の中で秋風に揺れる楓や萩《はぎ》の花を見て、自分の人生を重ねてもの寂しくなる――。遠野屋の庭先で闇に浮かぶ梅の樹を見上げた女は、どんな人生を思ったのか。

「海石榴の道」の海石榴は〝つばき〟と読む。椿の花は散るのではなく、ぽとりと落ちる。紅い花が、男に縋《すが》ってしか生きられなかった哀しい女に死を運ぶ。「この花、よほど死体が好きらしい。親父が死んだ時も背中に散っていた――」。信次郎は静寂に落ちる花の音を聞く。その一枚の花弁から、死の真相を見抜く。

夕顔は夏の夕方に花を咲かせ、翌朝には萎んでしまう。白く闇に浮かぶ花は、宵闇花とも呼ばれる。「宵に咲く花」は、夕顔の花が過去の事件を闇から呼び起こす。白い花の記憶に怯える女が家族に支えられ、過去を乗り越え、幸せを引き寄せる。宵闇花は白く眩しい幸せの花に変わる。

表題作「木練柿」では、まだ武士で〝清弥〟と名乗っていた清之介と遠野屋おりんの恋が描かれている。おりんは清弥を命懸けで愛し、すべてを受け入れた。血まみれの過去も取り巻く闇も。闇で凍えていた清弥を、清之介として陽の下に立たせてくれた。しかし、おりんは失われたのだ。慟哭の中、清之介をこの世に繋ぎ止めたのは、義母のおしのと娘のおこまの存在だった。輝く命が清之介を生かした。その生きる導《しるべ》である、おこまが拐《かどわ》かされる。誘拐犯の目的は何なのか？　清之介の過去に拘わるのか？　乱れ惑う清之介に信次郎の刃が閃く……。

本書で物語を動かすのは、信次郎と清之介だけではない。遠野屋の女中頭おみつ、義母のおしの、岡っ引きの伊佐治、その息子に嫁いだおけい、そして、愛らしい赤ん坊のおこま。清之介と信次郎に関わり、二人を見守り支える善意の人々だ。彼らのささやかな幸せに影を落とす、悪意や災厄を信次郎と清之介が打ち払う。事件を通して、二人の関係が微妙に変化していくのがわかる。清之介という好敵手を得た信次郎は退屈な人生が面白くなる。隙を見せたら噛み殺される——清之介は、毒蛇のような信次郎を疎ましく思いながら、何故か心そそられる。友情なんて甘ったるい感情は介在しない、抜き身の刃を突きつける男たちの緊張感が心地よい。

あさのさんは中学生の時にシャーロック・ホームズを読んで、本の魅力に取りつかれたという。とくにホームズの人間造型に強く惹かれたそうだ。その後、いろいろな海外ミステリーに手を伸ばし、やがて藤沢周平の時代小説に出会う。

初めて読んだのは、橋にまつわる十篇を集めた『橋ものがたり』。時代小説なのに、まるで海外のミステリーを読むようで、すっかり魅了されたという。藤沢周平は下級武士や庶民の人生を描いた作品が多く、自分の作風をエッセイの中で〝人生派〟だと語っている。『橋ものがたり』も、市井に生きる男女の機微をすくい上げた名作だ。そういえば、清之介とおりんも橋の上で出会っている。その別れにも橋が絡んでいた。藤沢周平へのオマージュと感じるのは穿《うが》ちすぎだろうか。

ホームズの人物造型に惚れ込んだという、あさのさんの造り出す人物は、主役も脇役も一筋縄ではいかない魅力がある。

捕物帳の探偵役は、たいてい正義の人で、善をもって悪を追い詰める。ところが、木暮信次郎は歪んで捻れて壊れていた。皮肉と嫌味を身に纏《まと》い、退屈しのぎに悪を狩る。下手人を嬲《なぶ》るのが好きで、小銭を盗んだコソ泥でさえ、骨が砕けるほど痛めつける。人の傷口の瘡蓋《かさぶた》を引き剝がし、血が滲むのを見てほくそ笑む。そんな男だ。終盤に心を入れ替えたり、実は情に篤い優しい男だった……なんてオチはつかない。徹頭徹尾、正真正銘の嫌な奴だ。

それなのに、読み進めるうちに、毒蛇みたいな信次郎が「気になってたまらなくなる」のだ。姿も心映えもよく纏う闇さえ男前な清之介より、性根の腐った信次郎を愛しいと思い始める。いつも側にいて、ねちねち嫌味を言われたい。「そんな酷《ひど》いこと言っちゃあいけませんよ」と諫《いさ》め、「まったく困ったお人だねえ」とわけ知り顔で言ってみたい。そして事あるごとに清之介を訪ね、「うちの旦那をよろしく」と頭を下げて——などと妄想していて、ハタと気がついた。信次郎の傍らには、既にそういう存在がいるではないか。信次郎を唯一理解する男、岡っ引きの伊佐治だ。

伊佐治は信次郎の父親の代からの岡っ引きで、度胸があって判断力に優れ、手下の扱い方が上手く頭の回りも早い。人の死を悼み、罪を憎み、悪を正したいと思うまっとうな人間だ。惨すぎる信次郎に愛想を尽かし、何度も手札（岡っ引きの証）を返そうとして、そのたびに思いとどまる。信次郎は清之介と出会い、思いがけない貌を見せるようになる。冷めて渇いた心が熱く蠢《うごめ》いている。伊佐治は人という生き物はつくづく面白いと思う。もっと信次郎を見極めようと心に決める。そうだ、合点がいった。私は伊佐治の眼差しの先にいる、信次郎が好きなんだ。

伊佐治はこの物語の〝良心〟であり〝楔《くさび》〟であり、〝眼差し〟でもあった。私は（もしかしたらあなたも）この老練な岡っ引きに心を寄せ、同じ目線で二人の男を見つめていたのだ。信次郎に振り回され、ため息をつきながら、「存外、可愛ゆいじゃねえか」と目を細める。清之介が闇から抜け出し、穏やかであたりまえの幸せをつかんで欲しいと願う、伊佐治の思いに共感していた。清之介におこまが在るように、信次郎にも伊佐治がいる。ああ、良かった、信次郎は大丈夫だと胸をなで下ろした。

人の生きる道は優しくも温かくもない。あちこちに罠が仕掛けられていて、油断すると足を掬《すく》われ闇に落ちる。人が人としてまっとうに生きること。穏やかに日々を慈《いつく》しんで、ただ幸せに生きること。それが、こんなにも難しい。それでも人は生きていかなければならない。昼だろうと夜だろうと、お天道さまの下だろうと、闇の中だろうと、それぞれに住処《すみか》を見つけ、生きていかなければならない。

月は闇の中にあって美しく光る。おりんはいまも清之介の闇を照らす月だ。そして、おこまは清之介を明るい陽の方へ導いてくれる。月と陽に照らされて、清之介が道を迷うはずがない。そう信じたい。そして、信次郎には、このまま悪たれでいてほしい。素直で人の善い信次郎では、世の中の悪意や闇と対峙できない。いつか清之介を襲ってくるであろう深い闇を払うため、心の刃を研ぎ続けてほしい。いつか、二人がそれぞれの安穏を得た時、どんな関係が築かれるのだろう。商人と同心という、単純でまっとうな枠組みに納まるのだろうか。伊佐治じゃないけど、その行く末を見極めたいと思ってしまう。

二〇〇九年十月　光文社刊

初出誌　小説宝石
「楓葉の客」　二〇〇七年十・十二月号
「海石榴の道」　二〇〇八年六・七月号
「宵に咲く花」　二〇〇八年九・十月号
「木練柿」　二〇〇八年十二月号
二〇〇九年一・二・三・四月号

光文社文庫

傑作時代小説
木《こ》練《ねり》柿《がき》
著　者　あさのあつこ

2012年1月20日　初版1刷発行
2025年3月15日　21刷発行

発行者　三宅貴久
印　刷　萩原印刷
製　本　ナショナル製本

発行所　株式会社　光　文　社
〒112-8011　東京都文京区音羽1-16-6
電話（03）5395-8149　編集部
8116　書籍販売部
8125　制作部

落丁本・乱丁本は制作部にご連絡くだされば、お取替えいたします。
ISBN978-4-334-76349-7　Printed in Japan

組版　萩原印刷

光文社時代小説文庫　好評既刊

弥勒の月　あさのあつこ
夜叉桜　あさのあつこ
木練柿　あさのあつこ
東雲の途　あさのあつこ
冬天の昴　あさのあつこ
地に巣くう　あさのあつこ
花を呑む　あさのあつこ
雲の果　あさのあつこ
鬼を待つ　あさのあつこ
花下に舞う　あさのあつこ
乱鴉の空　あさのあつこ
旅立ちの虹　有馬美季子
消えた雛あられ　有馬美季子
香り立つ金箔　有馬美季子
くれないの姫　有馬美季子
光る猫　有馬美季子
華の櫛　有馬美季子

恵む雨　有馬美季子
麻と鶴次郎　五十嵐佳子
花いかだ　五十嵐佳子
百年の仇　井川香四郎
優しい嘘　井川香四郎
後家の一念　井川香四郎
48KNIGHTS　伊集院 静
橋場の渡し　伊多波 碧
みぞれ雨　伊多波 碧
形見　伊多波 碧
家族　伊多波 碧
城を噛ませた男　伊東 潤
巨鯨の海　伊東 潤
男たちの船出　伊東 潤
剣客船頭　稲葉 稔
天神橋心中　稲葉 稔
思川契り　稲葉 稔